# 呐喊学社

皑皑　著

线装书局

图书在版编目（CIP）数据

呐喊学社 / 皑皑著 . -- 北京：线装书局，2023.9
ISBN 978-7-5120-5449-3

Ⅰ . ①呐… Ⅱ . ①皑… Ⅲ . ①中篇小说－小说集－中国－当代②短篇小说－小说集－中国－当代 Ⅳ . ① I247.7

中国国家版本馆 CIP 数据核字 (2023) 第 125985 号

呐喊学社
NAHAN XUESHE

---

作　　者：皑　皑
责任编辑：曹胜利
出版发行：线装书局
　　　　　地　址：北京市丰台区方庄日月天地大厦 B 座 17 层（100078）
　　　　　电　话：010-58077126（发行部） 010-58076938（总编室）
　　　　　网　址：www.zgxzsj.com
经　　销：新华书店
印　　制：河北盛世彩捷印刷有限公司
开　　本：787mm × 1092mm　1/32
印　　张：11
字　　数：218 千字
版　　次：2023 年 9 月第 1 版第 1 次印刷

线装书局官方微信

---

定　　价：49.80 元

献 给 石 爱 光

# 目　录

呐 喊 学 社

# 1

二十世纪九十年代，那是一个做梦的时代，一个践行梦想的时代，也是中国人发生巨变的时期，更是中国给世界带来惊喜的时期。香港回归，澳门回归，各种价值观不经筛选地涌入，人们经历着应接不暇的文化洗礼和物质冲击，仿佛每一年都是一个新世纪的开元。如今叱咤风云的互联网巨头在北京、杭州、广州纷纷成立，正在谨慎地迈出伟大征程的第一步。一本叫作《未来之路》的图书一时间风靡全国，封面上一个叫作比尔的戴眼镜的羞涩青年，是整整一代人的偶像。一个新时代正式登场——这个时代叫作：全球化。

正是由于中国的开放和互联网的发展，全球化进入势不可挡的加速期。曾琴记得她小学还在学珠算，初中已经在学打字，而高中则学起了 DOS 语言。人们的生活从吃，到穿，再到用，选择越来越丰富。各行各业前所未闻的新职业层出不穷，对应的是大学里不断涌现的新专业。国际贸易、电子商务，还有最明星的计算机。很多都是曾琴在填报大学志愿时从未关注过的。她很羡慕刚入学的学弟学妹们，这些新生大多是第一代成年后的独生子女。

曾琴刚刚拿到新闻传播学的硕士学位，便迫不及待地想找到一份工作。父母在她之后又生下了妹妹，家里并不富裕，能够允许她读完研究生，已经证明父母对她的疼爱。她现在要尽快挣钱养活自己。都这么大了，不好意思再向家里伸手要钱了。

在读研的两年里，她对新兴的公共关系行业产生了浓厚兴趣。当时大学还没有开设公共关系的课程，相关的中文书籍也很少见。最终在导师的推荐下，她带着粗浅的理论基础，和模糊的认知，应聘进了一家中美合资的公关咨询公司，成为一名公关专员。

第一天上班，她就发现这只是一家不足十人的小公司。简陋的办公设备，拥挤的办公空间，与骄傲的人事经理形成强烈反差。依照人事经理的描述，公司在美国乃至全世界，都是鼎鼎大名。全球拥有超过五十个办事处，和上万名员工，90% 的客户来自世界五百强。北京办公室目前接到的生意大多是从纽约总部分来的业务，按照工作量支付佣金。不过这只是暂时的。因为很多客户已经在中国开展起更多的业务，过不了多久，就会正式进入中国市场，在中国设立区域总部。“到那时，客户会和我们签署中国区独立的年度合约，公司收入将是现在的几十倍。”人事经理狡黠地一笑，“你来得正是时候。作为初始员工，未来的收益最大。好好干！”那个时代的人普遍对未来抱有盲目乐观的心态。即便在今天看来是打鸡血的套话，在当时，人们却是发自内心的相信着。

只用了半天时间，曾琴就记住了所有同事的名字。一个星期后，她就了解了几乎每个人的履历。原来这间小办公室里还真是藏龙卧虎。同事们要么是中国顶尖大学的毕业生，要么是海归（那时全国每年出国的留学生只有几千人，大部分是公费）。按照这些同僚的学历和能力，可以随便进入任何一家大型企业（竞争激烈到挤破头的互联网大厂在当时还招不到同等水平的人才）。曾琴意识到，她正在与一群年轻的精英们共事，顿时生出一股自豪感，也更加地有干劲。她要证明自己并不比任何人差。

最令她感到惊讶的，是一个专门负责翻译工作的老员工。他大概四十五岁左右，脸上的皱纹并不多，但是头发已经花白，使他看上去比实际年龄显苍老。他身材高大健硕，有些佝偻，常年穿着一件米色风衣。这件风衣应该很有些年头了，不单是款式旧，就连颜色都已褪去，表面有块块的污渍，让人怀疑从未洗过。他脚上的一双黑色皮鞋更是旧得不成样，轮廓都已经变形，走起路来感觉会随时脱落。如此不修边幅之人，穿梭在明亮气派的写字楼内，走在干净整洁的都市新白领中间，甚是突兀。每当他进入电梯间，都会自觉地站在角落，他那副身高加扮相，再搭配冷峻的外貌，令人生畏。大家都会有意无意地避开他。但这只是对那些不了解他的陌生人而言，对于曾琴和她的同事们来说，老杨是一个彻头彻尾的大好人，热心肠的好大叔。他虽然从不主动和人打招呼或交谈，但是任何人找他帮忙，他都不会拒绝。并且大家公认他在公司里英文最好，在这个人均专业八级的办公室内，也无人能撼动他的权威。经他修改过的稿件，让人忍不住要多读几遍。那些精辟的修辞、清晰的行文，丝毫看不出是出自非母语人之手。

“他这么有能力，却只做普普通通的翻译工作，未免也太大材小用了。”

曾琴虽然刚来不久，但也产生了和其他人相同的疑惑。公司中资历最老的温迪，来了快五年（公司是在六年前成立的）。她来的时候老杨就已经在这里，当时老杨曾带着温迪做过许多重要的工作，教会了温迪不少公关必备的技能。但很快老杨就不再过问业务，而是专心做起翻译，偶尔为老板特德·姜准备些英文材料。既然比人事和财务来公司还要早的温迪，对于老杨的身世都是一头雾水，更增加了他的神秘感。各种关于他的传闻从未间断过，但没有一个版本经得起推敲。

同事们一到中午，就相约着去楼下的餐厅一起就餐。午餐后大家会在南面的小河边散步，舒展一下因久坐而僵硬的身体，让皮肤感受一下温暖的阳光。但是老杨从来不会与大家聚餐，他总是独来独往。独自吃过饭后，他就点上一支烟，走到附近的报摊。他不买，因为大小刊物公司都订阅了，用来收集对客户有用的信息和竞争对手的新闻。

他喜欢站在报摊前发发呆，递给摊主一支烟，顺便和摊主聊上两句。一整天里，摊主都被关在这么一个小棚子里，能有人愿意陪他侃侃天，他也很高兴。有不知情的顾客走过来，常把他误认为是摊主，问他各种问题。他会毫不迟疑地作答，他了解每一份报纸和期刊的情况。

回到公司后，老杨就一头扎进他专属的小工间。那是一个在角落里的单独玻璃隔间，只够容下一个人和一张桌。隔壁就是剪报组。剪报组一共两名员工，负责将每天出版的日报里和客户有关的新闻报道裁剪下来，再交由像曾琴这样的公关专员，打印出含有报刊名称、简介和发行量等基础信息的模板，将剪下来的文章贴在上面，进行扫描和存档。

每一篇报道，都需要专员们将重要信息译成英文，有些客户还会要求全文翻译。所有做着初级工作的专员，每天要拿出一半的时间来制作简报。当他们对于自己的翻译没有把握或者需要翻译全文时，就会转交给老杨做最后的审核。老杨修润后，客户经理们会在下班前，通过电子邮件，发送给世界各地的客户。曾琴就是在这样重复的工作中，逐渐与老杨熟络起来。

老杨是一个安静的人，手头没工作的时候，他就会拿起一份当天的报纸阅读。他最爱读的是《中华日报》(一份全国发行的英文报纸)。他会认真阅读上面的每一篇文章。这也许就是他练习英语的诀窍。

这份工作让曾琴体验到了前所未有的压力。这里的工作节奏和电影中描绘的战时指挥部无异。办公桌上的电话铃声此起彼伏，每个人都同时面对八到十个客户的需求。每天清晨，从曾琴走进办公室那一刻开始，战斗就打响了。不同客户的需求堆积在她的邮箱内，她需要认真阅读每一封，判断出优先级。或回复或请示，或转给其他同事处理，再跟进结果。每个人只要是在座位上，就连抬头的时间都没有。离开座位后，大家都是疾步地行走。不管一个人曾经是什么性格，一旦到了这里，都会变成急性子。在每一个存在交集的工作中，争吵就像家常便饭一样。这里的每个人都像是职业的拳击手，只要在场上，谁也不会留情。在争夺办公室有限的资源上，在与时间的赛跑中，每个人都拼尽全力。但是一进入午休时间或下班后，斗士们就像是听到了拳赛结束的敲钟声，马上停止了拳台上的搏斗，恢复到真实的状态。聚在一起开玩笑，吐槽客户，或炫耀一下和上海办公室吵架胜出的战绩。在如战场一样忙碌的环境中，唯一不被传染的似乎只有老杨。他的小隔间内运行着另一种时间，外面惊涛骇浪，里面小桥流水。

曾琴在最忙的时候，总喜欢望一望老杨，他或是锁眉斟酌着面前的词句，或是心无旁念地阅读着手中的报纸。他那宽厚的身躯，在阳光的照射下，显得慈蔼和安详。看着老杨的悠哉，设想一下她进入到他的世界里，身处缓慢的时间流速中——很减压。

曾琴很快发现，如果能走进他的小隔间，在里面待上一会儿，释放压力的效果更佳。于是她开始每天都要找些事情，往老杨那里跑。曾琴轻轻地敲一下门，老杨就会马上停下手中的事，用洪亮的声音说“请进”。然后关切地询问曾琴要和他讨论什么工作。

“为什么要替换这个词？”“为什么这里不直译？”曾琴总会找些问题问他，他的回答让她很长知识。她打算更好地挖掘一下这个智慧宝库，问题慢慢地开始超出了工作，“你平时读什么英文原著？”“推荐我几本？”“那些高级的词汇是哪里学的？”老杨知无不言言无不尽。学习总是快乐的，曾琴偶尔会忘记外面的时间流速快。这时老杨会善意提醒她，“好像你的小组长正在找你。”“我写邮件回答你吧，你先去忙。”“你的事情做完了吗？”“再和我聊下去，你又要加班了。”

曾琴来了不到半年，公司员工就迅速增长到了十五人。在三分之一的同事眼中，她已是老员工了。照这个趋势，再过半年就会是二十几人。温迪说她来之后已经搬过三次家，发展速度一直在超越规划。员工人数的增加，意味着客户数量的增加。而老杨的岗位始终是他一人，没有增加过人手。

老杨加班的时间越来越长，他不得不更早地来，更晚地离开。即便是这样，却从来没有见他发过牢骚。有几个同事实在看不下去了，一方面也担心再这样下去，会影响工作效率，就一起去找特德·姜反映，希望他能够为翻译部门增加人手。

特德·姜在北京的时候（他需要在北京和上海两地办公）会单独叫老杨到他的办公室恳谈。他们两人之间的交谈总是很轻松，两个人年纪相仿，更像是好朋友，不似上下级。如果不是特德·姜个子矮身材胖，老杨高大魁伟，两人之间完全找不出一点相似之处，肯定会有人猜他们是一对亲兄弟，哥哥发达了，就给弟弟谋一份旱涝保收的工作干。总之他们俩之间肯定有什么小秘密，所有人都是这么想的。

谈话完，老杨就回到自己的小隔间继续工作。之后却迟迟未见新人入职。看来老杨是不希望有人来帮他分担，难道他是按小时计算工资？即便真是这样，他也够拼的。从来没听人说过他有家人。一个单身汉，为什么要这么努力地工作挣钱？更何况他还是一个完全没有个人生活的单身汉。似乎工作是他唯一需要做的事情。

曾琴发现，老杨真的是活雷锋。周六日有同事加班，他只要知道了，就会主动问一句“需要我帮忙吗？”哪有人会拒绝主动提出的帮助，大家都忙得要死。如果碰到上午的发布会，总有几个同事免不了要熬夜加班到凌晨，赶制第二天的媒体资料夹。

发布会安排在早上八点，是为了赶上新闻社的发稿时间。外资企业在中国有任何重大的合作发布，都会影响远在纳斯达克的股票指数。活雷锋老杨这时候会跳出来说："你们还年轻，需要多睡觉，别累坏身体。剩下的工作也不多了，我来做吧！""真的可以吗？"他们不敢相信会有这样的好事，也担心领导交代给自己的工作如果让别人做，出现错误自己要承担责任。但是，这可是老杨啊！谁都知道他是多么认真负责的一个人，交给他比自己做恐怕还要放心。"谢谢！谢谢！我们请您吃饭！"年轻人不知道该如何表达感激，只能一个劲地说谢谢。然后飞快地收拾东西，跑回家补觉。

"你怎么还不走？"老杨看着还未离开的曾琴，感到有些纳闷。

"他们几个做这些工作很多次了，而我还不熟练。我不想错过练习的机会。"

"你是个踏实的人。其实这些工作在你升职后，就不用再做了。有新来的专员完成。你是可以逃过这些'苦'的。"

"我也知道。但是如果不熟悉细节，新来的员工出现错误，我就无法判断原因。"

"你会成为一个很好的领导。"

"谢谢您表扬我，我只是做我认为该做的。"

他们都属于不善言辞的人，也都是认真做事的人。很快他们就找到了如何配合能最快完成工作的方法。经过短暂的沟通后，便马上开始执行，不再交谈。没多久就做完了。

“你一个女孩子，这么晚打车回家，我不太放心。”

“没关系的，我已经是这么大的人了。”

“我开车送你吧。”老杨不容反驳地表示。

“真看不出啊老杨！你有车？”那时拥有私家车可不常见，曾琴被好奇心驱使，反倒不想客气了。

这是一辆银灰色的夏利车，多年前的款式，当年的价格应该在十几万元。那个年代，能有这么多钱的只有大明星和大老板。

“二手的。”老杨看出曾琴的疑惑，不等她开口问，就主动交代。

别看老杨平时自己不讲吃不讲穿，但是这辆车却维护得干干净净。车内的座椅都包着红色的布座套，方向盘上面也是绣着卡通图案的布套，档把和手刹上包着毛线套。整个空间被布置得像是一个女司机在使用。

“你不说，我也看得出是二手。”曾琴露出福尔摩斯式的微笑，两根手指托着下巴，“我看你平时只对工作上的事勤快，对自己的事情都懒。原车主一定是一个漂亮的女士吧？”

“你真聪明，一猜就中！”老杨边发动车，边歪过头，冲曾琴一笑。

“你买来后，就直接开上了？”

“是啊，这些套件都是根据原车尺寸定制的，换下去，别的车也用不上。”

“说的也是。而且这样布置，好温馨啊。曾经的女主人，一定非常有爱心。”

曾琴边说着边将整个身体陷进座位里，闭上眼睛，感受着此时此刻的舒适。老杨名叫杨木。她没有留意到，杨木正看着她，眼神中流露出复杂的情感。不一会儿，曾琴就睡着了。一直到家门口，杨木才把她拍醒。

“这么晚回去，你爸妈不担心吗？”

“他们都睡了。”曾琴揉了揉蒙眬的睡眼，“我妹也上大学了，在外地住校。今天真的很谢谢你，改天请你吃饭！”

“快上去吧。”杨木微笑着探身把车门推开。曾琴迈着轻盈的步伐，走向小区大门。她走了几步后又回过头，发现老杨的车还没开走，就冲着老杨摆了摆手，示意他放心吧。车子这才缓慢地驶出便道。曾琴觉得内心很温暖。

## 2

这天，突如其来的一声嘶吼，瞬间吸引了办公室里所有人的目光。大家闻声望去，看到威廉正怒气冲冲地对着老杨大声吼叫。因为相似的争吵每天都在上演，同事们在确认了声音的来源后，便不再关注，低头继续忙于手头的事情。曾琴还在倾听他们之间的对话。

“你怎么能把客户老板的名字写错？”

老杨想辩解，威廉并不给他机会。

“如此低级的错误，我怎么和客户解释？客户怎么和他的老板解释？”

“虽然这个德国名字不常见，但我反复检查过……”

威廉再次打断：“事实就摆在这，你还不承认！如果客户丢了，你去和特德·姜解释！我受够了！”

“哐”的一声，杨木小隔间的门被重重地摔上。

到了周五，大家都比平时走得要早。只要不是紧急的工作，谁也不想占用难得的周末时光。曾琴也兴高采烈地收拾好办公桌。正欲离开，小组长玛格丽特走到她身边。

“需要你马上翻译一下这份文件，今晚必须发出！客户下班前要收到。”

这是一种命令的口气。临时增加工作在这行里司空见惯，玛格丽特并没有丝毫商量之意。但是曾琴早就约好了一个大学同学，为了能按时下班，她午休时间都没有下楼，一直在拼命赶工。这下可好，计划赶不上变化。曾琴很受打击，但也只能重新坐回去。她目光呆滞地阅读着文件，默算着需要花费的时间。玛格丽特就在这时从她身边轻松地飘过，按时下班了。

曾琴越心急，翻译的速度越慢。她无法平复情绪，一直想着正在等她的朋友和玛格丽特讨厌的样子。她直愣愣盯着屏幕，一个字也打不出。一个稳重而熟悉的声音从她的身后传出。

“还没下班？办公室只有你一个人了。”

老杨双手握着保温杯，里面泡的是茶叶。他刚去接热水，看到曾琴还在，便走了过来。

“玛格丽特让我今天必须翻译好。”

“是什么？我看看。”杨木边说边把桌上的文件拿起，“你走吧，我帮你弄。”

“这怎么好？你还有自己的工作。”

“这东西，我二十分钟就能搞定，你需要一小时。让我来吧。”

曾琴觉得他说得很有道理，而且她此刻心里是一万个不想做，所以毫不犹豫就答应了。当她离开办公室时，回头望去，老杨已经把文件摊在桌上，开始翻译了。

在赴约的路上，她越想越觉得过意不去，恨自己公私不分，完全可以和朋友改约一个离公司更近的餐厅，这样朋友赶到后，只需要再等她半小时。她太自私了，老杨人真是太好了。她反复自责，饭都没吃踏实，和朋友的聊天也心不在焉，因为她脑海中不断浮现老杨孤独的弯腰伏案身影。她突然觉得他有点可怜。每个人都需要陪伴，没有人喜欢孤独，为什么老杨是孤零零一人。

同一时间的杨木，内心反倒没有过多的波澜。他很感谢曾琴，和所有把工作交给他的同事。只有躲在工作中，他才能逃避生活，远离苦难。看着这家公司慢慢成长，就像看着自己的孩子在长大一样，能让他内心感受到一丝慰藉。这些年来，正是这家茁壮成长的公司，在支撑他整个人的精神。他点燃一支烟，将自己环绕在烟雾中，静静地感受这份孤独。就在这时，一阵急促的推门声传来。只见曾琴拎着几个塑料袋，手忙脚乱地冲了进来。

“太好了！你还在！如果给你打电话，你一定会阻止我。不打招呼，又怕碰不到你。看来我运气不错！”曾琴气喘吁吁的。

“你怎么又回来了？”

“给你带了夜宵啊！你今天帮了我，我请你吃点心！”

杨木听到茶水间里传出一阵叮铃哐啷的声响，之后就听到曾琴的喊声。

“快来吃！东西要凉了！”

杨木走进茶水间，桌上已经摆好热腾腾的粥和广式茶点，一旁坐着满头大汗咧着嘴笑的曾琴。杨木不由得笑出来。

“你为了围堵我，是跑了一场马拉松吗？”

曾琴只是笑，用手指指桌上的筷子，示意他赶紧吃。

这晚之后，他们之间的关系更近了。别看他们之间有着二十岁的差距，但从来不缺共同语言。中午，他们会一起到河边散步。散步是聊天的助兴剂。曾琴一开始会请教杨木各种问题。不知不觉中，她开始聊起自己的生活。过了一段时间，她又将好奇心转到杨木身上。

“所以你每天去报摊并不是闲逛，而是在工作？”

“做这个行业需要掌握最准确的媒体情况，每份报纸实际上有没有人在买，什么人在看，真实销路是怎样，头版是不是足够吸引人，这些事实不能光听报社的编辑和广告部介绍。我们需要为客户做判断，需要持续关注媒体的动态。我们与时俱进，客户才会跟着我们进步。我们如果停滞不前，客户也无法前进。在我们提供的服务中，最值钱的部分——就是做判断。”

曾琴第一次听到这个观点。这是杨木最令她钦佩的地方，即便问他最普通的问题，他也一定会从一个更深的层面回答。杨木拒绝只停留在问题的表面。曾琴感到每次和他交谈，都很锻炼大脑，要逼自己适应刨根问底的思考方式。杨木还有一个更加令她佩服的地方，就是他对自身情绪的管理。她很好奇他是如何做到的。

“上次威廉冲你发那么大火，你为什么还能保持冷静？事后大家都知道了，是威廉自己在发出文件前，无意碰到了键盘，才把拼写打错。但当时他对你的态度，换了别人一定会很生气的。”

“有两个原因，一是年龄，二是理解。年龄增长，理解越多，从而原谅越多。”

“我现在控制不好情绪，难道是因为年轻？”

“如果你是爱思考的人，年轻就是主要原因。并不是你做不到，是需要时间。”

“你对威廉的理解，会比我多吗？”

“是的。我知道他那段时间生活中遇到了不顺，还知道他的客户正在想方设法刁难他，挑他的毛病，为新合约压低价格。威廉认为这种做法很卑鄙，但他只能忍耐。所以他在发脾气时，我很想他能够发泄出来。”

“天啊！这些我都不知道！平时你和大家都不熟，怎会知道这么多？”

“威廉告诉了他的上司温迪，温迪告诉了特德，特德又告诉了我，所以我会知道。”

“特德·姜？我们的老板！他为什么会和你说这些？”

“因为我们是老朋友，因为我们一起创立了这家公司。”

曾琴吃惊地望着杨木，想听他继续解释，但是他并没有说下去。

“你是这家公司的合伙人？你是我的老板？”曾琴无法抑制强烈的八卦心，“为什么要保守这个秘密？”

“这从来不是秘密，只是我和特德都不会主动提起，而没有人问过我们。”

“但是财务和人事一定是知道的！”

“他们不知道，因为股权结构里没有我的名字。”

“为什么？”

杨木抿起嘴，微微地一笑，曾琴看出这是委婉的拒绝。她不再追问了。

一日，他俩聊起了音乐。

“我好羡慕那些喜欢听蔡依林的人。”曾琴现在一点不担心和杨木诉说属于自己时代的年轻人的话题，因为她发现他对什么都感兴趣，都愿意和她聊。他真是一个绝佳的聊天对象。

“为什么？”杨木鼓励她说下去。

“这样你就很容易和周围人有共同语言，容易交到朋友。我从小把自己认为好听的音乐放给别人听，他们就会嘲笑我，让我感到很丢人。后来，我再也不敢分享了。但我又不爱听大家都觉得好听的……”

曾琴低下头，陷入曾经不愉快的回忆之中。

“你虽然说的是音乐，其实是在表达对人生的困惑。当你和大多数人的选择不同时，会感到受挫，孤独，自我怀疑，甚至自我否定。”

曾琴瞪大眼睛望着杨木，她没有预料到他会把话题引向灵魂深处。

杨木继续说：“每个人的一生中，都会在某些方面，体会到作为少数时的不被接受，不被理解，被嫌弃、歧视、排斥，甚至被攻击。原因就在于，我们都有属于自己的独特经历和感受，这些塑造了我们的不同。”

“我感觉毕业以后，就离父母越来越远，离曾经的同学也越来越远。而这些失去的，并没能在工作中被填补。办公室的同事都离得很远。我最近越发感到孤独。这会不会是因为我刚参加工作，不适应新的转变？再过一段时间，是不是就会好起来？”

“你的这些感受和现实中的‘真相’密切相关。这些真相包括：人是关系的动物，依赖感是人的本性。孤独是无法逃避的。我们只要活着，就（本能的）需要和他人建立联系，只要活着，就（本能的）会感到孤独。”

曾琴琢磨着这些话的深意，全心地投入到思索中。杨木默默地注视着她认真思考的样子。两人安静地走了很远。长时间的沉默，却不觉尴尬，这种情况只会出现在少数人之间。

等曾琴反应过来，发现两人都在享受着这样的时间。她的脸红了，没话找话地问他在看什么。杨木却没有回答，而是继续温情地看着她，眼神中充满了不可言说。曾琴赶忙又找了一个话题：

“我发现我们有一个很像的地方，就是都喜欢‘慢’，很享受慢下来。这个世界正在快速奔跑，所有人都被带动，也在一起奔跑。而我们喜欢走。我们会不会因为追不上大家，而被落下？”

“这个问题，我需要好好地想一下。你不妨先告诉我，你喜欢听的音乐是什么？因为我很想听一下。”

“你真想听吗？怕你会不喜欢，毕竟你都……”

“嫌我老吗？”

对于杨木的要求，曾琴当然非常高兴。

“我最喜欢石玫瑰的歌，但是很多人觉得他们的音乐是病快快的……”

“你不需要给我打预防针，我读过嵇康的《声无哀乐论》之后，欣赏音乐的态度就发生了转变。我相信一定能够发现你喜欢的音乐当中，那些带有美感的旋律。”

曾琴笑着表示认同，心里则快速记下了“声无哀乐论”这个新的知识点。下班后她要去书店逛逛，下次就能够和杨木继续讨论下去了。

## 3

公司会在每个人生日这天准备一个大大的蛋糕。到了中午，人事经理号召所有办公室的同事聚到茶水间，为寿星唱支生日歌，然后大家一起把蛋糕分享掉。今天是老杨的生日，除了人事经理，恐怕就只有曾琴一人提前知道这特殊的日子。因为曾琴要用她新学的星座知识为老杨占卜一下，所以央求老杨将生日告诉她。在曾琴神神秘秘地分析了一通老杨的性格和运势后，杨木不出意料的又把钻研精神摆了出来，和曾琴就占星学的严谨性做了一番深入讨论。两人从神秘学，一路聊到神学和宗教。从奥古斯丁聊到但丁，最后聊到了外星人。他们之间的谈话从来不缺欢笑，因为两人都有着对知识相同的热爱，和对未知世界强烈的探索欲。每到这个时候，曾琴都在心中暗自发问，为什么眼前这个如此健谈和热爱生活的男人，会选择过现在这样单调而枯燥的生活？他心中的理想，和那团生命的火光，是被什么力量熄灭的？曾琴无法将自己的关注从杨木身上移开。她有热烈的冲动，想要了解这个带着不可言说的忧伤感和重重心事的中年男人，想走进他的内心，触碰他的灵魂。那里一定藏着巨大的秘密。

曾琴知道杨木喜欢契诃夫，所以提前买好两张话剧《万尼亚舅舅》的票，作为送给他的生日礼物。她说服杨木生日这天绝对不可以加班，连拉带哄地引他开车来到剧院门口，这才掏出演出票。杨木又惊又喜。看得出他很高兴，曾琴感到很满足。

这部戏的时间很长，随着剧情的起伏，杨木时而落泪。曾琴拿出来一包纸巾，他全都用完了。“这个大叔可真敏感，比我的眼泪还多。”

散场后，杨木就一直在感慨，不停地说演出精彩。他已经很久没有触碰过艺术，任何形式的艺术。剧院外宽阔的马路鲜有车辆驶过，明晃晃的路灯把路面照射得金灿灿。

“我想走一走。”曾琴提议。

杨木也想平复一下情绪，爽快地答应了。

“那天在河边，我们都不讲话的时候，你心里在想什么？”曾琴问他。

“满足。”

杨木知道曾琴说的是哪一天，那一天在他心里同样留下深刻的印记。在一个诚实的灵魂向他发问时，他也必须诚实。这是他的心声。

这两个字对曾琴来说是滚烫的，灼烧着她的身体，让她的心脏扑通扑通地跳动。她的提问被他的灵魂捕捉到，这让她始料未及，有些不知所措。她只得询问自己的灵魂，“我到底是怎么了？”

“我一定是——喜欢上你了。”她的灵魂在回答。

看到她羞涩的神情，他的内心清楚地知道，自己也早已喜欢上这个女孩。只是他从未幻想过对方对他有着相同的感受。

“是从什么时候开始的？”

“之前我从没想过。直到威廉冲你发火那天，看到你承受谩骂，忍受委屈，却还在为他考虑。有那么一秒钟，我感到我的心为你跳动了一下。从那以后，我的心就常常为你跳动。而在看不到你的时间里，我的心便不再跳动。”

他们的灵魂早已靠向彼此，此刻任何的掩饰都是徒劳和不真诚的。杨木抬头看了一眼深邃的星空，深呼了一口气，向曾琴讲述起自己的故事。

十年前，特德和我是同事，那时《中华日报》刚成立不久。他在广告部，我是社会版的记者。有一次，我们共同去纽约分社出差，特德敏锐地发现了一个国内还非常陌生的行业——公共关系。他断定这个行业在中国会有大发展，很可能会是一个好机会。

回国后，他满脑子想的都是这个新发现，很快写好一份详尽的报告，阐述这个行业的前景。如果再结合社里的资源和英文的优势，一定可以干出点名堂来。他提交了报告，希望领导能够批准他筹办一家公关咨询公司。无奈我们是国资背景，让这个有点前卫的想法无法被实现。特德为此郁闷了很久。终于，他似乎是想通了。

“为什么我们不自己干呢？大卫（我的英文名），咱俩一起！肯定能成！”

我们既是同事，又是老乡，他很信任我。我佩服特德的眼光和魄力。现在这个时代，是属于像他这类人的。像我这种只想做好自己擅长的事情，有了一份稳定工作，就打算干一辈子的人，根本不能理解他的奇思妙想和野心。

我与其说是被他的计划打动，不如说是被他一往向前的拼劲和浇不灭的热情所感染。当然，他也让我意识到，我目前的收入是多么的微薄。

“你儿子学习成绩好，我们在美国看到那么多好大学，你难道不想让他接受更好的教育？”

我很谨慎，他了解这点，所以没有强迫我立刻辞职。他希望我在公司刚成立的时候，能抽出一部分时间帮他，这我是可以做到的。我很爱记者的工作，不想轻易地放弃。特德在得到我的许诺后，马上办理了离职。同事们都为他的离开感到遗憾，领导劝他不要冲动，以后再找到这么好的工作绝非易事。但是特德却笑嘻嘻地告诉大家，他一定回来看大家，而且会带来很多的投放预算，因为《中华日报》在他心里是最好的英文报。同事们只当他又说了句玩笑话。

特德坚持新公司一定要有我的股份，“这是我们两个人的公司！”他说这话的时候就好像我一定会加入似的。他的自信也是他最大的魅力。我当时还未离职，在他的坚持下，先用我妻子的名字和他一起注册了公司。

公司的发展比想象中还要顺利，我们预想的诸多困难都没有发生。反而市场上的需求很大，客户的反馈非常地积极，令我们深受鼓舞。一年后，我就发现已经没有任何不全职加入的理由。

刚开始的时候，我们根本招不到出色的人才。我和特德花在给求职者解释公司到底是做什么的时间，比求职者自我介绍的时间还长。经常好不容易有人愿意来了，但还没开始上班，就被另一家公司抢走了。所以我俩那阵子忙得几乎不着家。虽然累点，但我们都很亢奋，仿佛有着用不完的力气。

伴随着工作上的高歌猛进，我的家庭也在发生着改变。在报社时，我上下班时间很规律，待在家里的时间也多。我爱做家务，只要回家早，就会给家人做晚餐。我不爱应酬，每到周末，就会全天陪在他们身边。

但是自从和特德一起干，我在家的时间就越来越少。妻子很不适应这个变化。我的妻子从谈恋爱开始，就对我非常地依赖。即便有了小孩后，她也没有将重心转移到孩子身上，而是继续对我很羁绊。只要我在家里，她做什么事都要在我身边。出门买菜，一定要我陪她去。我在辅导儿子作业时，她会一直坐在旁边看着我们。她的生活重心一直都在我身上，所以当我突然很少回家后，她的情绪波动很大，脾气也逐渐变差。到后来，她开始变着花样地想些办法，把我叫回家。

有段时间，她隔三岔五地说自己身体不舒服，不停地往办公室打电话，要我回家陪她去看病。等我火急火燎地带她去医院检查一番，却发现她的身体健康，什么病也没有。

“你根本就没病！”我埋怨她的胡闹。

“你是说我在骗你？我什么时候骗过你！我身上真的很痛，我也不知道是因为什么，但我没有骗你！”

“你就是嫌我陪你少了！不要再耍心机了。我们之前不是商量过，你很支持我趁年轻到外面闯一闯，可以多挣点钱。这不是好事吗？”

“是我答应你开公司的。可是我没有想到，会完全见不到你！早知道是这样，打死我也不会让你和特德一起干。”

“别再无理取闹了。想想我们的儿子，他不想总看到爸妈在吵架。”

“你还是觉得我在闹，在骗你。你以前不会这样的！”

她跑进了卧室，关上门。我听到她在屋里低声地哭泣，很想进去安慰她。可是特德已经传呼了我十几遍，一定有什么紧急事要处理。我是他的合伙人，不能推卸责任，丢下他一个人面对。我只得狠下心，赶回公司。

随着时间的推移，她的举动变得越来越过分。我一度觉得不再懂她，她哪来的那么多情绪？道理都已经说得很明白了，可就是不起作用。儿子打电话和我说，妈妈最近总是心不在焉，答非所问。他放学回来后和妈妈讲话，妈妈看都不看他。

早上我出门早，会叫儿子起床。当我出差时，她却经常睡到中午，忘记叫儿子。儿子好几次哭着和我说，自己又迟到了，被老师批评。出差回到家，我给儿子买了一个闹钟，让他学会自己起床。妻子这样的状态，肯定是没法去上班了。我的收入大幅提高之后，她完全可以不用再工作。

我让她辞退工作，回家做全职主妇，把工资都交给她，叮嘱她想买什么就买。我盼着她的心情会很快好起来。结果却事与愿违。她一个人在家后，日子变得一成不变，越发感到无聊，每天都会坐在镜子面前发呆，盯着自己的脸，一会儿觉得长了老年斑，一会儿觉得眼角皱纹加深了。

我试图找到一个客观原因来解释这些变化。她会不会是到了更年期？这么想能使我好过些。因为更年期是阶段性的，不会一直持续下去。我不知道更年期是不是会让人变懒，但是她确实越来越不爱动。不光白天睡不醒，连饭也不做了。我加完班回到家，看到儿子和她都没吃饭，儿子正用一只手揉着咕咕叫的肚子，另一只手写着作业。我的火一下就冒起来。我平时很少发火，有事也会闷在心里。但是那天我真的有点控制不住了。

“如果对我不满，就冲我来，别把孩子饿着！”

她什么话也不说，只是看着我，眼睛里没有神采。我一气之下拉起儿子就往外走。

“走！爸带你吃饭去！”

“爸，你别怪妈妈。我觉得妈妈是真的生病了！”

“你是小孩子还不懂，女生长大了，就会乱发脾气。你妈妈没病，她就是要气爸爸。她不给你做饭，是不满意我回家晚。”

儿子很懂事，看到无法说服我，就说那我们吃完后，给妈妈带回些饭菜吧。我说这是肯定的，你妈妈最近饭量越来越小，估计又嫌自己胖了，要减肥。她总能想出新花样，折腾自己，也折腾我。

那段时间，我心里总在埋怨她不知足。家里条件越来越好，我的事业也进展顺利，她为什么不懂得感恩？我不擅长吵架，也不想和她吵。我开始躲着她，不主动和她说话。她似乎也发现了我的变化，态度变得更消极。

我那个时候真的是太忙了，为了一个项目，有时要出差一个月。我不知道她正在经历着什么，还好我有个好儿子，每天都陪着她。浩儿很会照顾人，他是个心地善良的男孩，天生会为他人着想，甚至带有某种牺牲精神。妈妈情绪不稳定，他就改变了中午在食堂吃饭，饭后和同学踢球的习惯，每天中午跑回家，带回打好的饭菜，和妈妈一起吃。儿子想弥补我不在时，妈妈的孤单。他不能理解，我为什么不能少一些工作，多一些时间在家。

六年前，我们的事业迎来一个重要转折点。特德通过一个客户的牵线，接洽到一家拥有全球业务的国际公关公司。经过一个月的高效谈判，我们决定成立合资公司。这个决策将为双方带来丰厚的利益。

股权调整后，我用刚拿到的钱，立即定了一辆新款夏利。这是她最喜欢的车，很适合女生开。我想通过送她这个礼物，缓和夫妻之间紧张的关系。我向她保证，合资公司成立后，依靠母公司的背书和资金，会招来很多的帮手，我就有更多的时间陪她和儿子。但是当我把车钥匙交到她手上时，她居然对我说“活着已经没什么意思了”。不难想象我当时有多生气！

“要不想过了，就离婚！你也不用每天摆这张臭脸！”

当我转身要走，看到儿子正拿着成绩单走过来找我们签字。他的眼中流露着对我的怒火。他当时肯定想的是，爸爸要抛弃妈妈和他了。已经有很多年，他的生活里只有他陪在妈妈身边。也许他长大后能明白，爸爸和妈妈一样爱他，爸爸一直在做着认为是对的事，该做的事。爸爸没有逃避家庭的责任，爸爸不是一个坏爸爸。也许有一天，他会明白的……

杨木哽咽了，泪光在眼眶里转动，曾琴看得出，他正在强忍着不去触碰某些记忆。她还不清楚那是什么，但能清晰感受到他的心很痛。她搂住他的手臂，将身体靠上去，用这种方式缓解他激动的情绪。她刚刚了解到，他曾有过妻子和一个儿子，这些家人现在在哪里？为什么不在他身边？曾琴看到路边有一个石凳，示意杨木过去坐下，杨木点点头，他们一起走了过去。

一天深夜，我回到家，儿子正在客厅里等我。没等我换好鞋，他就朝我走过来，表情严肃地站在我面前。

“爸，我今天问了我们的生物老师，他让你带我妈去看一下精神卫生科。”

儿子的话，在一刹那唤醒了我。“精神卫生科”这是我第一次听到这个名词，这个科室在医院里吗？我当时还不清楚这意味着什么，只是隐约感到，一直以来都有什么东西，被我忽略了。我打听到精神卫生专科医院的地址，第二天就开车带妻子去挂了号。

医生进行了各种新奇的检查，让妻子填写了几份表格，回答了很多的问题。有些问题是我帮她答的，因为她在大多数时间里，不愿意和医生进行交流。大夫最后的诊断令我胆寒。

“什么是抑郁症？这是什么病？”

“这个病被命名也才几十年，对它的研究还在进行中，目前我们对这病的了解还不全面，只能依照病人的症状做诊断。”医生几度欲言又止的表情是在告诉我，他和我之间隔着几百部医学著作和几十年的临床经验，他接下来将采取更高效的沟通方式，“我几句话和你解释不清的。总之我现在通知你，你爱人病了！是真的病了！病得很严重！如果不及时治疗，会有生命危险！你赶紧去给她办理住院吧！”

我走在医院的走廊里，手里攥着一叠单据，脑子里塞满问题：她一直是好好的，怎么突然就病了？是从什么时候开始病的？为什么会得这个怪病？

当儿子看到我一个人回家，妈妈却被留在医院，立即冲出了家门。我只得紧跟着追了出去。在陪他去医院的路上，他始终没和我讲过话。我心里清楚，他在责怪我。

医生开始给她服用药物，并进行各种形式的治疗。但是自从她住院后，病情非但没有好转，反而迅速地加重。她开始拒绝吃饭，医生不得不给她打营养液。我和儿子轮流去陪护。儿子这个时候刚刚升上高三，学业很重。我担心他的功课被落下，他就带着书本和作业到医院来。

这天，我突然接到医院的电话，通知病危，让我和病人其他亲属马上赶到医院。我没有想到这一天会真的到来。我还记得当儿子看到站在教室门口的那个人是我时，一下就哭了。他用书包紧紧压住胸口。我不停地安慰他说，妈妈不会有事，医生会尽力的。但我知道，这些话连我自己都不信。

到了医院，儿子想阻止我签署病危通知书。他执拗地认为只要我签了字，妈妈就不会好了。我和他解释，只有签字之后，医生才能全力救治，他才同意我签。抢救一直持续到后半夜，妻子的情况才被稳定下来。我和儿子都守在她的床边。儿子哭累了，就倒在妈妈身边睡着了。

我握着妻子的手，说了很多的话。我求她一定要原谅我没有把她照顾好，求她一定要好起来，我和儿子都离不开她，今后我一定会多陪她。我祈求上天，祈求菩萨，祈求所有的看不见的神灵，如果他们真的存在，我求他们能够保佑我的妻子，因为她是一个非常好的人，不应该遭受这样的厄运。

后来我也累了，不知不觉中睡着了。隐约中，我仿佛感觉到她醒了过来，看着我和儿子。我甚至感觉到她抬起了虚弱的手臂，抚摸着我们。我不知道这一切是在梦里，还是真实发生的。我那天实在太累了，梦和现实的界限变得模糊。

早晨，奇迹发生了。她不光闯过了鬼门关，而且一睁开眼就和护士要东西吃。我和儿子高兴坏了。这时医生把我叫到一边，和我说这个病和其他病不太一样，得这个病的人，非常需要家人的陪伴。他问我能否暂时放下工作，每天都能来医院陪护病人。我当即答应下来。

我向特德请了无限期的长假，特德很理解我。前段时间我们一起培养起来的几个新同事，已经能跟上工作的节奏，他让我无须担心。

她真的在慢慢地好起来。每天她看着我，眼神都在告诉我，她会好起来！我也深受鼓舞。儿子是最高兴的。我对他说，妈妈现在有爸爸陪着，你可以不用每天都来，在学校好好上自习。他却坚持每天来看妈妈。我们三个人在这些年里难得聚在一起。说来惭愧，在医院的那段时间，是我那些年最快乐的一段时光，是我们一家人在一起最久的一段相聚。偶然一次，儿子的作业本被窗外的微风无意中翻到最后一页，我看到上面写着一行字，“如果妈妈不在了，我也不要爸爸了！”心虚的我赶紧把他的作业本合上。默默地下定决心：从今往后，我不会再让儿子失望！

妻子的体重和各项健康指标恢复得很快，气色也渐入佳境。医生对这个现象非常的关注，认真做着记录，嘴里嘟囔着，可能是某某新药和另一个药搭配吃，起到了奇效。确实如医生所言，他对这个病的了解也不是很多。

妻子每天都和我反复念叨："我已经痊愈了，带我离开这里吧，我想回家。"

医生很谨慎："是有好转，但还要再观察一段时间。"

我每天都安慰妻子："别担心，这次我不会走的。我会一直陪着你，直到你出院。"

我看得出，她很害怕，很担心哪天她一起床，发现我又不在她身边了。她似乎比以前更加依赖我。她对我曾经有多忙，多么投入在工作中，记忆犹新。对我现在能够每天陪在她身边，既惊喜，又有些难以置信，总怀疑我会随时离开。

又过了几个星期，我也觉得她和正常人没有两样了。她已经可以像从前那样，和我有说有笑地谈论事情。有时候她的话比我还多。她每次见到医生和护士，都会主动笑着和他们打招呼。我也加入到她的阵营，开始游说医生让她出院。

医生看到病人和家属都这么坚持，又评估了一下她近期的状况，批准了我们的请求。临走前，医生给她开了能够连续吃三个月的各类药品，并培训我熟悉每种药的剂量和服用时间。

出院那天，我好久没见她那么高兴了。她就像重新诞生到这个世界一样，对整个世界都充满了新鲜感，一路都将头伸在车窗外，感受着微风和空气的味道，"北京好美啊！""路边的鲜花好漂亮！""这栋楼是新盖的吗？怎么之前没见过？""北京变化可真大！"我笑她才住了几个月医院，这个世界能有多大的变化。

一回到家，她就忙里忙外地做起家务。当天晚上，她为我们做了一顿丰盛的晚餐。第二天，她拉起我，要我带她去练车。拿驾照之后，她没有开过几天车，算是个新手。一坐到车里，她就觉得哪里都不对。随后几天，就心血来潮地布置起车内的空间。她买了红色的布套，把座椅一个一个套好。但是还不够满意，又亲手织了方向盘和档把的毛线套。她在儿子面前夸口说，妈妈以后每天去接你放学！儿子推说这样不好，同学家都还没有私家车，不希望被同学当成他在炫耀。

医生出院时叮嘱过，病人回家后要随时有人在她身边，按时吃药，三个月后来复查。我严格地遵守，每天陪在她身边。到了吃药的时间，就把药拿给她，看着她吞下去。特德也听说她出院了，拎着一大篮子水果，来家里探望。

特德坐下后，我就迫不及待地问他公司的情况。他说现在是时候在上海开分公司了，这曾是我们计划三年后才要去做的事情。他说看到我妻子恢复得很好，就放心了。他希望我能尽快回来，公司很需要我。特德似乎有更重要的话在嘴边，但几次都被咽了回去。我看出了他的异样，让他尽管直言。如果有困难，两个人商量总好过一个人。他这才吐露，下周在深圳要举行全球的管理层会议。

“这是我们中国区第一次参加！本来开会地点定在香港，但是考虑到我们过去不方便，特地改在了深圳。总公司今年最重视的就是中国市场。创始人和首席执行官这次都会来，他们很想与你我见上一面。”特德表现得很为难，“看到他们这么热情，我一直没有说你家里的情况。大卫，你的英语比我好太多了，又最熟悉中国的媒体。如果没有你参加，我怕我们有一半的事情都没法谈下去。”

我当然听得出这次会议的重要程度，也能感受到特德焦急的心情。但是我不能答应他。我没有当面拒绝他，怕看到他难过，就和他说我晚上再好好考虑一下。送走特德后，我又在客厅坐了一会儿，还是想不到十全十美的解决办法。到了晚上，妻子主动找到我，说她在厨房切水果的时候，听到了我们的只言片语。她让我不用担心她，她一个人在家也会按时吃药。我说不行，医生叮嘱过不能离开人，而且她这个病，我领教过，不发病的时候和正常人一个样，发病的时候好像变成另一个人。谁能保证我不在，她会不会复发。她没有说话走开了。

过了一会儿，她高兴地跑过来和我说："我和你一起去！我还没去过深圳，正好去看看！”我一筹莫展一整天，居然没想到这个好办法。我要她答应我，白天不许独自出酒店，我开完三天的会，周末陪她出去玩。第二天，我告诉了特德。他喜出望外，马上定好了机票。

出发前，我看得出儿子很担心，他一直在提醒妈妈带好药，最好多带几天的量，万一弄丢了，还有备份。儿子最近又长高了，和我站在一起已经差不多了，而且越来越懂事。我的内心很是欣慰。

深圳不愧是改革开放的前沿，虽然北京这几年的节奏加快了，但是没法和深圳比。一到深圳，我就和周围所有人一样，像被拧紧了发条，说话和走路的速度不自觉地加快。这里充斥着全国各地的口音，每个人的眼睛里都有光。一路上我的心情非常好，前几个月因为妻子的病，神经一直紧绷着，现在终于放松下来。

我做了充足的准备，就等着在会议上为中国争取到最大的支持。今后的世界，中国一定是其中重要的一员。我相信那些刚下飞机的老外，看到脚下这座充满活力的城市，会毫不犹豫地得出和我相同的观点。

办理完入住，我就找到酒店经理，请他特殊关照我的妻子。我白天开会期间，服务员要提醒她去餐厅吃午餐，她抵达餐厅和回到房间，都要通知我。晚饭时间，我就会回来，陪她一起吃晚餐。安排妥当后，我信心十足地出发去参加第一天的会议。中国果然成为全球各地与会者讨论的中心，我和特德也成为焦点人物，像明星一样被众人团团围住，听我们讲述中国的故事。

第一天结束会议后，我谢绝了晚宴，赶回酒店，陪妻子上街品尝美味的街头美食。我问妻子我不在的一天里，她都做了些什么。她说什么也没做，一整天都在盼我晚上回来后，带她出去。她现在已经恢复如初，完全看不出得过那场怪病。

第二天的会议，日程安排比第一天紧凑，各地区的负责人分别做了工作报告。每场报告会后，听众都会提很多问题，随即展开热烈的讨论，因此会议的时间被严重拖延。我不得不打电话去酒店，告诉妻子我会晚点回去。另外，我让服务员给她准备了晚餐，且在送餐时留意观察她的精神状态。服务员留言给我："您太太精神很好，她让我转告您专心开会，不用担心她。"我很晚才回去，看到桌上的空盘子，知道她把晚餐吃得精光。能吃东西，就证明心情不错！

第三天，我们进行了分组讨论，分享彼此的经验。到了晚上，特德和我说公司创始人和首席执行官要单独约我们两人吃饭，他们会乘坐清晨最早的航班离开。我不好拒绝，想到昨晚妻子是一个人吃的晚餐，今晚也应该没有问题。但我还是不放心，给她打电话说，明天我就可以连续陪她整整两天，我们还要一起去海边。她在电话那头和我说，让服务员早点把晚餐送来，她饿了，想早点吃。我挂了电话，马上安排了送餐。

那晚，我给两个美国老板详细地介绍了中国的发展，和外商面临的大好机遇。我们一起展望了未来十年、二十年的蓝图。我突然发现，已经距离给妻子打电话过去了三个小时，心里产生一丝不安。她是不是睡了？或者还在等我？我走到饭店前台，借用电话打给酒店。房间里的电话一直无人接听。我不得不请酒店派人上楼敲门，查看一下情况。

我留了饭店的电话，让他们确认后马上给我回电话。那是我人生中最漫长的等待。即便我内心非常不安，但从未去想过最坏的结果。当一个人还看不清自己面对的是什么时，是感受不到恐惧的。十分钟后，电话铃声响起，电话里传来不祥的声音。

“杨先生，我们敲了很久的门，里面没有任何动静。我们又问了楼层的保洁，她说没有看到杨太太出去。没有客人的允许，我们不能私自闯入。您是否可以尽快回来？”

我的脑袋里黑压压一片，血流一下涌到头顶。我来不及和另外三个人解释，直接跑到了街上。当我推开酒店房门，就看到……

“抱歉，我真的不能再去回忆那一晚的任何细节，只要一想到……”

曾琴知道杨木正在讲述着人生中最可怕的经历，她也即将听到他最大的秘密。她紧紧地握住杨木的双手，给他力量。杨木此刻无比的脆弱，但他知道，如果曾琴不了解他的过去，他们将无法共同走下去。

她没能被抢救过来。事实上，她在到达医院前，就已经离开了。她把医生给她开的所有药，全吞了下去。我一个人呆呆地坐在医院太平间门口，回想着过往的画面。她难道一直在演戏？难道在医院就计划了这一切？她为什么要自杀？生活明明那么地美好。我们有一个多么出色的儿子。她怎么忍心丢下我们？当晚的我还不能理解，她在发病时的思维不适用正常人的世界。我整晚都在埋怨她的草率和不负责任。当我在之后的数年中，逐渐了解她当年得的是多么可怕的一种病，才幡然醒悟：全部的责任都在我。

我想到自己曾经对她恶劣的态度，多少次她想诉说痛苦，却得不到我的倾听。多少次我出口伤害她，把正在忍受病痛折磨的她，当作是在无理取闹。我以为我是孤独的，因为得不到她的理解。可她是绝望的，因为我根本看不到她。她说活着没有意思的时候，是在向我求救，而我却认为她在和我斗气。她留给我的信号，全都被我误读。是我的无知，害死了妻子。人在不了解自己的无知时，是最可怕的。他会一直走在错误的路上，直到不可挽回。这一切，儿子都看在眼里。

我不停地回忆她生命最后几天的细节，想象有没有可能提前发现避免悲剧的方法。我怎么能蠢到，把妻子的命交给酒店。我答应会陪她，却连续两天食言。可我又怎会想到？任何一种病难道不应该从轻到重，需要变化的时间和过程吗？为什么一个人明明前一秒心情好好，有说有笑，下一秒就走向极端？

一切都晚了。命运在捉弄我。好端端、活生生的一个人，因为得了一种看不见的病，被一种未知的力量，轻易就夺走了生命。一个家庭也破碎了。

她连一份遗书都没留下，什么都没留下，我们什么都不知道。我一个人回到了北京。我该如何向儿子解释发生的一切？就在几天前，爸爸和妈妈还是一起离开的。可是现在，妈妈永远回不来了，是爸爸把妈妈带走的。是爸爸，没能把妈妈带回家。任何的解释，在他听起来，都是借口，是推卸责任。妈妈的死，百分之百是我的责任，是我杀了他唯一的妈妈。

“为什么死的不是你！”儿子冲着我怒吼，“把妈妈还给我！”

他无法原谅我，恨死了我。他想要报复我，却不知该如何报复。他刚刚成年，但他知道我最在乎的是什么。我希望他能考上大学，完成我曾经在学术上没能实现的梦想。我总是和他开玩笑说，他要一直读书，读到博士。不用担心钱。爸爸会一直支持他。他要通过毁灭我的希望，来报复我！

他从此再也没去过学校，他把自己作为报复我的手段。这是老天对我最残忍的惩罚。用我儿子的未来，惩罚我犯下的过失！我努力过，求他不要把自己的前途和对爸爸的不满同等对待。但是他还是那么的年轻，他刚过完十八岁的生日，他还是一个孩子。我是他最憎恨的人，我的劝说只会坚定他对抗下去的决心。他已经成年，即便报警，我也不能强制把他带回家。

“这之后，你有再去找过他吗？”曾琴感受到杨木那颗破碎的心，这颗心已经碎了很久，经受了长时间的折磨。但伤口还像新的一样，一碰就会撕心地痛。

“他并没有刻意躲着我，他只是让我不要再来打扰他的生活。他威胁说，如果我再对他提出要求，或者企图帮助他，他就会马上离开这座城市，到一个我再也找不到他的地方，让我再也见不到他。我害怕了。从此以后，我只敢远远地看着他，我唯一的儿子。我再也没有靠近过他。”

我的家已经毁了，我不可能再继续做以前的工作。公关需要大量的人际交往，而我已经是一个死人。我把股份都转给了特德，打算彻底离开公司。特德知道我如果这么做了，以后将不会有任何收入，我的钱根本不够维持余生。他坚决不同意我的决定。他不知道，我对这家公司是有恨的。我恨它夺走了我的妻子，赶走了我的儿子。

特德没有放弃努力，他是一个真正的朋友。他同意我的退出，因为我已经不能再履行一个合伙人的职责。这一点，我们都清楚。但是，他坚持要在他持有的股份里，为我留下一小部分，这部分远远不如我曾经持有的那么多。但是他说，公司未来会升值，这部分虽少，也可以让我的余生有保障。他逼着我达成妥协，如果我不接受他的建议，就会失去这个朋友。我已经失去太多了，就答应了他。又过了几个月，他登门找到我，让我回公司帮忙做些翻译的工作，这份工作很适合我，只需要和文字打交道，不需要应对复杂的关系。他知道，如果不给我找点事情做，我会被无尽的痛苦吞噬掉。

我没有想到，自己很快就爱上了翻译的工作，这份工作太适合我了，我从文字里重新找到了快乐，找到了价值。特德联系了几所大学，他们邀请我帮忙翻译一些公关类的专业书籍。我于是参与了很多教材的翻译工作。

“国内出版的公关专业书籍，我基本都读过，这其中有你翻译的？”

“是的，不过我用了笔名。”

杨木在讲完这些故事之后，感到如释重负。这么多年来，他从未对另一人讲述过这段往事。如今在他的身边，是一个年轻、善良、充满爱的灵魂。他感到心灵的寒意正在被一股暖流代替。曾琴也能感受到杨木此刻正在发生的变化，她觉得离他更近了。两人紧紧地靠在了一起。

## 4

他们开始了约会，相伴一起看了更多的话剧、电影，听音乐会，去浪漫的西餐厅吃饭。曾琴带杨木去了那些年轻人酷爱的地方，胡同深处的试验小剧场，滚轴溜冰的体育馆。杨木到这些地方时总在想，会不会遇到浩儿？曾琴把杨木拉到了西单，为他选了一双耐克运动鞋，又买了一件真维斯的大衣。杨木换上后，曾琴觉得他至少年轻了十岁。在办公室里，杨木不再热衷于加班，同意把大量翻译的工作外包给专业的翻译公司来做。

他们每天一同进公司，一起午餐和散步，下班时互相等待对方收工。同事们只用了很短的时间，就从最初的惊讶到接受，再到祝福。毕竟，这是一个开放、包容和多元的时代。中国在变革，世界在融合，文化在碰撞，偏见在消除。接纳，是这个时代的主题。与偏见会带来仇恨不同，接纳带来爱。人们刚从仇恨的年代走出，正在慢慢地学着去爱。世界因此变得可爱。恋人在这样的氛围下，毫无保留地享受着相爱的喜悦。

半年后，杨木终于下定决心，向特德表示，自己未来将专注在翻译书籍的工作上。他已得到出版社的支持，计划把年轻时最爱读的几本英文名著翻译出版。特德知道，他和老朋友的合作，终于要告一段落了。虽然不舍，但他还是送上了真诚的祝福和一份“大礼”，将北京公司新乔迁后的大会议室命名为“大卫·杨”，用来铭记这位卓越的创始合伙人。

曾琴也不想再继续过每天如打仗一般的快节奏生活，她惊喜地发现一本新创刊的音乐杂志《音乐天空》，专门介绍国外的小众音乐和挖掘国内新兴的摇滚乐队。她去面试的时候，发现杂志社为了节约经费，居然将办公地点安置在一个地下室。这和她曾经光彩夺目的工作环境相比，真是天差地别。不过曾琴觉得，在这小小的编辑部里，还真是藏龙卧虎。每一个同事都拥有鲜明的个性，并且竭力彰显着自己的独特之处。在这里工作，她有种回家的感觉。杂志社因为极度缺人手，竟希望她第二天就来上班。她入职刚满一个月，就负责起最新一期的封面人物采访。

特德开玩笑说，他们俩谈恋爱倒是高兴了，他却一下子痛失两名爱将。他坚持要求他们做完公司的年度体检再离开。这是公司每年的福利，杨木已经连续四年没参加了，特德这些年从未勉强过他。但现在不一样了，他既然已经和曾琴在一起，就应该重新审视一下自己的生活，多关心一下自己的健康。

体检这天，曾琴早早就把杨木叫起来。她最怕饿，肚子一空，胃就难受。因为体检前不能吃东西，她想尽快做完，然后去美餐一顿。他们等在体检中心门口，门一开，就冲了进去。曾琴嫌杨木动作慢，主动承担起填表格和领体检表的任务。他们被分隔在两侧的男宾和女宾专区。每当曾琴做完一个项目出来，都会望向中间的等候区，找找看杨木是不是在那里，杨木也做着同样的事情。每当两个急切寻找对方的眼神相遇，就会相视一笑。好像这短暂的分离，对他们而言也是难以忍受的。

一周后，报告被寄到家中。曾琴下班回来，杨木正在书房看书。她放下手中厚厚的一摞杂志，先裁开了杨木的报告。

“让我看看。你的眼睛有没有花，耳朵有没有聋。”她有意提高音量。

杨木抬起头，看着她试图吸引自己注意的样子，觉得很好笑。

曾琴一边翻看报告，一边哼着歌。突然间，她整个人僵住了。

“老杨，你快来！看看这到底是什么意思？”

杨木看到她如此慌张，急忙走过去，拿起自己的报告。

“边缘不整齐、淋巴结肿大、阴影……”他念着这些似懂非懂的医学术语，仿佛念出来就能够理解其中的含义，“体检中心建议最好去大医院复查一下，我看应该没什么问题，我平时烟抽得多，如果问题严重，大不了把烟戒了。”

“不行，现在就去医院，挂急诊！现在就去复查！”曾琴比杨木更加心慌。

在被确诊为肺癌晚期时，杨木沉默了良久。

“看来，我不用戒烟了。”

医生让他考虑一下住院治疗，手术已经不能做了，但是可以进行化疗和放疗，可以排出积液，减轻痛苦。他回想起多年前妻子住院时的情景，冰冷的医院和病房，医务人员例行公事的救治。躺在一堆先进仪器中间的那个人，唯独缺少的就是人情味。他只要想到这样的画面，内心就很抵触。他的灵魂在干涸了如此漫长的岁月之后，再次触碰到甘泉。他很不甘心，不想把生命的最后岁月定格在冰冷的病床上。他向已哭成泪人的曾琴摇了摇头。

“医生，我会如何死去？”

“大概率会因为无法呼吸而窒息。”

“痛苦，但时间很短。”

医生理解病人的想法，也尊重病人对自己身体的决定，他给杨木开了些药，向他说明了身体未来变化的阶段。杨木和曾琴谢过医生后，离开了医院。

他们计划了一趟穿越中国的旅行，没有目的地，旅行的终点是生命的结束。他们准备停当，将小小夏利车的后备厢和后座塞得满满。他们和亲朋一一道别，出发踏上旅途。

杨木开车时，曾琴就在一旁看着他，不想休息。杨木开累了，就换曾琴开。他们一起看每天的日出和日落，数天上的星星，将车开到没有人烟的地方，感受大自然的生生不息。

“我曾以为会嫁给你，为你生下小孩，和你一起看着我们的孩子长大，和你一起变老，和你经历无数次的日出和日落，到了很老的时候，和你一起回忆我们这一生曾做过的事情。但现在，这一切都不可能实现了。”曾琴在杨木的怀里哭。杨木擦拭着她脸颊上的泪痕，自己也已泪流满面。

杨木的体力越来越差，他们在路上的医院又开了些药，并且在医生的建议下，购买了可随身携带的氧气罐。为了给氧气罐腾出空间，他们不得不处理掉一些行李。两个人心里都清楚，剩下的时间不多了，他们谁也不提，就当做什么也不会发生。

最后的时间里，杨木经常聊起儿子。当儿子只有豌豆那么大的时候，杨木第一次通过 B 超听到了他的心跳声，这声音是那么的神圣，像一曲生命的乐章。他从那一下一下，不间断的，充满力量的跃动里，感受到了神的存在。就在一瞬之间，杨木愿意相信这个世界是由神创造的。

儿子出生后，他最爱做的事，就是在儿子熟睡时，悄悄地躺在他身旁，静静地聆听他的呼吸声，感受他热乎乎的体温。只需躺上片刻，杨木就会忘掉世间所有的烦扰。每当离开的时候，杨木都会轻轻地亲吻一下儿子肉嘟嘟的脸蛋。此刻，他仿佛又躺在了儿子的身边，他感到很温暖，很舒服，很满足。不同的是，这一次他不想再离开，他想一直这样，睡下去……

杨木现在大多数时间处在昏睡中，并开始出现幻觉，清醒的时间越来越少。曾琴不想在任何地方停留，她没日没夜地驾驶着汽车。为了让杨木更舒服些，她把整个后排座位腾出来。杨木躺在上面，带着氧气罩，发出微弱的呼吸声。已经有很长一段时间，杨木没有和曾琴讲过一句话。他一直昏迷。曾琴觉得随时都有可能失去他。

一天傍晚，杨木睁开了双眼，他没有力气讲话，但眼睛却睁得很大。曾琴把车停靠在路边，坐到他身边，和他讲话。他说不出话，一直望着曾琴的脸庞。当他再次合上双眼时，在她的怀里，睡着了。

# 5

酒吧里人头攒动。有人畅饮，有人舞动，有人尖叫，有人狩猎。舞池里红光绿光交替转换，仿若置身西游记中妖怪的洞穴。人们来这里放弃思考，逃避现实，沉浸在幻想中，陶醉在欺骗里。这一切的始作俑者除了黑夜和酒精，还有音乐。是怎样的音乐？能够制造幻觉，蚕食精神，挑动欲望，放大快感。这音乐的源头，来自正前方的高台之上，那个身材高挑，肌肉线条清晰，身穿白背心，头戴全封闭耳机的小伙子。他有着高耸的鼻梁，深邃的眼窝，贴着头皮的短发被染成鲜红色。他全神贯注，大汗淋漓，带动全身摇摆着的双手，灵活地操纵着炫酷的仪器，指尖不时地摩擦着漆黑的碟片，制造出充满魔力的"噪音"。高台之下频频爆发出尖叫声，人们被这如梦如幻的噪音征服，将痴迷的目光，投向它的缔造者——DJ。这个在东方古国出现还不满十载的新职业，已经成为年轻人追捧的对象。只需一个月，DJ 就能挣七八千甚至是上万元。在一个连万元户都少见的年代，这些玩音乐的年轻人无疑走在了时代的最前沿。

就在红发 DJ 走下高台短暂休息时，现场再度爆发出一阵欢呼。他的一举一动，都能轻易挑动起他们的神经。他接过助手递来的一瓶矿泉水，大口地喝着。一个穿白衬衫的服务生穿过拥挤的人群，来到他的身前。

“浩哥，那边有个女的，找你！”

“着急吗？我好不容易歇会儿。”杨浩很不耐烦。

“她说她认识你爸！”服务生特意加重了最后一个字。

“我爸？”杨浩站起身，随手抄起桌上的一瓶啤酒，朝服务生指的方向走去。

“就是靠窗站着的那个，穿插肩短袖！”服务生怕杨浩认错人，又加上一句。

杨浩晃动着身体，灵活地闪躲着身边不规则蠕动的人流，缓慢地向窗边移动。一路上不停地有人和他打招呼，有几个女孩子在他路过时发出尖叫，一个和他认识的女孩，试图拉住他的胳膊让他停下来。他没心思搭理她们，一边应付着搭讪的人，一边望向窗边，确认目标是否还在那里。窗边的女生始终一动不动，站在原地。她也已经看到了他。

杨浩来到曾琴面前。他手中的啤酒，已经喝下多半瓶。她手上没有任何饮品，两只胳膊放在身前。两人借着嘈杂的环境，互相打量。他们都在等对方先开口。杨浩现在可以看清面前这个瘦小的女生。她长了一张还没说话，已经会相信的脸。白色的牛仔短裤，红色插肩短袖，一双红色帆布鞋，戴了一块白色电子表，看上去像一个大学生。虽然今晚这里有很多的学生，但她们一定不会让自己看起来像个学生。看来她来这里的目的，只为找他，不为其他。

曾琴端详着杨浩，在他身上找寻着杨木的影子。她观察着他的五官、身材、表情，就像在看自己的孩子。这种完全不像第一次见面该有的关切的目光，让杨浩浑身不自在。他只得率先打破僵局。

“找我什么事？你怎么会认识我爸？”

“对不起，”曾琴调整了一下情绪，“我是来告诉你，你父亲——去世了。”

杨浩明显被这个消息惊住了，但他很快收起震惊的表情。他记忆中的父亲还很年轻，而且很健康，至少看起来很健康。他认为他会活到很老，没想到妈妈才走了几年，他就跟着去了。他还在生父亲的气，如果不是父亲的疏忽，妈妈不会走得这么早，这是毋庸置疑的事实。正因为这是事实，父亲才一直不敢面对他。他一看到父亲，就会想起可怜的妈妈，想起父亲本该能做却没有做的种种，想起自己因为年纪小而无力改变，没办法帮助到妈妈。他怪父亲，同时也在深深地自责。这一切，在今天都结束了吗？从今往后，他再也没有可以责怪的对象。他的两个至亲，都离开了他。

“你是谁？凭什么是你来告诉我？”

“我是你爸的女朋友。”

“女朋友？”杨浩心想，“老杨啊，我刚想同情你，搞不好还要为你掉几滴眼泪，没想到你日子过得有滋有味！”

“你才多大？”

“我知道你的年龄，我比你大两岁。”曾琴已知的所有关于杨浩的信息，都是杨木在最后的时间里讲给她听的。他说杨浩从小学习就很好，在班里一直名列前茅，尤其是语文和英语这两门课。杨浩小学时，因为下午放学早，杨木就把他带到报社。杨木一边工作，杨浩就在一旁翻到什么就看什么，报社里只有中英文的报纸。杨浩有无数个下午，就是在小小的编辑部里度过。通过大量的阅读，他有了超出同龄人的知识储备和理解能力。杨浩时常在晚上回到家后，询问爸爸下午和单位叔叔们聊天的内容。杨木这才发现，大人们谈论的新闻，杨浩居然都能听得懂。

杨浩离家出走后，最早曾在五道口地区林立的餐饮和酒吧打零工，晚上就睡在里面。因为经常有玩摇滚的乐手在附近出没，发现他的形象不错，就教他练习打鼓，带着他到处演出。他后来觉得玩乐队收入实在太少了。他不像其他乐队成员，白天玩音乐，晚上回家吃爸妈准备好的热饭菜，他必须靠自己养活。直到他接触到 DJ。得益于入行早，他享受了这一带酒吧兴起后的大量红利。最近一年，是他独自谋生后，日子过得最宽裕的一段时间。

来找杨浩之前，曾琴一直在处理杨木的后事。他们虽然没有结婚，但她做得不比任何一个妻子少。简单的葬礼后，她按照杨木的要求，将他的骨灰撒入大海。儿子说过，不希望他的名字出现在妈妈的墓碑上，他也自认为愧对她。生命从无中来，就回到无中去吧。曾琴回到了杨木的老家，看望了二老，她不是过了门的儿媳，就谎称是代表公司前来慰问的同事，转交了杨木留给两位老人的那份遗产。因为父子之间的矛盾一直瞒着爷爷奶奶，杨木借口创业繁忙，已经几年没有回家看望过他们。他们也很多年没见到过孙子，以为孙子早已大学毕业。他们让曾琴回北京后捎话给杨浩，爷爷奶奶非常想念他，希望他来年春节的时候，能回来看望他们。

她返回北京后，又花了两个月时间，变卖掉杨木所有的财产，并把特德那里的股份兑成现金。曾琴将所有这些事情办得有条不紊。精力放在处理这些事务上，可以使她暂时不去想心中的痛苦。她现在只剩下杨木最后的心愿，也是最难达成的心愿，还没有完成。她做好了充分的心理准备，不达到目的，绝不会放弃。

“我们可不可以找一个安静的地方，我要和你说一下——你爸爸的遗嘱。”

“遗嘱？我从来没惦记过。就让你捡个便宜吧。我爸那几个破钱，就留给你这个破……”杨浩没有说出口，因为他发现曾琴马上要哭出来了。他决定高抬贵手，不折磨面前这个女孩子。

“你想喝什么？算我的！我应该感谢你，把老家伙送终，也算没给我添麻烦。今晚之后，我希望你从我眼前消失，咱俩各走各路！”

曾琴没有就此消失，相反，她之后每晚都会来杨浩工作的酒吧。依旧站在窗边，什么也不点，远远地看着他。她知道，杨浩知道她每天都来。她并不是在赌，因为她相信杨木曾和她说过的话，浩儿心地善良，是一个懂得关心他人的好孩子。酒吧里的客人，有着复杂的身份和背景，这里是丑陋不加掩饰的修罗场。经常有酒气冲天的男人凑到曾琴身边，用下流的语言挑逗她。有几个酒吧的常客，附近的混混，渐渐对这个每天都来的清纯小妹打起了歪心眼儿。杨浩每天在这种环境中历练，只需要看一眼，就能辨明每一个人的心中所想。他日渐感受到，曾琴再这么下去，迟早有一天，会遇到意想不到的麻烦或是危险。

“她和我爸之间，到底有着怎样的感情？我爸有什么好？一个既无趣又邋遢的中年人，她为什么要把他交托的事——如此当真？”虽然有这些疑问在心中，但杨浩依旧保持着表面上的冷漠，想用这种方式逼她放弃。他认为现在生活得很好，不用去想以后，过一天算一天。每天工作到清晨，睡到下午。虽然疲惫，但是疲惫也有好处。减少了思考的时间，就减少了不必要的痛苦。

那几个酒吧常客终于行动了。这几个人是从小在这片长大的地痞无赖，没人敢惹他们。连附近的片警都是和他们一起玩大的，给他们留着面子。他们终于压不住心中的瘙痒，想去搞清楚，每晚都出现的这名奇女子，到底所为何来。当杨木看到他们把惊慌失措的曾琴围在中央，你一言我一语地表面关切，实则调戏时，他的本性跳了出来。他飞身跃下高台，用力拨开厚厚的人群，冲到那几个人面前，一把将贴着曾琴最近的两人拽开。那两个无赖被突然地拉开，立刻升起无名火，回头想看清楚是哪个不长眼的敢惹他们。杨浩面对着两头愤怒的野兽，马上恢复了江湖嘴脸，摆出既假又空的笑容，说着不伤和气的谎话：

“这是我姐！我爸妈看我天天不着家，我姐怕他们再这么下去要害心脏病了，所以每晚都来堵我，逼我跟她回家！”

他这番话也是说给曾琴听的。他一把将曾琴拉到自己身旁。曾琴身体轻，差点撞在杨浩身上。

“姐！你看你！都把我几位大哥给惊动了！要是再让你待下去，我脸都丢完了！你赶紧走！我怕了你了！跟爸妈说，我明天就回去看他们二老！”

杨浩虽然嘴上说的是让曾琴自己走，但实际上是他拽着曾琴把她往外拉。曾琴被他不容分说地拉出酒吧。

“求你不要再来了，这里不适合你！”

“适合你？”曾琴反驳。

“这是我的事！你是我什么人？用不着你来管！”

“那你刚刚，为什么要来管我？”

曾琴别看人小，但是真会气人，只几句话，杨浩就想骂街。

“明天下午三点，你在隔壁的咖啡厅等我。我来听你说。你最好把我爸要和我说的话，一次性说完！我听完了，你是不是就完成任务了？以后就别来烦我了！”

曾琴没忍住笑了，她感觉自己成功地战胜了眼前这个大男孩。

“好！一言为定。明天下午如果我看不到你，晚上我还会……”

“姐，我都怕了你了，怎么敢不去！”杨浩一脸无奈，唉声叹气，想尽快摆脱这个负担。

当良心成为一个人的负担时，这人就一定还有救。曾琴真想把这一晚的快乐，分享给杨木，他的儿子今天勇敢地站了出来，保护着一个素不相识的弱者。她很期待明天的见面，希望能够打动他，让他按照父亲的嘱托——离开他不属于的地方。

曾琴早早地来到咖啡厅，一直盯着墙上的挂钟。杨浩提前五分钟抵达。“守时”，曾琴暗暗为他记下一个优点。

“说吧！”杨浩一来，就摆出一副赶时间的姿态，虽然他并没有着急事。

“你爸把财产分成了四份，一份我已经转交给你的爷爷奶奶。另一份，姜叔叔代为转交给你的姥姥姥爷。第三份，她希望由我——亲自交给你本人。”

“我那份——麻烦也帮我转给姥爷他们，这是他们的女儿孝敬他们的。”

“我做不到。”

“你不是说钱是给我的吗？那我根本用不着征得你的同意。你现在就给我，我自己转！”

“我还没有说完。你得到这笔钱，是有条件的。就是你必须先考上大学，完成学业。这笔钱会由律师按期支付给你，包括你大学期间的学费和生活费。待你大学毕业后，剩余的部分将一次性支付。到那时，就如你所说，想怎么处理，随你！”

杨浩吃了一惊，但他脑子转得很快，马上就恢复了冷静。

“这好办，我这就去注册一个成人大学，混几年就能毕业了。”

“你爸想到你会这么做，他为你准备了一份名单。”

曾琴将一张提前扣放在桌上的名单翻转过来，递给杨浩。杨浩拿起名单，气得直咬牙。都说知子莫过父，曾琴现在是真的相信了。

“这钱我不要了！为什么要上大学？大学毕业生，没一个比我挣得多，你知道我现在每月能挣多少吗？”

“我知道。就因为你，我对 DJ 行业做了详细的调查。虽然目前挣得多，那只是由于时间差。未来的竞争会越来越激烈。开放的时代，世界顶尖的 DJ 也会被邀请来中国。而且这个行业是青春饭，消耗身体，容易接触社会的阴暗面。收入增长空间几乎没有。大学生毕业后，只需要几年就会超过你的收入。

他们还将拥有更高的社会地位，更优质的社交圈，更健康的生活，更有意义的人生。”

“也许现在的生活——正是我想要的呢？也许我不想往上走，就喜欢待在低处。在这里可以不思考，不进取，充斥着人性的腐败，兽性，呆滞，愚蠢，反而让我没有压力。”

“如果你是真心喜欢现在的日子，我会支持你。你父亲也想过最差的可能性。这笔钱，归根结底是留给你的。所以在所有条款的最后，他把判断的权力交给了我。如果我认定，你已不需要读大学，我就可以打破所有条款，将钱全部交到你手上。但是，如果我发现你不是真心的，而是在逃避和伪装。我就必须帮你认识到！”

“你根本就不了解我，凭什么让你来做判断！”

“我正在了解！白天你不来上班的时候，我也会来你工作的酒吧。你的那些同事已经和我说了太多关于你的事情。我知道你为人仗义，借钱给朋友，是常有的事。替人出头，帮人打架，也不止一次了。谁都知道你爱帮人，所以很多人都在利用你。借你钱的人，没有还过的。让你帮出头的人，在你挨打的时候，从未站出来过。在这一带，看你不顺眼的人很多。因为你太骄傲了，总是一副瞧不起人的样子。很多人如果不是看在酒吧老板吕哥的面子上，知道你能给他赚钱，是他的头牌，你早就被人打死，扔在路边了。这些事实，你心里应该比我清楚！”

“你白天也来？我说你……”

杨浩再也不敢小瞧面前这个文弱的女生，她身上的能量，她想做到的事情，看来是很难被阻挡。他气自己的那些兄弟，平时关系都不错，怎么没有一个人告诉他，她每天都在打听自己。她给了他们什么好处？他们一定都在偷偷看笑话！曾琴当然知道，她说出这些，他心里一定不好受。但这就是她想看到的。

“哦对了，我差点忘了，你的兄弟们说，你被人记恨的原因还有一个，就是那些女大学生都是你的粉丝。她们喜欢你，还会带其他学校的姐妹来看你，一传十,十传百。你是名副其实的摇钱树。但你这么出风头，让其他男人都管不住自己带来的女人，她们一来就往你跟前跑，想吸引你的注意。他们能不恨你吗！”

“你这是在夸我吗？”

杨浩越来越搞不懂这女人的策略，听不出她是在夸他还是骂他。但他笃定，大学这件事，早就翻篇了。他已经离开校园六年了，从来没有想过还会回去。再说，这么大岁数的大一新生，不丢人吗？

“你为什么会骄傲？不是你天性傲慢，是你打心眼儿里知道，你不属于这里！你为什么瞧不起那些有钱又肯花钱的大哥们，因为你觉得他们的钱，在你眼里一文不值。为什么有那么多女生对你示好，你却视而不见，因为你自卑！这周围是北大，清华，人大，北林，北航，北医，北语……全中国最好的大学都在这里。你敢说你不羡慕那些每天出入你的酒吧的大学生吗？他们白天会回到课堂，回到图书馆。而你，只能回到你的小屋里，任自己腐烂。你拒绝那些女孩子的追求，不是因为你高傲，恰恰因为你自卑。你怕她们终会意识到，你只是一个没有抱负的社会青年，她们就会瞧不起你。你怕听到她们聊天中，提到某某学长已经拿到了留学签证，暑假之后就能去到更广阔的世界。那个世界，没有你的份！如果你是一般的小混混，肯定是无所谓的。但是你做不到无所谓。因为你心里清楚，你不比他们中的任何一个差！"

"够了！"杨浩被彻底激怒了！他可以肯定的是，他说不过她。那就好男不跟女斗吧，"你慢坐！我先走了，我还要去补个觉。"

曾琴不紧不慢地再次拿起那张名单："怎么样？看上哪所大学了？我帮你分析一下。"

杨浩起身："别白费力气了，我是绝对不会去的。"

"如果你不答应，我今晚还会去找你。"

"你昨晚亲口答应过，只要我今天赴约，你就不会再来。我今天遵守了承诺！"

"我也会遵守承诺。"

"那我们之间——没什么其他事了！"杨浩头也不回地朝门口走去，突然又退回几步，把曾琴的账给结了。曾琴看不到他出门时的表情。

## 6

当晚，杨浩总是心不在焉。曾琴虽然答应不会再来，但是万一又来了怎么办？那几个早就盯上她的无赖，今晚绝不会再放过她。他已经出面过一次，再有一次就不会那么轻易了。他不时地向窗边看去，那里曾经是她每晚都会驻足的地方。他突然分不清，自己到底是不想她来，还是在期待她的出现。

凌晨四点，客人已经走得差不多了。两个服务生取出扫把，开始清扫地面。另一个服务生搀扶起一个醉醺醺的客人，架着他出去打车。杨浩现在可以确定，她是不会来了。再过一小时，天就要亮了。杨浩开始整理设备，这之后他会帮其他人一起收拾桌椅，酒保会为他调制一杯不含酒精的饮料。他要一直拖到天亮，才会离开。就在他接过那杯特调的提神饮品时，酒保冲他扬了扬眉，挤了下眼，示意他回头。他转过身，看到曾琴就站在他身后，双手交叉在胸前，得意地看着他，仿佛是在说："上班时间我没来哦。现在可是下班后。"杨浩可以听到酒保偷偷的笑声。其他员工正齐刷刷看向他。他的脸涨得通红。看到曾琴，他心里首先感到的是快乐。但他极力掩饰，硬摆出一副厌烦的表情。

就在这时，一个女人慌慌张张地跑了进来，她穿着一条黑色连衣裙，脸上的妆已经花了，嘴角沾着血痕，一只眼睛红肿着。所有人包括杨浩，都认得她。这个女人叫晚晚，从半年前开始，她就经常来玩，那时她非常迷恋杨浩。杨浩一直没给过她机会。她因杨浩的拒绝，哭得稀里哗啦，每晚来买醉。杨浩觉得她的难过和自己有关，默默地负担了她所有的消费。她发现哭闹对杨浩完全不起作用之后，就退而求其次，以朋友身份自居。这样既可伺机而动，又可随时了解杨浩身边有没有竞争对手出现。从上个月开始，她突然就消失了。有人说她终于放下了。也有人说她在网上结识了一个男朋友。

“你这是怎么了？”

杨浩一问，她马上就哭了。

“浩哥，我男朋友又打我了。前几次他打我，我都不敢来找你，你一定会劝我离开他。当时我还很爱他，离不开他。但是现在我终于下决心和他分手，我已经不爱他了。他为了留住我，每天都来找我，求我。一想到我要离开他，昨晚又控制不住，打了我。我在外面游荡了一夜，不知道能去哪里。回家，我又怕他会堵在我家门口。你能不能陪我一起回家？如果他真的在，我希望你能帮我和他好好说说，说我不爱他了，让他不要再来找我！我知道，我又给你添麻烦了。可是我也想不出其他办法，我还能怎么办？”她哭得更厉害了。

“走，我送你回去。”杨浩拿起外套，起身就要跟她走。

曾琴虽然不了解杨浩和这个女人之前发生过什么，但是直觉告诉她，这女人是在利用他。也许杨浩经常会被各种各样的“朋友”利用，已经习惯了。但是这一次既然让曾琴撞到，她就要阻止它发生。

杨浩正在发愁该如何处理和曾琴面对面时的尴尬，晚晚的突然出现，刚好帮了他。与被晚晚拉走相比，他更怕和曾琴待在一起。他对曾琴有种说不出是什么的感觉，既想见到她，又想躲着她。在他能够彻底搞清楚之前，最好还是先躲着点她。

曾琴伸手去拦杨浩，杨浩直接撞开她的手臂，看也不看一眼，径直从她身边走过。看到杨浩大步走向门口，晚晚马上收起哭相，紧赶两步跟了上去。临出门前，晚晚还不忘回头看了一眼曾琴。曾琴确信她看到了晚晚带有挑衅的笑。

曾琴站在原地，没有追出去。虽然接触时间不长，她已经很了解杨浩的个性，知道自己当下不能改变什么。周围的人都以为刚刚发生的是一场精彩的情敌大战。

这晚之后，曾琴每天都会在打烊后，来到酒吧。酒保很有眼力见地调制好两杯特饮。曾琴拿起自己那杯就喝，杨浩则全当她不存在，不改变自己的节奏，该干什么就干什么，该和兄弟们聊天就聊天。等时间差不多了，他就和大伙儿说声“晚上见”，然后拎着包走出酒吧。曾琴此时也会跟着他出去。等他俩离开后，所有人才觉得松了口气。这俩人倒是不嫌尴尬，可苦了其他人，他们都快被这压抑的氛围搞窒息了。

曾琴和杨浩排在买早餐的队伍里，和上班族一起等着新出锅的油条。这家早点摊的油条是真好吃，颜色鲜亮，个头饱满。老板一家三口，妈妈招呼客人，爸爸和面，女儿在油锅前煎炸。杨浩还记得这家人刚来的时候，小女孩看上去也就十来岁，脸上的皮肤水嫩嫩，机灵的双眼打量着每一个客人。但是只过了四季，她的脸蛋就被风吹日晒蹂躏得又黑又红，双眸也变得呆滞，直愣愣盯着油锅，头也不抬一下。

杨浩点什么，曾琴就点什么，只是比他的分量小。他们彼此不交谈，但是会默契地为对方占座。各吃各的，吃完之后，杨浩就走到路边去拦车，回头瞟一眼曾琴，潜台词是：你总不能跟我回家吧？曾琴便停住脚步，看着杨浩打到车。有几次杨浩坐进车里，但车却迟迟没开动。曾琴听到杨浩对司机说：她不走。司机这才挂挡驶离。

曾琴重复着这个一成不变的流程，就是让杨浩知道，她没有放弃！杨浩坐在出租车里，回想着曾琴目送他上车的一幕。后视镜中，她会一直站在原地，直到汽车转弯，驶出视线。他觉得这种感觉似曾相识，在很久以前他曾体会过同样的感觉，只是因为隔得太久远，已经快被他遗忘。现在，曾琴又让这种感觉重新回到他的生活里。这感觉是——家人。

想要打听杨浩和晚晚那天一起离开后发生了什么，不是难事。曾琴本来就有自己的消息渠道，晚晚又长着一张爱夸夸其谈的“大嘴巴”。

杨浩陪晚晚一直走到她家楼下，她的男朋友果然正坐在台阶上，一个人喝着闷酒。看到晚晚和另一个男人在一起，他瞬间酒醒了，支棱着站起来。晚晚看他摇摇晃晃走过来，马上挽住杨浩的胳膊。杨浩虽然很吃惊，但也没多想。毕竟她刚受过伤害，也许是太害怕了。

“他是谁？”晚晚的男朋友一脸怒气地盯着杨浩。

晚晚把杨浩的手挽得更紧了。

“他是我前男友！”

晚晚的男友二话不说，上前一步就要把晚晚拉过来。晚晚侧身躲过。

“浩哥，你赶紧带我走吧，我好怕。”晚晚虽然嘴上在求杨浩，但身体完全没有要走的意思。

那男的果然在晚晚的再三刺激下，被激怒了。他个子小，眼睛小，一脸的凶相，看着不像个正经人。小个子此刻借着酒劲，冷不丁挥出一拳，直奔杨浩的面部。杨浩完全没防备，根本来不及躲闪。还好矮子胳膊短，脚下也不稳，一拳打空，给了杨浩反应的时间。

杨浩急忙甩开晚晚，腾出双手。晚晚被这突如其来的暴力吓蒙了。矮子未做停留，又抡起一拳。看来不打算善罢甘休。杨浩这次有了准备，没等他的拳头抡圆，就送出一记直拳，正打在矮子面部正中。矮子结结实实地挨了这一拳，连退七八步，重重地摔在地上。他想坐起来，但眼前一阵眩晕，又倒了下去。

“我让你帮我劝他跟我道歉，没让你打他！”

晚晚埋怨着杨浩，心急如焚地跑到男友身边。矮子鼻孔一直在往外冒血，止都止不住。他想骂脏话，但是嘴里也塞满了血，说不出话。

“老公我错了！对不起！”晚晚心疼地帮矮子擦着鼻血。

杨浩知道，自己是彻头彻尾被这个女人利用了。不管这对神经病情侣之间发生了怎样的纠葛，总之肯定和晚晚自己讲述的不同。她很可能一句真话也没说。杨浩觉得自己又做了一件荒唐事，自嘲地耸了耸肩，转身离开。

曾琴听完整个故事，心里骂杨浩真是蠢到无药可救了。如果他还继续待在这样的环境里，不知道还会发生多少类似的荒唐事。

晚晚之后又来过酒吧几次，和杨浩说她和男友和好了。杨浩的出现，让男友意识到她不是没人爱，不是没人对她好。现在他越来越爱她！这一切都要感谢杨浩那一拳，把她那个冥顽不化的固执男友，给打明白了！

“以后别再来找我了，我不想掺和你们的事。”杨浩看到她就厌烦。

“我男朋友还说——他哪天要过来找你——亲自感谢你！”晚晚一副没心没肺的样子。

暑假期间，学生们都回家了，酒吧里冷清了不少。这天收工早，杨浩理应能早点走，可是曾琴还没来。他琢磨着要不要再等等她。此时，吧台上的红色电话响起一阵刺耳的铃声。酒保慢悠悠地走过去接起。

“浩，找你的。”

杨浩接过来，电话那头传来晚晚凄惨的抽泣声。

“浩哥，我对不起你，他又打我了，我错了，浩哥。”

“这和我有什么关系？你可以和他分手，我帮不了你。”

“不是的，浩哥，你听我说，你赶紧走，快走！他跟我要了你的地址，他们有很多人，对不起！都怪……”

杨浩直接挂断了电话。真丧气，惹了个刺头。第一眼看到那个矮子，就觉得他不像个善茬。那副流里流气的样子，杨浩看着就来气，再想到自己大老远跑过去，还差点挨了一拳，更拱火。所以杨浩在还手的时候，一点没收着力。不过现在也顾不了太多，以他的经验，现在必须马上离开。但是他还没等到曾琴，万一他走了，她来了，怎么办？那些人会不会找不到他本人，就拿其他人出气？即便是乱砸东西，也可能伤到曾琴，她那么的柔弱。

杨浩犹豫的工夫，眼见窗外十几个大汉，全部身穿黑衣，手中拿着明晃晃的凶器，相互推搡着朝酒吧大门拥来。酒吧里所有人都在同一时间看到了。

“这帮人不是咱们这片儿的，赶紧打电话给吕哥！”

酒保马上喊住一个服务生，服务生匆忙扔下手中的扫把，一溜烟跑向吧台后方的储藏室，那里还有一台内部的电话机。

“要不要报警？”另一个服务生问。

此时那伙人已经冲了进来，那个提问的服务生马上捂住了嘴。就在这时，之前跑向后台的服务生也后退着回到了前厅，有两个拿着家伙的人把他顶了回来。和他一起被顶出来的，还有两个正在后面打瞌睡的保安。这一带学校多，很少遇到这类事件，两个保安此时都有点懵。

“杨浩！”领头的矮子一眼就认出仇家，“你小子下手也太狠了！我鼻子一共缝了六针，牙掉了一颗半。”

“你想怎样？”杨浩没有服软。

“要你赔我一只手！你哪只贱手打了爷，就卸了它！”

“我以为你是来讹医药费的。手是我的！凭什么你要就给？”

矮子没想到杨浩死到临头，还在嘴硬，简直是火上浇油。杨浩知道自己凶多吉少，面前是一群没有人性的畜生，和他们讲理是没用的。他虽说不会束手就擒，但是真动起手来，他能不能保住性命，都不好说。矮子不是个男人，能动手打女人的男人，怎么可能还是男人？他今天带了这么多人来，更加证明他有多卑鄙。杨浩想到卫生间里有一扇窗通向街道，他之前就不止一次设想过，如果遇到紧急情况，比如火灾，那里可以是一个逃生的通道。

他抄起吧台上的两把高脚椅，用力甩出，落下的时候，周围人下意识地躲闪开。借着这个砸出来的缺口，杨浩冲出包围圈。在他身后的歹人们迅速一拥而上。杨浩抢先一步跑进卫生间，将门锁上，又拿起门后的墩布，横在门框中间。

他慌张地寻找着其他可以堵门的东西，又发现了一个垃圾桶，还有些杂物。他来不及多想，把能找到的物品一股脑儿推到门前。还好这间房是在狭窄的过道尽头，外面十几个人不可能都用得上力气。过道里最多只能容下最前面的两个人同时用身体撞门，用脚踹门。木质门板并不结实，眼看就会被撞破。如果杨浩被围堵在这里，下场只会比在外面时还要惨。他现在根本没有足够的时间去撬开窗户逃生。他只得拼命地用整个身体抵住门。

酒保看到所有人都涌向过道，便悄悄地把电话抱到怀里，躲在吧台下面拨通了 110。

杨浩做着垂死的挣扎。他知道已是徒劳的，再有几次撞击，门就会断成两截，他和这群亡命之徒之间，就将没有任何屏障。就在这时，门外突然安静了下来。这安静让杨浩感到更加的恐惧。因为他看不到外面的情况，不知道他们想到用什么办法来对付自己。

“你是谁？”“你找死吗？”“快滚开！”

门外传来嘈杂的谩骂声。到底发生了什么？杨浩将耳朵贴在门板上，他的额头滴下硕大的汗珠，心跳得飞快。

“你们别拦着我的路，让我过去！我有办法让他出来！”

是曾琴的声音，杨浩听得出。她来得太不是时候了！她到底想干什么？

一层层人墙，把曾琴挡在最外围。矮子在最里面透过缝隙，看到是一个没有任何威胁的女孩子，顿时放下戒心。他盘算着这女的和杨浩关系肯定不一般，否则不会替这小子出头。既然关系近，即便她叫不出杨浩，也能利用她逼杨浩出来。卑鄙的人都很自以为是。

“让她过来！”矮子放话。

彪形大汉们向两边散开。因为过道窄，他们紧贴着墙，手中的凶器闪着寒光。曾琴在他们中间穿行而过，身高还不及他们的胸口。她压制着内心的恐惧，每走一步，都像是走在刀片上。她没有任何计划，刚一进来就看到了这可怕的一幕，所以她来不及多想，心中只有一个念头——救杨浩！她要到他的身边去，离他越近越好！

曾琴走到了矮子面前。现在除了那扇木门，矮子是阻隔在她和杨浩之间的最后一道屏障。

“让开！”

曾琴也不清楚从哪来的一股力量，她的吼声把矮子吓得差点跳起来。他倒不是害怕曾琴，是完全没料到她会这么强势，所以他没过大脑就乖乖地闪到了一边。

这一幕，在场的人都看在眼里。

曾琴走到门前，用手触摸着伤痕累累的门板，仿佛这扇门就是杨浩的身体，而这身体已经被这帮歹徒给蹂躏。曾琴心中的恐惧瞬间被愤怒取代，怒目而视这群凶手。

“他和你们有什么仇？”

“这小子他妈的无缘无故给了我一拳。我在家躺了一个星期！”

“那你他妈的可真不禁揍！”

“你说什么！”

“说吧！你想让他怎么补偿你？”

“很简单，你把他叫出来，我要他一只手！”

“哪只？”

“右手！”

“给你——这里！拿走吧！”

曾琴把袖子撸起来，伸出自己的右手。她看到眼前的这帮大汉都直盯盯地看着她，没有人说话。她以为自己表达得不够明确。

“我的右手——赔给你！要不要！”

这下对面的人算是真听明白了。

“你是他什么人？”

“我是……我是他亲姐！”曾琴怕“姐”听着太随意，特意又加上了“亲”。

又是一阵沉默。她感到所有人都在盯着她看。他们是不是在揣摩她和杨浩到底哪里长得像？她这个谎话是不是编得太拙劣了？

这短短的几回合对话，杨浩听得真真切切。他知道这些人是当真的，不是说说而已。如果让他们面子下不来，即便是一个女生，他们也会毫不留情。

他不能再躲在里面，他要出去！如果必须牺牲一个人，只能是他，不能是曾琴。他绝不允许！现在外面只要轻轻一推，门就能倒下。但是他在里面，门框已经变形，刚刚放上去的墩布杆早已折断，门把手也已经脱落，他没处下手。他用两只手去摸门的边缘，希望能把门抬开，同时冲外面大喊：

“姐，你别管我！我现在就出来，他们冲我来的，和你无关！”

曾琴一听杨浩要出来，心里更急了。她不管不顾地将全部身体靠在门上，两只手伸开，使劲地扒着两侧的门框。

“不许你出来！”时间紧迫，她要尽快激怒矮子，逼他对自己下手，“你是个孬种！别人打你一拳，你可以还他一拳！就算要剁他的手，你也应该一个人来！才算是一条汉子！你们这么多人欺负一个人，要不要脸！”

矮子一听她骂得句句在理，再这么骂下去，自己在兄弟面前还怎么做人。他大声喝道：“好！你有种！我同意让你替他还！把手伸出来！”

曾琴再次将右手递到矮子面前，所有人的目光都注视着矮子。矮子心一狠，牙一咬，举起手中的家伙，抡圆了朝着曾琴的右手劈下来。速度之快，曾琴甚至来不及感觉到疼痛。她也不会感到疼痛，因为矮子本以为这么一吓，曾琴就会把手缩回去，他就可以继续耀武扬威。但是曾琴没有半点退缩，矮子自己却被吓出一身汗，握着凶器的手也在发抖。这样的侮辱，比那一拳还疼。矮子接下来说的话，已不重要，无非是为了找回面子和台阶。正如曾琴所说，他是一个孬种，懦夫。

“杨浩，你小子是个怂包，就知道像老鼠一样逃窜。但你姐——是真他妈牛！我佩服！我给你姐面子！放你一马！别让老子再碰到你……”突然有人慌慌张张跑来报信，外面来了警车，正在路口等红灯。矮子听后，只得提前结束了他的演讲。一伙人只用了不到两分钟，就消失得无影无踪。

酒吧里留下了死一般的寂静。奄奄一息的门板应声倒下。曾琴看着现身后安然无恙的杨浩。她眼前一黑，昏了过去。

## 7

曾琴睁开双眼，意识到自己正躺在一张病床上。她一时记不起发生了什么，看见坐在她身边的杨浩，才慢慢恢复些记忆。

“警察来了以后，建议我们叫辆救护车，送你到医院检查一下。”杨浩看她醒了，急忙解释，“来医院的路上，你醒了过来，看到周围都是白大褂，就一个劲喊着‘我不去医院’。医生说你需要休息，就给你打了一针。你一直睡到现在。”

“我说过不去医院吗？真奇怪，我完全不记得了。”

“你现在好点了吗？”

“就是觉得——浑身没有力气。”

“谢谢你。如果不是你，我肯定……”杨浩惭愧地低下头。

曾琴的嘴角扬起笑意。看到杨浩好端端地坐在自己身边，她很安心。

“你为什么要这么做？”在杨浩看来，曾琴不顾自身安危的相助，是他所不能理解的。

“我也不知道为什么。就像母鹿会牺牲自己扑向猎豹，为小鹿争取逃跑的时间。它不需要思考。”

“可是我们之间没有血缘关系。”

“你是我爱的人唯一的儿子，如果你受到伤害，他一定会非常伤心的。”

杨浩低头不语。

“那你呢？为什么总去管那些和你无关的闲事？”

杨浩沉默了。人总在等待，遥遥无期的等待。有时候知道自己在等，却不知道在等什么。他在等的是一个问题。他可以自己问自己，也可以等待某人的出现，替他问出。但无论如何，这个问题将是他人生的关键，是解开一切心锁的钥匙。对于杨浩来说，属于他的那个问题被曾琴问了出来。他已经渐渐地回忆起，他之所以会这么做的源头。

“在我很小的时候，我爸对我说，人世间最大的罪恶，就是强者欺负弱者。他不希望我欺负任何人，如果看到有人被欺负，他希望我能尽力去帮助他们。”

杨浩止不住已经涌出的眼泪，因为对他说这句话的那个人，已经不在了。是那个人塑造了他。他也一直都在那个人的影响下成长。他是那个人的儿子。

曾琴看向窗外的天空，她希望杨木也同样看到了，他的儿子正在慢慢地找回他的爸爸。

这件事之后，杨浩对曾琴的态度产生了转变。他不再故意对她冷漠，更加不会有意讲些话来气她。虽然他心里还没放下对父亲的责怪，但是他知道她爱父亲。曾琴也不用再晚上或凌晨来找杨浩。他们会约着一起午餐，下午茶。天气好的时候，曾琴会让杨浩带她到附近的大学校园里转转。

杨浩对这些大学很熟悉，哪个食堂的饭菜好吃，哪个小院的景色极佳，哪里发生过怎样的故事，都一清二楚。他知道曾琴是醉翁之意不在酒，但是也乐于和曾琴一起散步在宁静的校园里。他们从主楼走到教学楼，从图书馆走到操场。一只皮球从他们的身旁划过，杨浩跑了几步追上了皮球。远处的几个学生正在向他招手。他一脚把球踢还给他们，学生们一起朝他喊：“谢谢同学！”

两人不知不觉地聊起了音乐。杨浩这才发现，在这个话题上他们竟有如此多的共同语言。可以从地下丝绒乐队，一路聊到收音机头乐队，从美国的民谣聊到欧洲的电音，再聊回中国大陆的摇滚乐。

“你为什么那么喜欢‘性手枪乐队’？”曾琴知道杨浩很喜爱这支英国的朋克乐队鼻祖。

“他们之所以伟大，是因为除了音乐以外，他们还很反叛，敢于对抗权威，挑战传统，蔑视贵族和皇室。”

“所以在你看来，他们是几个有思想和主张的年轻人？”

“当然！他们已经是无数年轻人心中不朽的偶像。他们简直太‘酷’了！”

“如果我和你说这几个人一点都不‘酷’呢？最适合描述他们的是毒品、堕落、暴力、无知、意志薄弱和自我毁灭。他们只是当时英国中产阶级（社会精英）为了发泄和表达对政府和贵族阶层的失望与不满，联手创造的代言工具（主流精英不方便直接站出来表达），完全是被媒体包装出来的‘产品’。你认为‘酷’的那些地方，没有一个是他们自身拥有的。他们只是被社会主流意志操控的工具人。”

“你凭什么这么说？我从来没有听过这些观点。没有一本音乐杂志上是这么写的。”

“因为音乐杂志不教你社会学、心理学、政治学、人类学、大众传媒学，这些只能在大学里学到。”

杨浩被怼得哑口无言。

“当今世界，强者欺负弱者早就不再通过拳头，而是通过意志。如果你不想被他人操控，就不能让自己成为思想上的弱者，就必须拥有独立的意志。如果你要帮助弱者，就要帮助他们拥有独立的意志。要实现这一点，首先你自己要拥有足够的知识。”

曾琴的每句话都有所指，把杨浩引向学问，带回校园。现在是暑期，曾琴不想错过大好时机。她希望他能在开学前，报名复读的学校。看着杨浩还在拖延，她心里越发着急。

杨浩的心里也有着让他烦心的事情。他最近很喜欢和曾琴待在一起。尤其是在一起散步时，他能感受到从身边走过的人，都会不假思索地将他们看作是一对情侣。他很享受这个误会。这些年来，他一直很孤独。他在外表和做派上极力融入周围环境，但内心却始终无法认同。他在周围人眼中的优点无非是长得帅，穿衣好看，打碟炫酷，以及看起来不好惹。在女粉丝眼中，他前卫、出挑，甚至不爱理睬她们都成了优点。但是浅薄不会让他快乐。他通过不断迎合，才能与他们相处。直到曾琴的出现。

在这之前，他已经太久没有享受过聊天的愉悦。他欣赏她，打心眼儿里认同她。她说过的每一句话，他都要回味很久。他佩服她的乐观、勇敢，还有在困难面前绝不低头的气魄。她精神昂扬，怀有同情心。她有一种母性本能，是一个快乐的灵魂。她可以不发一言，仅凭目光的力量，就能影响和重新塑造他。她展现出的美好，让他重新向往美好。他无时无刻不想和她在一起，脑子里有了一个新想法，就盼着和她分享。这算不算是喜欢？又或者算不算是爱？他理不清。所以他烦恼。她曾是父亲的女朋友，他不了解她和父亲之间的故事。他们如何相识，如何爱上彼此，这些他并不想知道。他只想让眼前的这个女孩能一直陪在他身边，永远都不离开他。他很需要她。

这天，两人聊起了美食，杨浩就提议要给曾琴做一餐他最拿手的佳肴。曾琴也来了兴致。他们相约在杨浩休息的那天去他家里。到了那一天，他们先去菜市场采购了新鲜的食材。杨浩发现，原来曾琴也有不擅长的地方——砍价。杨浩对这些菜的成本和产地都非常了解，让菜贩子抬不起价。曾琴很崇拜地看着他，没想到他还有这么一手。回到家里，曾琴提议要帮杨浩切菜，但杨浩执意让曾琴去休息。他说他用的都是独门菜谱，不容外人窥见。

曾琴拗不过他，只得退出厨房，坐回客厅。曾琴打量着房间，这里应该是杨浩新租的，因为很多东西都像是新添置的。虽然只有一室一厅，但是像他这个年纪的人，大多数还和父母住在一起。杨浩已经有了自己单独的住所，是很令人羡慕的。

其实这两个人在今天都带着各自的小心思。杨浩之所以请曾琴来家里，曾琴之所以很爽快地答应下来，都有各自的目的。他们都认为单独的相处，将有利于达成心愿。

趁着杨浩在厨房里忙，曾琴可没有乖乖地坐等。她要利用这个时间好好了解一下这个大男孩。她走进他的卧室，里面布置得简洁干净。不过这不能证明什么，毕竟家里要来客人，肯定会收拾一下的。要看他平时是不是真的很爱整洁，只需掀开床单，拉开柜门，看看里面是不是塞满了杂物。曾琴蹲下身，首先掀开了垂落到地面的床单。眼前的一幕让她惊呆了。

床底下密密麻麻堆满了书籍。最外侧的几本已经被翻烂，明显是反复看过很多遍。曾琴默念着书名：《抑郁症的性别差异》《抑郁症与心血管疾病》《心境障碍的季节亚型》《自杀心理学》《自杀论》……几乎每一本都是心理学和医学的专业书籍。曾琴看得太入神，完全没有留意到站在她身后的杨浩。他的手里正端着一盘冒着热气的炸鸡翅。

杨浩的手艺确实不是自夸，每道菜肴都很可口，媲美大饭店里的味道。这至少证明他在做饭上是花过功夫的，他很可能是一个本身就热爱烹饪的人。当曾琴把这个想法说出来时，杨浩马上就承认了。他坦白自己曾去学过半年的厨师，也曾认真考虑过干这行。看来杨浩离家的几年里，还藏着很多未被了解的经历。既然杨浩已经看到曾琴刚刚的作为，曾琴便不打算放过这个机会。

“你看了这么多心理学家的著作，有找到自己喜欢的学派吗？”

“我个人比较喜欢的是安娜·弗洛伊德的‘自我心理学’，克莱因的‘客体关系心理学’，还有阿德勒的‘个体心理学’。”杨浩又专注思考了一会儿，“我最喜欢的是——阿德勒。”

曾琴不懂这些学派之间的差异，杨浩就为她讲解了它们之间的关联和特点。曾琴听得津津有味。

“要知道你读的这些书，已经是大学甚至是研究生才会读的。为什么不去读一个学位呢？按照你刚刚和我说的阿德勒的理念，你毕业后可以做很多事，帮助到很多人。”

杨浩不语。曾琴继续为他展望毕业后可以去哪些机构，又能做怎样的尝试。她觉得杨浩也知道这些可能性，只是不愿意承认，不愿意面对重新选择。面对，就是逼他承认之前的人生是失败的。这不再是关于他和父亲之间的憎怨，而是关于他对自己的看法。他能否接受一个做出过错误决定的自我？是否愿意放下过往，向前看？

当曾琴在试着说服他时，杨浩也在回想着自己的这些年里，并不是没有想过告别现在的生活，重新开始。但是他凭一个人的力量很难迈出这一步。有的时候，我们自己都不知道，另一个人的支持有多么重要。如果没有那个人的支持，就什么事都做不成。而有了那个人的支持，就有了做任何事的勇气。他觉得只要曾琴能够陪在他身边，鼓励他，他这次一定可以做到。但是他不敢想象，如果曾琴不在了，他还能不能坚持下去。他对自己没有信心。他预感，只要他答应会完成父亲的嘱托，曾琴的使命就结束了，就会马上离开他。他刚刚才重拾的那一点家人的温暖，亲人的关怀，也会随着曾琴的离开，一起消失。所以，要求他去读大学，必须是有条件的。

“如果你答应做我的女朋友，我就答应你去考大学！”杨浩脱口而出。

曾琴一早就看出杨浩对她的心思，之所以没有点破，是因为她想利用杨浩对她的好感，对他施加影响。在她眼中，他像一个弟弟。他离家出走了，迷路了，她找到了他，牵起他的手，把他带离迷雾，让他看清前途。她很喜欢他，他身上的正直是少数人拥有的，她怎会不喜欢。但是她不爱他。对于曾琴而言，爱只有一种，就是灵魂的爱，身体只会产生欲望，爱却是灵魂的需要。她和杨木在灵魂上彼此相知，真心相爱。但是这毕竟是她第一次听到杨浩亲口说出要上大学。虽然是有附加条件的，却一点不会减少她的开心程度。眼看她就要成功了。杨浩扭曲的人生即将得到修复。杨木最后的遗愿马上就要实现。她会允许自己在这个关键的时刻退缩吗？绝不！

“我答应你！”

“真的吗？”

“只要你遵守承诺，认真备考！”

“我一定会！”

“我们从什么时候开始？”

“星期六！”

“好！”

杨浩没想到曾琴会答应！他本想将她一军，让她知难而退。真是万万没想到！骇然之余，他下定决心，要通过自己的努力，让曾琴真的爱上他。他需要时间来做好准备，让即将到来的星期六——成为完美的一天！

## 8

杨浩反复回忆着曾琴爱吃的食物，喜欢去的地方，想做还没时间做的事情。他要让她知道，她和他提到过的喜好，他都记得。之前他也交往过女生，但没谈过恋爱。他也有过几次约会，但从未感到过如此紧张。他对浪漫的知识大多来自电影和小说，可是能用上的却不多。因为他最爱看的是黑帮电影，最爱读的是推理小说。

约会这天，他们相约在学院路的路口见。杨浩提前一天把头发染回黑色，一改往日轻佻的衣着。一条没有任何补丁的牛仔裤，就是最好的证明。曾琴也特意打扮过，化了妆，头发上别着彩色的发卡，穿了一件绿色的连衣裙，上面布满白色的小碎花。曾琴悄悄地走到杨浩身后，突然喊他的名字。看到他果真被吓到了，她开心地笑起来。

“今天怎么安排？我都听你的！”

曾琴越是放松，杨浩越是紧张。他觉得自己这哪里是在约会，简直是在接受考核。就在几天前，他还自信满满地认为，自己会在约会时表现得玉树临风，幽默风趣，潇洒自如，让曾琴被他的魅力迷倒，对他小鸟依人。没想到一见面，他就发现自己在气场上和曾琴差了一截。虽然曾琴并不像平时那样总在教训他，开他玩笑，而是事事顺着他。但是曾琴看他的眼神，怎么都像是姐姐在看弟弟。曾琴有种天赋，能不留痕迹地让人心里乐滋滋。他请她吃什么，她都吃得很香。他开玩笑，她准笑。他为她挑衣服，她说没穿过这么好看的。

杨浩每一分钟都在竭力扮演着他设想中的理想男友形象。他不清楚在曾琴眼里，他的努力是不是被打了高分。但是在他眼里，曾琴时时刻刻都是一个理想女友。和她在一起，每一件普通的小事都会被升华。她是一个天性快乐的人，在路边小店淘到意想不到的小东西，都能让她感到莫大的快乐。杨浩很快就发现，和她约会，精心的准备实属多余。因为她能在任何地方，任何瞬间，发现生活中的快乐，并享受其中。他真希望生命中的每一天，都有她的陪伴，被她宠，甚至被她骂。他拿不准她是不是更加喜欢他了，但他很肯定更加喜欢她了。整整一天，他都被幸福感环抱。

到了晚上，他为她准备了最后一个惊喜。曾琴之前一直苦苦哀求，让他带她去看一场地道的地下朋克演出。他一直推托说那种场合不适合像她这样的女孩子。可是过了今天，承载一代人记忆的呐喊俱乐部就要关门了——今晚将是它承办的最后一场演出。北京城恐怕再也找不到比呐喊俱乐部更原汁原味的演出氛围了。

当他们赶到呐喊俱乐部时，这里已经聚集了三四百人。全北京的乐迷，今晚都来为他们喜爱的音乐现场送行。这些年轻人身穿铆钉，头顶莫西干，染着比彩虹还丰富的发色。在那个时代，他们毫无疑问会被定义为“不学无术”的问题青年。他们为什么要选择这样的打扮？过这样的生活？听这样的音乐？宁愿被社会鄙视和不理解，也义无反顾地这么做？在改革开放的大潮中，这些问题没有人关心，也没有人能回答。

“朋克音乐是英国七十年代流行起来的，当时因为经济大萧条，年轻人失业，找不生活的目标。可是中国正在高速发展，经济一片繁荣，工作岗位比求职者还多。为什么在九十年代的北京，会流行象征颓废与不满的朋克乐呢？”

面对曾琴的提问，杨浩想不到答案，但是他马上意识到，这个问题非常值得思考。他又在心里琢磨了一会儿：“也许正因为发展得太快了，有些东西被落下了，被遗弃了。”

“什么被遗弃了？”曾琴追问。

杨浩看着眼前形形色色的年轻人：“也许，他们被遗弃了。”

杨浩给曾琴买了一盒统一冰红茶，把吸管插上，交到她手上。他自己则点燃了一根都宝牌香烟。他对她说，只要这两样东西在手，身边的人就会把他们俩当作同类。因为他俩今天穿得就好像是游客，显得很不合群。

他们费了很大劲才挤到俱乐部门口。俱乐部的室内空间最多只能容下五十人，所以就出现了很有趣的现象，门外聚集着聊天的人比里面实际在看演出的人要多得多。也许看演出只是借口，打发无聊的时间才是目的。曾琴端详着海报上参演乐队的名单：实用主义男孩、醒脑、后视镜、七十九、挂在冰箱上……这些名字真是太稀奇古怪了，但也很富有想象力。

趁着两个乐队转场的空隙，一部分的观众跑出来透气。杨浩和曾琴抓住机会，钻进了室内。下一个乐队一出场，曾琴就忍不住笑了。

“他们的头发立起来那么高，那黏糊糊的定型物是什么？”

“好像是洗发露，洗发露干了以后，原来可以这么硬！”杨浩也像是发现了新大陆一样惊讶。两人都大笑起来。

里面的温度实在是太高了，又没有空调，所有人都大汗淋漓。男生基本上全都把上衣脱了。就连演出的乐队，在演完一首歌后，也决定赤膊上阵。观众们挤来撞去的听歌方式，让杨浩很担心伤到曾琴。听完三首歌，他就护着曾琴挤了出来。刚一到外面，他们就觉得空气好清新，不由得大呼了几口。

“这里为什么要关门？”

“因为要建一个新商场。你看到马路两边那些服装摊吗？”

“看到了，我们一会儿要去逛一下！”

“好。那里能淘到最流行的款式。不过他们很快也要被全部清理掉。未来路边是留给绿化带和鲜花的。”

“好可惜啊，为什么要这样？”

“我想……是因为社会在追求秩序。我们正在从无序到有序。那些影响秩序的，就会被清理掉。”

“该怎么判断——什么是影响秩序？”

“我也想知道答案。”杨浩感慨，“这里再过几个小时就关门了，没想到我们的第一天约会，就是一个结束。”

“你也可以将它视作一个开始！”

曾琴实现了看演出的愿望。从俱乐部出来后，他们便沿着路边的服装摊，一路逛下去。在商业街的尽头，是一家 24 小时的麦当劳店。曾琴条件反射地想再吃一支甜筒，她白天的时候已经吃过一支。杨浩买了两支，他们一人一支，找了位子坐下来。曾琴心满意足地吃起来。她这才感到刚刚走得很累。她一边揉着腿，一边看向杨浩，好像是在等他说接下来要去哪里。杨浩看到她盯着自己，感到有些不好意思。他羞涩地低下头，几口就把手中的甜筒吃完了。他缓缓地抬起头，深情望向曾琴。即便此刻他的内心极度地不舍，但他还是做出了决定：

“你已经遵守了你的承诺——做了我一天的女朋友。哪怕只有一天，我也心满意足了。接下来，我也会遵守我的承诺！”杨浩很明白，在她心里从始至终只爱一个人——他的父亲。

杨浩走到曾琴的座位旁，单膝跪下，紧紧地将她抱住。

“我以后还能再见到你吗？”杨浩的声音哽咽了。

“我会回来找你的。”

“一定会吗？”

“一定。”

杨木离开后，曾琴曾感到痛苦、绝望和孤独。她想起杨木在讲述自己故事的那晚，曾用力地抱住她。又一次，他被一个男人紧紧地抱住。又一次离别。如果说，爱拥有世间最强大的修复能力，她已经用她的爱，修复过两个男人受伤的心灵。杨木曾经设想和她一起游历世界，去发掘人们的故事。现在，她要去实现他们共同的愿望，重新踏上旅程。

## 9

十年后，在北京宣武区的一条胡同深处，一家只有几张桌子的家庭面馆内，一个顶着一头乱糟糟的鲜红色头发的少年，正在狼吞虎咽地吃着一碗热腾腾的牛肉面。虽然室内开了空调，但是年轻人的额头上还是在不住地流汗。

“老板，再加份牛肉！”

“黑子，你上次的面钱可还没给。今天这碗就当我请你了。咱肉就别加了行不？”

“老板，别瞧不起人啊。今儿有人会来给我结账。肉加上！再煎俩蛋！”

老板正在犹豫，突然走进来一个提着电脑包的男人。他一进来便向老板点了一碗鸡蛋西红柿面，然后就坐到了红发的对面。

老板看了看刚进来的客人，又指了指红发：“一起的？”

杨浩马上应声：“是的。他这碗面我也一起结。”

“好嘞！”老板笑着给厨房下了单。

黑子向老板送出一个白眼，不耐烦地看了眼杨浩：“你来晚了！”

“我提前了五分钟到。是你到太早了，是不是太饿了？”

“你都知道还问！有什么就快说吧，我一会儿还有事！”

杨浩不紧不慢地放下电脑包，从皮夹里掏出一张名片，双手递到黑子面前。黑子头也不抬，示意他把名片放桌上。杨浩照做了。黑子用余光瞥了一眼名片上的信息。

“呐喊学社——是吧？我爸妈和我说过了。我不感兴趣。不过你既然说要请我吃面，那我也该给你一次机会，你说是不是？”

杨浩点头表示感谢：“我们的学社是专门为那些被学校退学、中途辍学，或者因为各种原因提前离开学校的青少年开办的。简单来说，我们是专门接收家长或学校眼里的问题学生，专门为他们而成立的一所全日制中学。你已经辍学一年多了。你的父母来找到我们，希望我们能接收你入学。现在就等你本人的同意了。”

“你为什么要办这么一所学校？我都不想上学了，你非要让我去上学。有意思吗？”

“如果你是真的不想再上学，我绝对不会勉强你。你来呐喊学社后，想学什么，怎么学，都由你自己决定，你是完全自由的。你可以把学习当成游戏，你来决定这个游戏该怎么玩！”

“你这广告做得也太好了，我怎么听着那么假。那你是什么？你不是我的老师吗？你会不管教我吗？”

“我也是普通人，只是比你大了几岁，并不比你懂得更多。你来了之后，如果发现有任何不自由和限制，可以随时离开。到那时候，你离开的理由就只可能有一个：厌恶学习本身！但是你怎么可能厌恶学习本身呢？你们离开学校的原因，从来都不是因为讨厌学习本身！”

“那我们是因为什么离开？”

“因为没人看到你们。你们每个人都是独特的，有时候因为太过独特，反而被其他人不接受，甚至畏惧。”

“我独特吗？我在学校就是打架、旷课，搞点恶作剧！这也是独特？”

“我们每个人都是独特的，我们都希望有一天能够被听到，看到，关注到。在呐喊学社，你不再需要通过打架、旷课、恶作剧，而被看到。”

黑子冷笑了一下：“我和你不同，你一看就是好学生。

我？用我爸妈的话就是——朽木不可雕也！”

“你叫陈墨，你父亲和我说过，‘墨’取自先秦诸子里的墨子。我叫杨浩，我爸给我取这个名字，是因为孟子的一句‘我善养吾浩然之气’。我们两人的名字都来自先秦思想家。我和你之间并没有你想的那么不同。”

陈墨是真的饿了，一仰头把面汤喝得一滴不剩。

“你为什么想做这事？”

“什么事？”

“办这么个学校啊？为什么？”

这个问题不是一两句就能解释清楚的。杨浩回想起那一年不分昼夜地复读。想到进入大学后，他不想浪费每一分钟，除了主修社会学专业以外，还自修了经济学和政治学。大学一毕业，他就领到了父亲留给他的财产。他来到了梦寐以求的芝加哥阿德勒大学，去追寻他所崇拜的心理学大师开创的事业。在那里他眼见为实，更加地坚信个体和社会是一个整体，改变个体和改变社会一以贯之。

他利用学校提供的机会，参加了各类社区服务，亲身感受到个人与社会间的相互塑造，相互影响，和相互改变。在帮助残疾群体、心理症患者、问题青少年和独居老人的过程中，他找到了人生的价值。他看到在美国，人与社区之间良性的相互促进关系，决定把这份成功的经验带回中国。

回国后，他一直在积极寻找志同道合的伙伴，通过几年不断参与国内的公益活动，他渐渐积累起人脉。在北京成功举办奥运会的这一年，他和几个好友一起成立了呐喊学社，并开始了第一期对外招生。他们在学校里设置了专业的青少年心理咨询师，每个来到这里的老师都怀着一颗助人的决心。令他们没有想到的是，第一期开班在没有做任何对外宣传的情况下，仅通过朋友和家长的相互推荐，就招满了学生。他们也是从这一刻才意识到，原来有那么多需要帮助的失学青少年和他们背后痛苦的家庭。他们不敢怠慢，马上投入到紧张的教学工作中。

这些可爱的孩子，都有着各自的问题。每一个人，都是带着怀疑来到这里，从抗拒，到冷眼旁观，再到逐渐信任和接纳，最后高兴地融入，发展出友情，认识了自己。每一个这样的过程都是对一个灵魂的拯救，和一次奇迹的产生。每帮助到一个孩子，就不仅仅影响到了一个人，而是同时挽救了因他的失学而绝望的家庭，也创造出属于他的未来的无限可能。杨浩和他的伙伴们因此更加坚定了要把这件有意义的事情做下去。虽然目前他们还势微力薄，但是他们相信，不远的将来，就会遇到更多志同道合的人——他们将来自全中国。杨浩回想着这一切，当他看到陈墨正用诧异的目光盯着自己，才意识到自己有些走神了。

“我之所以办这个学校，因为我曾和你一样，离开过校园。我曾经是幸运的，因为我遇到了一个天使。我希望这份幸运能够属于更多的——和我当年一样的——迷路的青年人。”

陈墨似乎有些被触动到，态度不再强硬。

“为什么要叫呐喊？”

“因为曾有一个人和我说过，一个结束，也可以是新的开始。我希望你们在这里能有一个新的开始。”

陈墨摇摇头，似懂非懂：“谢谢你请的面！去不去我还没定。不过你这人倒是挺有意思的。明天中午你还有空吗？”

“有！”

“看见了吗？”陈墨指着窗外，“对面那家包子铺，包子很好吃！明天你请我吃包子，我就答应你再考虑考虑！”

“好！”

陈墨起身，双手在裤子两边蹭了蹭油，拍了拍吃得鼓起来的肚皮，头也不回走出面馆。他刚离开，热心肠的老板就凑过来提醒杨浩。

“这孩子是这片儿出了名的小混混，到处赊账。他已经是死猪不怕开水烫了，别让他以后赖上你，把你当免费饭票！”

杨浩哈哈大笑：“我才请了两顿饭。曾经有人为了说服我，每天晚上都会……”

是的，他又想起了她。这些年，他只知道她去了很多的国家。他总把自己最新的地址告诉她，为了让她能够随时找到他。他隔段时间便会收到她从世界各地寄来的明信片。他会看着上面的留言发笑，还会盯着上面的景色，想象她眼中看到的世界。但是，他却再也没见过她。他极力回忆着她的样子，不想让自己忘记那张有力量的面孔。他希望再次遇到她时，他能马上认出她。

杨浩的鸡蛋西红柿面被端上桌，他拿起筷子，五分钟内就吃完了。每一天他都有很多事要处理，今天也不例外。他结完账，掀开面馆的塑料帘，走到室外。一阵热浪袭来，刺眼的光线晃得他眯起眼睛，下意识用手遮挡住阳光。这时他才留意到有个人正站在不远处的胡同口，好像还在冲他笑。虽然有了不少变化，他还是一下就认出她！他控制不住内心的喜悦，也笑了起来。两人继续对视着，都不着急走向对方，而是远远地观察彼此，就像第一次见面时一样。突然，他们好像同时发现了对方身上有什么好笑之处，又一起笑出来。

“你回来啦？”

“嗯！”

# 第三类接触

# 1

扩建后的房产交易大厅内，摆放着红蓝相间的崭新座椅。苏箫坐在中介小魏为他抢到的位子上，懒洋洋地后仰，脑袋放空地看着眼前熙熙攘攘的人流。他寻思：怎么会有这么多人？不是都说楼市不景气吗？

苏箫大学毕业后，就留在北京工作。他在一家外资杂志做广告销售，一干就是七年。如今新媒体大行其道，他服务的这家曾经的行业领军者，在转型速度上远远落后于国内的竞争对手，利润逐年下滑，去年更是遭遇了进入中国后的第一次亏损。

年底的时候，公司照常发放了双薪，还为新的一年增加了预算，大力投资在线上。苏箫不负责内容的生产，他理所当然地认为，编辑们做得好不好，读者爱不爱看，这些都非他能左右，他也就无须背负任何的压力。谁若是好奇，他为什么不带着客户资源跳槽，去一家盈利好的企业？那可真是太不了解他了。毕业后，有人问他为什么要留在北京？他给出的理由居然是，“我喜欢北京的气候”。他说西安（他的老家）太冷，上海太潮湿，深圳太热，北京的气候最合适。千万不要被他随意编出来的理由给骗了，他其实就是懒！

他刚毕业那会儿，本来是无所事事，正好有个同学给他介绍了这份工作。这个行业特别看长相，他一副文质彬彬的俊美相貌，穿衣讲究，干净整洁，老板一眼就相中他。统计数据显示，长相好看的人比长相普通的人，平均工资高出百分之十五。可惜居然没人统计过，长相好看的人比长相普通的人，面试通过率高出多少？这个数据更关键。

去年，同事们相继跳槽。把苏箫招进来的总监，也辞职创业去了。可是他偏不走，觉得这里最合适他，福利好，待遇好，又不强迫加班，也不敢在劳动法之外再定一堆私规，假期还多（中国节和外国节都过）。这些甚至还不是最重要的，最吸引他的是这里的人际关系简单，工作中对事不对人，灰色地带少，和客户谈钱一律是公对公。

那些跳槽的同事们，构成了他的情报网。有不少人去了民企，每天没日没夜地加班。收入当然是增加了，但也只有收入增加了。那些去了更大外企的，同样带来了令他不安的消息。

据说某个企业刚来中国的时候，只有二百员工，企业文化尚能保持。待发展到两千人之后，公司里逐渐就变成了对人不对事。部门内搞聚餐，领导进来时，大家要起立欢迎。领导离开时，大家再次起立欢送。这些话传到苏箫的耳朵里，他更没有离开现在公司的理由了。他甚至祈祷这家公司的业绩千万别做大，保持目前的一百人规模最好。如果这里也不幸扩张到一千人，那他岂不是也要吃一顿饭，眼睛随时都盯着领导的屁股是不是还连在座位上？

不要就此以为，他是一个没有上进心的人。他的工作态度很认真，一丝不苟。他也不是不爱和人打交道，他是懒得和人心打交道。每次去谈新客户，他总能最快达成协议。不是因为他有什么谈判技巧，恰恰是因为他没有技巧。每年老板规定的最低折扣，他一上来就报给对方。这就省去了先报“原价”，再“新客户打九折”，再“破例给个八折”，再“老板特批七折”，最后再“吐血了交个朋友吧，六折！”，这个漫长的过程。他一上来就给六折！时间是省了，但是工作做成这样，真的是太无聊了。工作中最有趣的地方，不就是人和人斗来斗去吗？斗智慧，斗勇武，斗关系，斗套路，斗底线（这轮也称终极决斗）。如果从什么时候起人不再与人斗了，工作还需要人来做什么？人和人工智能还有什么区别？是的，苏箫在工作中，就像个机器人。他懒得去猜，你刚刚那一笑，是善意还是嘲讽？刚刚那一怒，是演的还是真的？他上班，把工作职责内的做好，下班，拿工资。

年纪轻轻的，为什么就这么懒？如果去问苏箫，他会说那是因为他小时候古诗背多了！这里正好提醒一下正在鸡娃的家长们，别觉得让孩子背几百首古诗，是件很骄傲的事情。实则后患无穷。因为诗人都懒。压力是创造力的死敌。现代社会缺乏诗人，就是最好的例证。就苏箫这个性，怎么能做好一个广告销售？这一点苏箫比任何人都更清楚。他知道，他这样的个性，本质上是根本就不适合（任何的）工作。所以现在这个小小的外企，是他最好的归宿！

不远处，小魏和梁先生梁太太，已经办完了手续，正一脸轻松地朝苏箫走来。

“都弄好了！”小魏先一步走到苏箫面前。

梁先生和梁太太坐到了苏箫的对面，他们中间隔着一个实心的小桌台。

“你们先坐着，我去给你们倒水。”小魏坚持不坐下，但一个人站着又尴尬，还是去跑跑腿吧。

这下轮到坐着的三人尴尬了。他们的缘分是因这次房产交易而起。买卖结束后，他们不会再有来往。但是，在等新房产证出炉的这最后半小时里，他们还需要继续坐在一起。最好是能聊点什么。

“五一八那套你没买，有点可惜了。就多个一百万。”

“我没有那一百万。”苏箫是不折不扣的话题终结者。

梁先生在盛国公馆一共有两套房，五一八和五二〇。他是这栋位于三里屯南侧独栋公寓的开发商高层。在开盘的时候，他以很低的内部折扣买入。但是人算不如政府算，当新政策一出台，公寓楼被禁止公开买卖，从此这里的房价就定格在开盘时的价格。还好梁先生是低价买入，否则他会冤死。

梁先生身材魁梧，国字脸，寸头，带着一种居高位者独有的、一览众山小的气宇，说起话来语速很慢，有种不容反驳的权威性。梁太太体态丰满，圆乎脸，烫着头发，涂着红唇，耳环、项链、手镯、手表、大宝石戒指，一样不少，没有梁先生显得随和。两人都是四十岁出头。这不光是看出来的，因为房本上写着他俩的名字，苏箫看过他们每个人的身份证。一个有钱的中年男人，身边有着一个年龄相仿的妻子，肯定是原配。夫妻俩都是北京人。通过他们与中介的交谈，苏箫得知他们在北京各处有多套房产。苏箫并不羡慕他们，他们只不过是财运比他好而已，踩上了对的时间和趋势。现实中，比他们夫妻财运好的人多得是，如果照此一个一个羡慕下去，岂不是没完没了。况且运气这东西，本身就不是一成不变的。这不，若不是那个让梁先生赔钱（对于梁先生这类人，少赚就是赔）的政策出台，苏箫哪能买得起市中心的房。就因为房价被冻结在十年前的水平，才能轮得到苏箫。他刚好满足购房资格，他爸看他也没个女朋友，一时半会结婚是别想了（这才是他爸最盼望的）。快三十的人了，就在北京买套房吧。他这些年收入不少，花销不大，父亲也把毕生积蓄掏了出来。父子俩一人出一半，全款付清，无须再还房贷。

这套房就只有一个房间，房本面积五十四平方米，使用面积也就三十四平方米上下（公寓的公摊面积大）。梁先生想让苏箫买的五一八，是个两居室，比五二〇多出一间。如果以后结婚有了小孩，挤一挤还能继续住。但是苏箫购买的这套，只能当作一个单身公寓，住一对年轻情侣，是极限了。苏箫不想考虑那么久远的未来，他不想过背着房贷的生活。如果既要是全款，又要离上班地点近（他不能接受为上个班，通勤超过半小时），这是他唯一的选择。

梁先生之所以压了这些年没有出售，并不是因为他要和政策赌一把，看看有没有可能再次调整。这个位置的房租收入很可观，五二〇的月租金一万五千元，五一八可以租到两万元，出租比卖房更划算。这次卖房的决定，是来自老婆的压力。梁先生的爸妈相继过世，梁太太的父母不仅健在，而且和外孙女关系非常好。梁太太就建议，干脆去郊区买套别墅，一家五口，搬到一起住。为了换一套满意的别墅，梁家就需要把市区里的五六处房产出手。这段时间，夫妻俩一直奔波于这个区或那个区的房产交易所。

“这次换房后，房本就写我一个人的名字吧。每次都要咱俩一起跑，太麻烦了。”

梁先生意识到想要和苏箫把话题聊开，太费劲，就转向身旁的妻子。

“可以不写我的名字，但要把女儿的名字加上。”

“她才五岁，以后卖房更麻烦，还要去公证。”

“你只能二选一。”

梁先生叹了口气，没有继续讲话。

中年夫妻之间脆弱的信任感啊！苏箫不禁感叹。他想起高中同学中，结婚早的何亮，孩子今年都上小学了。何亮跟苏箫说过，每次他去那所昂贵的私立小学接儿子放学，门口都是接孩子的妈妈们。她们一个比一个年轻，一个比一个花枝招展。他儿子那班有三十个学生，其中妈妈还是原配的，就只有三个。

“马上到号了！”小魏小跑过来。

苏箫赶忙起身，跟着他来到窗口，取出了那个大大的红本子。拿在手中，还是有点小激动的。他按照小魏的叮嘱，打开房本，检查着里面的信息。

“咦？房屋类型怎么写着‘酒店’？我记得旧本上是‘酒店公寓’，少印了两个字？”

“应该不会，您买的就是……酒店。”

梁先生和梁太太也走了过来，站在苏箫身后。梁先生洪亮的声音问道：“没什么问题吧？”

“没有，没有。”小魏抢答。

“如果没问题，那我们走了。”

苏箫没有理会梁先生和梁太太礼貌的离去。他盯着“酒店”两字发神，毕竟这个词一般指的是——一个谁都可以住的地方。在这个充满鄙视链的城市，“公寓”的地位，本就低于“住宅”。“酒店”，不会比“公寓”还低一等吧？苏箫反复默念着“酒店”两字，尝试让自己尽快接受这个事实。他安慰自己：只是个名词，没什么大不了的！

## 2

不愧是酒店，这该死的高级感，在装修风格上被拿捏得死死的。大理石地面，大理石墙面，大理石电梯间。就连保安亭，也是大理石的。厚重的暗红色木门，内镶金边，门上贴金立体号码牌，体现着房主尊贵的身份。苏箫搬进来后，发现邻居里有不少老外。他最怕在电梯里遇到他们。因为那些老外，会亲切地和他打招呼。苏箫长这么大，还没遇到过要被迫同乘电梯的陌生人相互问候的怪事。他只得回以极不自然地点头和微笑。

住在这里的中国人，大致分为两类。一类因为穿着太过严肃和正经，苏箫只能猜他们是金融家或者律师。另一类则是既年轻又漂亮，仿佛各个都不用上班。大白天进进出出时，他们就穿着睡衣或休闲的便装。苏箫斜对面的五一七，就住着这么一对情侣。他们刚搬来一个月。在中介陪两人来看房那天，苏箫正巧撞见。两个人的个子都很高，男生顶着一头白毛，女生金毛。两人穿着同色系款式不同的运动装。女生挽着男生的胳膊，头靠在他的肩膀上。和住在这里的其他年轻潮人们一样，一天中的任何时间他俩都在家，要么就是出去玩了。搞不清他们的实际年龄、职业，和生活状态。苏箫觉得他们很神秘。但最神秘的要数他自己，因为以上这两类人，他都不属于。他搬来后，这里就多了他这么一个新物种。

关于风水这件事，苏箫一开始是不信的。但是自从搬到这里后，他的生活就接二连三地发生着一个接一个的重大变故。最先是他的工作。

那天，他还和往常一样，午休时间一到，就叫上设计部的王震，一起到楼下的拉面馆，去吃店里新出的油面。王震是三年前入职的，他们俩在不知不觉中，就走到了一起，成为一对形影不离的午餐伙伴。俩人一到中午，就结伴离开工位，去一家他们在前一天就商量好的餐厅就餐。苏箫最喜欢王震的一点，就是他很闷。基本上别人不先说话，他绝不先开口。做设计的时候也是这样。你去和他讲需求，他就听着，然后点头。问他是不是听明白了，他也是点头。有一天，设计部只剩下他一个人在加班，一个自认为是最后离开的同事，冲着办公区喊了一声“还有没有人？”不知道是王震工作得太投入，还是像平时一样他说话总比别人慢半拍。结果他还没来得及回答，那个着急回家的同事就把所有灯都关上了。“居然有人比我还懒。”苏箫指的当然是王震。就在几天前，苏箫工作做完后准备离开办公室。当他路过前台时，看到前台的小姑娘也刚好收拾完东西，正欲离开。平时前台这个点早下班了。

“你怎么加班了？”苏箫看到小姑娘朝自己走过来，半好奇半礼节性地问她。

“总经理让我帮他整理些资料，他的助理今天请假了。”

确认苏箫是一个人后，前台小姑娘露出了娇羞的表情，很不好意思地开口问道：

“你一会儿怎么回家？”

“我住得近，走路回家。”

“我去地铁，你可不可以陪我走一段？”

“没问题。”苏箫不好意思地继续说道，“抱歉，我忘记你叫什么名字了。”

“珍妮弗。”

“珍妮弗，你好。”

珍妮弗挑起眼睛看着苏箫，抿着嘴笑。她笑起来很甜，苏箫仔细打量着她，一个梳着丸子头、鼓鼓脸的小个子女生。老前台被调到了行政办公室，这个新前台才来半年，看年纪应该刚大学毕业。苏箫好奇她为什么要让自己陪她。他们只是普通同事，并不熟。本着事出反常必有妖的规律，苏箫决定从此刻起，绝不先开口讲话。逼她主动说话，更能探明她的意图。果然，看到苏箫一直不语，珍妮弗有点憋不住了，羞答答地说：

“我有件事情，一直想问你。我在心里想了好久，但每次见到你，都不好意思开口。”

“是什么事？想问就问吧！”会是什么事情呢？搞得这么神秘。苏箫揣摩着她的面部表情，想提前读出她在想什么。她如此不自然的神情，紧张到脸红。难道她是要问我，有没有女朋友？她如果真这么问，我肯定如实回答“没有”。但是我回答之后呢？她难道喜欢我？她问这种问题和直接表白没区别！现在的年轻人，都这么直接？

“如果我问了，你不会生气吧？算了，我还是不问了。”

难道这是欲擒故纵？猜来猜去的，真是麻烦，“我肯定不会生气。”

“平时你和我说话时都好温柔，你看上去也很随和。你如果真的不介意，我就问了。”

苏箫示意她赶紧问。

“你——是不是弯的？你和王震，是不是一对？”

“这就是你要问的？！”苏箫差点把午饭喷出来，“我不是！我怎么会是！”

但是，他从珍妮弗眼神里读到的是“我不相信”。珍妮弗这下脸也不红了，一副兴奋又八卦的样子。

“我一开始也拿不准。但是后来有两个老员工，用非常肯定的口吻对我坚定地表示，你绝对是！”

什么？是哪两个老员工？他肯定认识他们，搞不好还很熟。也就是说，此时此刻，不仅是珍妮弗，全公司还有更多的人，已经替他做主了，替他确认过了，他的性取向。这是从什么时候开始发生的事情？发生多久了？苏箫突然觉得，在他每天都来工作的地方，有着另一个平行的世界存在。就像传说中，活人的世界和鬼魂的世界，实际上是处在同一空间，只不过在不同的维度或是频率中，才能做到互不干扰。假如一间办公室里，也是由很多不同的平行世界所构成，那么苏箫现在已知的就有两个了，一个是他每天在里面办公的世界，还有一个是八卦和传言的世界。苏箫虽然已经知道了这个八卦世界的存在，但他却看不到它。就像即使鬼魂真的存在，我们也看不到它们。苏箫觉得，无辜的王震肯定也和他一样，不了解这另一个世界的存在。

一碗油面下肚，虽然已经很饱，但实在是太好吃了，苏箫真想再来一碗。他看了看对面埋头吃着辛辣面，满头汗珠的王震，犹豫着要不要把这件哭笑不得的事情也告诉他。他好奇王震听到后会有怎样的反应。王震是一个比他还懒得做出反应的人。他会不会尬笑一下，然后继续吃他的面？有没有一种可能性，王震真的是弯的，一直暗恋着苏箫，所以才一直默默地陪在他身边？这就是谣言的力量！它强大到让被传言的人，也会受到影响。再过阵子，苏箫就会想，自己是不是才是错的那个？自己实际上是喜欢男人的，旁观者早已看破，唯独自己还在抗拒接受。毕竟，那些相信他是弯的人，对这一点的确定程度，远远超过他相信自己不是的程度。那些相信传言的人，会比传言中的人更加相信传言的真实性。这简直太诡异了。只有“平行世界的理论”才能很好地解释：人们口中谈论的世界，和真实的世界，是两个平行存在的世界！

最终，苏箫没有选择告诉王震。他不想把这个谣言所带来的烦恼再传递给他。他们一起吃完饭返回办公室时，就收到了那封从全球总部发来的电子邮件，宣布公司即将终止在中国的全部业务。也就是说，公司决定撤离中国市场。也就是说，苏箫马上就要失业了。外企在中国是客人，对主人必须讲武德。苏箫顺利领取了相当于一年工资的补偿金。他现在面临两个选择：一是带着自己的客户资源，马上去找下一份工作。二是不急着找工作，给自己放一个长假。他选了二。只要能瞒住爹妈，就万事大吉。他要好好地休息一下。

时光如梭，岁月荏苒。科学证明，快乐的时光，逝去得更快。过去这半年，苏箫每天睡到自然醒，出门吃顿早午餐，下午出去跑步，吃晚餐，然后去书店看书，看到关门，散步回家，继续看一本书，直到犯困，关灯睡觉。

因为待在盛国公馆的时间长了，进出的次数多了，苏箫也开始过起第二类人的生活，和五一七小情侣碰到的机会，也增加了。有时候，白毛下楼去取外卖，会顺便把苏箫点的餐也一起带上来。苏箫在走廊里碰到白毛，也会主动说上一句："楼下有你的快递。"作为邻居，这种程度的交往，是最合适的。他们始终也不会知道对方叫什么。

这半年里，苏箫最大的发现，是观察到住在这栋楼里的"第三类人"。因为她们很容易和第二类那些无所事事的年轻人弄混。随着遇到的次数不断增加，苏箫才慢慢把她们与第二类人区分开。首先，第三类人里都是女孩子，都是些既年轻，又漂亮，身材又好的女孩子。其次，和第二类人不同，她们不是整日待在家没事做，而是在家里上班。她们平日的工作很忙，到了饭点准会叫外卖，因为没时间出门吃。最后，是她们的穿着打扮，正是在这一点上，苏箫一开始常把她们和第二类人弄混，因为她们的穿着也非常时髦。但仔细观察就会发现，她们的服饰是在尽力迎合男人的口味，以紧身为主，脸上化着艳妆，像随时打开着美颜滤镜。有次，苏箫在一层等电梯，看到了她们中的一个，穿着淡褐色的紧身连衣短裙，踩了一双白色的高跟鞋，毫无声息地站在苏箫的身后。苏箫透过余光，观察到她身旁还站着一个普普通通的中年男人。苏箫听见她和那个男人说，"你和保安怎么说的？为什么他不让你进来？"那男人说了什么，苏箫完全听不到，他的声音实在是太小了。电梯门打开后，苏箫率先进入电梯。女孩子进来后刷卡按了七层。在安静的电梯间内，她腰杆笔直，头高高扬起。中年男人依旧不声不响地站在她身后，面无表情，直愣愣地盯着楼层数字的变化。五层到了，苏箫先走出电梯。他马上得出结论，她是做线下工作的。

苏箫发现，第三类人虽然都是在工作，但是她们的工作有线上和线下之分。五〇九房间，住着一个小个子的女生，鼻梁又薄又高，眼睛大得像只布娃娃，长长的金色波波头遮在额头上，整体看上去，很像是一台现实版的“机器人女友”。因为住在同层，苏箫和她经常碰面。有时候他开门出，她推门进。有时候他们同时出门，同时坐电梯下楼，她取外卖，他出去吃饭。她总是目不斜视，动作轻盈，态度温顺。有天上午，苏箫出门路过五〇九，看到房门是打开的，公馆的保洁阿姨正在门口打包着垃圾。他压制不住强烈的好奇心，探头看向屋内。屋里被装饰成了一个毛茸茸的主题空间，地面铺着厚厚的白色长绒毛地毯，墙上挂着粉色的绒毛毯子。“机器人女友”正面朝门的方向端坐，在她前方的白色桌子上，竖起一台置于圆形补光灯内的手机。她看到苏箫那双充满好奇的眼睛正在上下打量她，没有显出一丝慌张或不悦。她把他就当作是空气，继续调试着面前的设备。苏箫赶紧加快步伐逃开了。五〇九是做线上工作的。

随着苏箫与第三类人群的接触越来越频繁，在他的内心深处，展开了一场旷日持久的斗争。不工作之后，苏箫每天生活得像个洞穴人。美丽妖娆又充满魅惑的第三类人，成为他单调生活里唯一的亮色，为他脑海中各种的幻想，提供着丰富的素材。问题来了，他要不要打破次元壁，走进第三类人的世界，和她们进行接触呢？他知道，只要他在思考做与不做，就很危险了。数据显示，人类一般会在想五次不做之后，就去做了。最好的办法，就是不要去想这个问题。因为每多想一次，就离真正实施更进一步。最好的不去想的方法，就是转移注意力。是时候把精力放回到工作上了。已经休息得够久了。前同事朱莉被一家新成立的媒体聘去做出版人。她最近一直在说服苏箫到她这里来，做她的广告总监。要不，就去和她聊聊吧。

## 3

丽都的这家日式咖啡厅，有着大而漂亮的室外花园。朱莉早早就到了。她梳着利落的短发，戴着茶色墨镜，坐在一把遮阳伞的下面，等待着苏箫。苏箫特地穿得正式些，和这半年里邋遢的形象做了了断。虽说是老朋友见面，实际上是一次面试，马虎不得。

“这家媒体是三年前成立的，创始人虽然不是媒体人，但他能找来钱。他们的定位一直飘忽不定，就没做起来。下一轮融资是由同一家机构主投，钱肯定能到位，但是接下来的一年，必须要把业绩做上去！这次是投资人找到我的。我俩正好是中美 EMBA 的校友。你知道我去上了中美吧？”

“我不知道。”

“没关系，我之所以说这些，是想让你了解这中间的关系。因为我和爱德华是校友，就是那个投资人——爱德华·毛。巧的是，这家公司的创始人也是我们的校友，但我之前不认识他。我们在一次校友会上碰到，他俩已经合作三年了，才意识到我之前是媒体人。那有什么理由不把我这个校友也叫过来，大家一起做！”

“所以，你们都是校友？”

“是啊，是不是很巧？”

“所以，你们就应该一起做？”

“是啊，多么合乎逻辑。”

苏箫很想问她：“你确定这是合乎逻辑，不是合乎人际？”但是，苏箫选择了合乎人际。

“是很合！”

“我就推脱说，别别别，我只做过主编，没做过出版人。他们就说，你别谦虚，咱们是校友。中美的校友，都是最出色的！”

“可是，我不是你们的校友。”

“你怕什么！咱们是老同事。而且，你有他们最认可的一条优势！”

“是什么？”苏箫很好奇，寻思着自己怕不是时来运转，遇到了伯乐吧，他们居然能看到自己的优势！他思量着自己都有哪些优势，这么一想，似乎还挺多的。比如效率高、废话少、做事认真、为人诚实、不溜须拍马、不打小报告，和同事关系融洽，为客户考虑周全，可以一年不进领导办公室一次，最让领导省心。

“你最大的优势——就是你只做过一份工作。而且是连续七年！即使公司亏损，你也没跳槽！这个履历将是你今后在职场竞争中最大的优势！”

“他们是希望——我也在他们这里一直做到公司关门？”

“你太幽默了。有咱俩在，怎么会关门？肯定是蒸蒸日上，保准你能一直做到退休！”朱莉被自己极具说服力的临场发挥感动到，“你有了我的推荐，就可以认为这事已经敲定了！”

不得不说，朱莉说激动了，最后这句有点不太负责任，夸张得成分超标。校友只是在学校里。在企业里，老板和任何人都不会是“友”。当苏箫最终入职这家公司的时候，已经是一个月以后（据说还算是快的）。他又经历了五轮面试，外加四轮薪资谈判。这五轮面试分别是，招聘经理、人事总监、创始人、投资人和跨部门经理。薪资谈判一开始就很不愉快，若非朱莉的再三坚持，苏箫早就放弃了。

公司以尚处创业阶段为由，不肯多给他现金部分的工资，不足的部分要用期权补——让苏箫和公司一起赌一个“辉煌的未来”。苏箫坚决不同意工资比之前低。最后，聪明的企业家设计出以下支付方式：（1）通过月薪，累计支付总薪酬的三分之一。（2）每个季度发次奖金，再累计支付三分之一。（3）干满一年，再支付最后的三分之一。言外之意，干不满一年离开，最后的三分之一，别想拿到。“对一个可以在一个地方待上七年的人，你肯定能拿到所有的钱。”朱莉安慰他。

苏箫觉得世界真是奇妙，他的优势怎么倒更像是一个劣势。不管怎么说，他能接受这份不平等条约，也有自己的计算。这家公司的规模小，新上司又是自己的熟人。他了解自己懒散的个性。太复杂的环境，他应付不来。就这样吧！他又有了份工作，既可以转移精力，又能赚取收入，重获社会地位，还有老熟人照应。就等下周一去入职了。

到了本周四的中午，正在午睡的苏箫突然被一阵急促的电话铃声吵醒。肯定又是快递，他伸手去够电话。手机屏幕上显示着“朱莉”，“朱莉是谁？”他还在半梦半醒中，“想起来了，前同事，现领导。”

“苏箫，你明天有时间吗？”

“明天？”

“是啊，明天上午，我要带团队去见一个大客户，你也一起来吧！”

“我是到周一才……好吧，明早几点？”一入江湖，谁能由己。

星期五的早晨，是半年多来，苏箫头一回被闹铃声叫醒。他叫了车，不出意外的堵车，差一点迟到。他已经忘记了北京的早高峰可以有多堵。以后不能再这么大意了，他叮嘱着自己。

直到晚上十点钟，他才拖着疲惫的身体回到家。一回来他就坐在床上，一动不动。足足过了一个小时，他才去换衣服、洗澡。然后又回到床上，躺了下来。第二天是星期六，可以睡到自然醒。但是他却无法入睡。不仅睡不着，而且身体一直在冒冷汗。他把所有被子都掀开，依旧止不住地出汗。他找来温度计，测出来的体温正常，并没有发烧。他不是不困，是非常困，而且非常疲乏，但他就是睡不着。因为在他心里，有一件想不通的事情。如果不能想通，他就无法入睡。他打开台灯，看着手机上的时间，已经是清晨五点钟。他走进浴室洗了把脸，换上运动服和跑鞋。出去跑跑步吧，跑累了，再去吃个麦当劳的早餐，也许回来后就能睡着了。

清晨的空气带着清凉感，每一次呼吸，都能令人感到一阵喜悦。一旦跑起来，他反而不怎么出汗了。苏箫跑得很慢，步幅也小，因为他的注意力完全不在道路上。他还在被那个彻夜想不通的问题纠缠。他的内心分裂出来两个小人，双方各执一词，谁也不肯让步，都无法说服对方。如果这时候有个裁判就好了，可以终止这场无休止的争吵！他必须在这个周末找到答案。

如果没有裁判，他就要自己来仲裁。这就需要他再分离出第三个小人来，这个小人的思想和阅历都要超越正在争吵的两个小人。这么做的难度有点大。毕竟正在争吵的两个小人，代表了他当前人生的全部认知和领悟，所以他们才吵得难解难分，所以他才这么的痛苦。

他正面临着决定未来人生的重大选择，无处可逃，唯有直面。他虽然最憎恨压力，但这次的压力，他躲不过。不管怎么选，他都将面临一个糟糕的境地。这次不是在鱼和熊掌中做选择，是横竖都是死的困境。他唯一能做的是选一种较少痛苦的死法。

不知道围着小区跑了多少圈之后，他感到腿脚发软，不得不停下来，用双手支撑住膝盖。他已经没有力气去街对面的麦当劳了。他一夜没合眼，眼圈呈青色，额头渗出的皆是虚汗。突然他感到肚子很饿。还是赶紧回家煮一碗泡面吃吧。冰箱里还有几根德国香肠，再放一个鸡蛋。不，放两个鸡蛋。他气喘吁吁地来到楼门前，门外是五层大理石的台阶，台阶上是两扇高大厚重的玫瑰金色不锈钢玻璃门。

因为失眠和饥饿的双重影响，他的头晕沉沉的，视线也变得模糊不清。只见一个黑乎乎的人形正贴在金色玻璃门上。这个模糊的黑影长着细长的四肢，两条下肢相互扭曲挤在一起，有气无力地支撑着躯干，两根纤细的上肢则趴在玻璃表面上，摩擦发出可怕的“吱吱”声。黑影的头部被长到垂地的银紫色的发丝遮挡住，完全看不到脸。

苏箫被吓得一激灵，顿时清醒了许多。幸亏天已经亮了，如果是在夜里看到这么一个“贞子”，苏箫绝对会大叫出来。他壮着胆子慢慢地凑近玻璃门。贞子猛地抬起头，苏箫吓得又后退了半步。但他很快就平静下来，因为他已经能够看清这张俏丽的面容。这是一张自带高级感的鹅蛋脸。当贞子看到苏箫居然站在原地一动不动时，突然变得暴躁起来，用力拍打起厚厚的钢化玻璃。她这是什么意思？疲惫和饥饿让苏箫大脑的处理速度变得缓慢，他过了几秒钟才恍然大悟。原来她是要从里面出来，但是她找不到门禁！

这栋公寓的门禁，对于第一次来的人来说，确实非常不友善——因为它不在门边。难道她不住在这里？苏箫走上前，从兜里掏出门卡，从外面把门刷开了。

女生很吃力地推开一道门缝，苏箫赶忙帮她支撑住门框。

“谢谢。”

“等，等一下！”

她穿着高跟鞋，几乎与苏箫平视。她有一双勾人的眼睛，这双眼睛简直就是为了魅惑男人而长的。她的眼睛虽美，却无神，空洞洞的。这双眼，亦真亦假的。像真人，因为眼球在转动，又像假人，因为无法聚焦。苏箫凭经验，很快就得出结论，她属于第三类人！他又快速地观察了一下她的穿着，蓝色吊带短裙，又短又薄，面料很廉价，露着肩膀、后背和大腿。一定不会错的，她是做线下工作的！

她听到苏箫让她等一下，便一直在等着他要说什么。结果等了半天，他什么也不说。奇怪的是，她也并不催他。苏箫的意志力在经历了一夜的折磨后，已经丧失了最基本的抵抗力，本能的欲望此时便占据了上风。

“你不住在这里吧？”

“是的。”

“你昨晚在这里？”

“是的。”

“如果你现在走了，我以后是不是——再也见不到你了？”

“……我想……是的。”

“如果……我给你钱，你今晚能来找我吗？”

“……你说什么？”

“我不知道你要多少钱，但一定很贵。而且，你长得也像是……很贵的。但是，多少钱都可以！我突然很害怕……怕以后再也见不到你了！但我不想……就这么……见不到你了！”睡眠不足的人，会变得啰里啰唆，不断重复同样的话。

她就像突然开机了一样，空洞无神的眼眸里，射出一道微弱的光。

“好啊！今天晚上，我来找你。”她从金属链挂着的银色小包里掏出了手机，“加我吧！”

## 4

星期六的晚上，苏箫陡然醒来，腾地从床上坐起。他从早晨回到家后，一直睡到现在。窗外已是深深的暮色，他看了一眼时间，八点刚过。他感到脑袋昏昏沉沉，费劲地回想着早上发生的事情。手机上显示着朱莉打来的几个未接来电。他把手机丢到一边，继续回忆清晨。

他隐约记起自己回到家里的时候，是六点半，吃了碗泡面，又喝了一大杯水，然后给朱莉发了一条信息，倒头就睡着了。他睡得很沉，很香。再一睁开眼睛，就到了晚上。可是他好像错过了一件很重要的事情，在回来的路上，就在楼下，他好像和什么人交谈过。是一个女孩子。他已经全部想起来了。他满脸通红，用手不停拍打着额头，先是自责，再是羞愧。“我怎么会说出那样的话？做出那种事？现在我该怎么办？我可以反悔吗？已经到了约定好的时间，她随时随刻都会到。我既然定了她的时间，她就推掉了其他的工作。我如果现在反悔，也太不地道了。可是，她来了，我和她做什么？我被她的美貌吸引，被那一刻的空虚和脆弱俘虏。但我做不出那种事！如果她强迫我，该怎么办？她一定还不知道，她是我的救命恩人！是老天派她来做我的‘裁判’。我必须当面感谢她！如果她的时间要收费，我会给钱。她不用觉得受之有愧。因为她是我的恩人！”

时间紧迫，苏箫急忙冲进浴室，洗脸，刮胡子。头发怎么乱糟糟的，再洗个头。衣服太邋遢了，马上换。房间这么乱，赶紧收拾。开哪些灯呢？都打开，太晃眼了。只开台灯，又太猥琐了。还是都打开吧！书架是最乱的，已经来不及收了。窗帘要拉开，让小房间显得通透些。

“叮咚”，门铃响起。“她来了？怎么保安没有通知我？她也没有喊我下楼去接？她是怎么进来的？先不想那么多了，赶紧去开门！”

苏箫打开房门，这是一天中，他们的第二次见面。两人都先打量起对方。

他看着她，浓密的黑发，一身灰色运动服，脚上是一双沾满泥土的帆布鞋，就像是刚在操场上跑完步的学生正要赶回宿舍。他无法相信自己的眼睛，这和早上是同一个人吗？

“你的头发？”

“早上那是假发。”

“你和早晨真是太不一样了。早上，你像低配版的朴彩英。现在，更像低配版的金智秀。”

“喂！你这人会不会说话！彩英就彩英，智秀就智秀，什么是低配版？”

“很多人都说过我不会说话。我其实想说的是——你很漂亮。”

"漂亮吗？早上我那么狼狈，被你看到了，觉得很丢人。"

"早上我也很狼狈，少有那么狼狈的时候，也被你撞到了。"

"那我们第一次见面，都是状态最差的时候？"

"好像是这样的。"

她觉得他这人可真有意思，就这么开着门，傻站着不动。

"你是打算一直让我站在门外吗？"

苏箫这才意识到，急忙把她让进屋。她快速地扫视了一圈房间内的情况，便转过身凝视着苏箫。她柔和的目光和清晨时一样，既含情脉脉又撩人销魂。她安静地等待他，等他来主导下一步。

苏箫无法抵抗她的凝视。清晨，他正是被这凝视所俘获，让他瞬间觉得自己的心已经属于她了。紧张、激动、兴奋、欣喜、羞涩、焦躁、欲火中烧、复杂的情绪一股脑儿涌出来。他压抑着内心那团火，决定按照原计划，首先要让她了解，她的出现对他有多么重要。

"我家没有沙发，你介意坐地上吗？"

"不介意。"

苏箫指着地上放着的几个软垫子，和两个带靠背的地椅子。她选了椅子，毫不拘束地盘腿坐下来。

"我家没有饮料，我平时只喝白开水。你喝吗？"

"喝。"

苏箫倒了两杯水，一杯递给她，一杯握在自己手里。他挪来一个软垫，坐在她的对面。

“能再见到你，我特别高兴。”他低头看着手中的水杯。

“我也很高兴。我叫夏菁，你叫什么？”

“夏菁？这是你的真名？”

“是啊，要看身份证吗？”

“不用不用，只是……我还以为你们……都是用艺名。”

“你以前遇到的，都是艺名？”

“什么？以前？我以前没有过！没有，真的没有过！”

“那你为什么要找我？你约我的时候，感觉可熟练了。”

“熟练？怎么会？怎么可能！我不熟练。早上，我那时已经一天没睡觉了，你如果知道昨天发生了什么，就都能明白了。我正打算告诉你昨天发生的事情，因为就是这件事，才让我遇到你。”

“那你快讲给我吧，我想听！”

“是不是……要先付钱？”苏箫怕自己考虑不周到。

“刚还说不熟练，你这不是很有经验！”

“不是的，我是在电影里看到的。”

“是哪部电影？推荐我看看？”

看到苏箫答不上来的窘困模样，夏菁大笑。她不想继续为难他，催促着他有什么故事就快讲出来。钱的事，等故事讲完再谈也不迟。夏菁做出了要专心听故事的样子。

苏箫喝下一口水，又咽了几口唾沫，表情凝重。他在快速回忆着整件事的重点。在整整一天之中，发生的所有事都历历在目。

“昨天早上，我和朱莉，还有另外三个同事一起走进会议室。朱莉是我的前同事，新领导。那三个同事，分别来自市场部和编辑部，我记不得他们的名字了。我是作为广告部的代表。会上我们每个人都发了言。我发言的时候，其他人都在边听边暗自评价我。会议结束后，朱莉马上就通知我下午还有两个会，既然我都来了，就一起参加吧。再次被临时通知，我的内心肯定不爽。不过我也知道，继续参加下午的会议是最明智的做法。

“中午，我们就在楼下吃赛百味。我自告奋勇去点餐，一下子就说出朱莉喜欢吃的面包种类和酱料口味。谁叫我们以前是同事，她的喜好我早就知道。为此，朱莉第一次批评了我。她把我叫到一边说，‘以后在同事面前，不要表现出和我很熟！’看着她严肃的表情，我心里很困惑。我们本来就很熟，为什么要演不熟？她在担心什么？担心其他同事看出我们关系近，怀疑她会偏袒我？即便我按照她的要求做，我们也只是在外人面前演不熟，她私下还是可以照样偏袒我。她只要在工作中做到公正，不就好了。

“即便有着这些疑惑，我还是决定尊重她的意见。她比我资深，经验更丰富，考虑得肯定比我周全。所以在后面的时间，我就刻意和她保持了距离。

“下午的第一个会议，时间比预想的要长。市场部同事提出的方案，被客户全盘否定。从会议室一走出来，朱莉就开始骂那个同事做事不用脑子，为什么不提前和客户沟通好。接着朱莉又训斥起另两人，责备他们都看过方案，却没发现问题。她的做法再次令我吃惊不已。这个客户是朱莉以前的老朋友，被否定的方案也是朱莉私下非常认可的。朱莉作为公司里唯一和客户有过合作经验的人，对方案能否通过，没有提前做出预判，绝对是有责任的。可是她把所有的过失，都甩给了下属。”

“我很不喜欢这样的领导！”夏菁表现出强烈的感同身受。

“你这么想吗？我能够理解她。这是她在多年工作中，逐渐养成的思维和行为范式。是为了生存和保全。”苏箫继续讲述，“去最后一个会议的途中，我和朱莉坐同一辆车，她接到一个求助电话，是我未来广告部的下属打来的。一个软文的拍摄出了状况，那个下属不知如何是好。正巧我在旁边，朱莉就把电话交给我。我听完他的描述，就指导他该怎么解决，去找谁帮忙，在哪里买应急物资，以及如果还不能解决，备选方案是什么。总之，我讲了很久的电话，直到确认事情可以被顺利解决，我才挂断。我满心以为，朱莉这次一定会夸赞我。没想到，她再次严肃地指出了我的‘问题’。

“‘你怎么说了这么多和具体工作细节相关的内容，简直像一个基层员工！’她语重心长地说，‘我是把你当作一个专家，

大拿，大咖，高管，介绍给公司高层的。如果你是这样的工作方式，我真的很担心你以后如何应付和其他高层的沟通！’

“‘一个专家，大拿，大咖，高管，应该怎样说话？怎么做事？’我问。

“‘你在职场也这么多年了，应该知道怎么做！不需要我教你！’”

“真是越听越气人。你明明那么负责任，对工作考虑周到，还愿意辅导下属。她凭什么说你不会做领导？”夏菁很为苏箫打抱不平。

“我一开始和你一样，也想不通自己到底错在哪里。但是我很相信朱莉，相信她是真心为我好。昨晚，我又反复想过她的话，有一晚上的时间去思考，我终于想明白了。她说的是对的！做领导和做员工，需要的是两种截然不同的能力。我用心回忆了她在一天中说过的每一句话，终于被我找到规律。她的发言都藏着一个共同点！”

“是什么共同点？”夏菁急切地问。

“空！”

“空？”

“是的！这就是做领导需要的顿悟。你如果不太明白，我可以给你举个简单的例子。假设你现在是领导，要命令下属做一个新年礼盒，你应该怎么下达这个任务？按照‘空’的原则，你会说，这个礼盒要高端，大气，上档次。空不代表少，空话也可以说很多，但一定要牢记，它们都必须空。下属把礼盒做好了，拿给老板看，如果老板喜欢，功劳是你的。如果不喜欢，就是下属没理解你的指令，没执行好。反过来，如果你说的话不够空，你和下属说，礼盒需要是木质的，颜色是红色的（正如我那个电话所做的错误示范）。最后，当一个红色木质礼盒呈献给老板，万一老板不喜欢，你要如何免责？”

“针对同一件事说出的话，可以有如此大的区别？”

“当然可以。说空话并不容易，需要勤奋的练习。朱莉对我的教诲，简直就是在为我的职场人生续命！我们每个人都要打磨自己的‘个性化空话’方式，必须符合自身性格特点。所以朱莉才会说，她教不了我。她对我，自始至终是真诚的！”

“这么看来，她确实很够朋友。”

“我又进一步反思自己。我的缺点，就是太在意一件事的结果了。事，多到做不完。搞定了这件，还有下件。如果重点放在做事上，早晚要栽跟头。没有人能够把每件事都做好。因此，做得越多，出错和漏洞也越多，最后必然沦为牺牲品。最好的策略是什么都不做。也就永远不会错。”苏箫略显惆怅，“不光嘴上要空，手上也要空！”

“好高深啊！”夏菁情不自禁地鼓起掌来，“看来每一个能做领导的人，都是相当厉害的人物！”

“领导是人类里最像人的一群人。因为只有人，才能达到如此高远的境界。其他的动物即便是神仙，都做不到！”苏箫总结。

“可是，发生了这些事，和我有什么关系呢？”夏菁手肘支在膝盖上，双手托着腮。

“就快要讲到了。最后一个会一直开到天黑，朱莉有小孩，就先回家了。临走前，她嘱咐剩下的人一起去吃个饭，相互熟悉一下。这是个好建议。我环视了一圈周围的餐厅，‘林外梅花’是江南菜，‘首都厨房’是北京菜，‘熊猫掌柜’是四川菜，‘灰房子’是西餐。我问大家想吃哪家，他们异口同声说随便。然后每个人都乖乖地站在原地不动。我只得拍板说去吃林外梅花。众人马上附和。

“服务员拿给我们每人一张菜单。我提议每个人点一个自己爱吃的。然后我就自顾自地看菜单，嘴里自言自语念叨着‘蟹粉豆腐看着不错，鸭血肥肠也不错，红烧肉真香，虾仁清炒颜色真鲜……’一顿饭下来，似乎都很正常。可是当我回到家，回想起这顿饭，却越想越不对劲。从选餐厅开始，他们三个就是在等着我的决定。我不决定，他们就一动不动。点菜的时候，居然我念过的菜，全都上齐了。明明让他们每人点一道自己想吃的，结果端上来的全是我想吃的。”

“会不会是巧合？也许他们爱吃的菜，正好和你说的重合？”

“不是巧合。我们一共四个人，最后上了七个菜。如果一人一菜，那多出的三个菜是谁点的？最终端上来的每一道菜都是我说想吃的。更奇怪的是，我夹哪一盘菜，他们就避开不吃。难道他们吃饭时的心思都在我身上？即便是下班时间，只要有领导在，他们就不会下班？他们讨好领导的方式，是建立在牺牲自己的基础上。为了让我一个人舒服，需要牺牲三个人的感受。我觉得自己在欺压他们。而让我更加不寒而栗的是，他们甘于让我欺压！视之为理所应当！”

“你太敏感了。即便他们没有吃到自己想吃的，我相信，他们这顿饭吃得也很可口。”

“不是这顿饭的结果让我心慌。让我深感恐惧的是，他们连表达自己真实想法的意愿都没有。因为他们害怕，他们的想法会与我的想法抵触。

“就在这时，我的身体里逐渐分裂出了两个小人，A 说，‘你需要这份工作，它带给你高收入和高品质的生活、社会地位和尊严，满足你的权力欲和虚荣心，为你提供安全感。’B 马上反驳，‘为了换取这些，你失去了自由，你的大部分时间都将被别人支配。剩下的时间里，也要用来恢复精神和体力。’

“A 接着说，‘如果没有这份工作，你什么也不是。父母不会支持你，朋友不会理解你。你将没钱，没地位，不被尊重，不被看到，娶不到老婆，越来越孤独、渺小，你会走向自卑，进而堕落，成为一个失败者！’B 接着反驳，‘来看看你所说的成功者的终点是怎样的。有一天，当你站在了高位，所有人都为你鼓掌、庆贺。你环顾四周，一点也高兴不起来，因为你知道，他们庆贺的那个人不是你，是你的面具，你的位子。你敢把面具摘下吗？你不敢。因为你知道，一旦那么做，就没人会喜欢你。人们只爱那个面具，根本不关心面具后面的人。而你必须关心，因为那个人就是你自己！外面得到越多，内在失去越多。这样的一生是何等的悲哀，怎会是成功者！'

"A 不服气，'大多数人都是用这样的方式过完一生，大多数人都愿意付出相应的代价，并换来补偿。你非要去做少数人，非要走少数人走的路。那条路同样要付出代价，还不保证能换来补偿。那是一条不归路，你不知道等待你的将是什么！平安度过这一生，就是最大的福气！'B 不甘示弱，'大多数人走的路即便能换来补偿，但是否值得？你将用自己的时间去换，生命就是由这些时间组成的，用什么能补偿生命？我不需要知道在少数人走的路上，有什么在等着我。因为不管遇到什么，这都是一段真正属于我自己的人生。'

"如果你想听，这两个小人，可以无休止地争吵下去。昨晚我已经试过了，一直到天亮，他们的争论还在继续。这两个小人都是我，我无法和自己达成一致。这股来自身体内部的强烈的对抗的能量，让我的身体极度疲惫，无法入睡，焦虑，烦躁，浑身发烫，汗流浃背。"

苏箫垂下头，再次感受那种痛苦。

"我可以说说——我的想法吗？"夏菁怯生生地提议。

"可以。"

“我觉得你的想法——有点极端。但是，感觉却很酷！”

“是因为极端，所以很酷？还是因为很酷，所以很酷？”

“我也不知道。你问到我了。我也常被朋友说，在有些方面的做法很极端，让他们无法理解。她们从来没说过我很酷。但我忽然觉得自己也是——挺酷的！”她笑了。

苏箫被这笑容感染，跟着笑起来。

“对了，好像我还没告诉你我的名字。”

“你才想起来？”

“抱歉，你怎么也不提醒我。”

“你在讲故事，我不想打断。我知道你不是故意的。”

苏箫不好意思地用手抓了抓脑门。

“我叫，苏——箫。”

“很高兴认识你，苏箫。”

夏菁大方地伸出一只手，苏箫也匆忙地把手伸出来，和她握在了一起。

“苏箫，快点告诉我吧，你为什么会遇到我？”

苏箫直起腰，调整了一下体态。

“我平时从来不会在早晨去跑步。我今早所做的一切，都是反常的。这一切的不合理，如果有一个目的，我能想到的，就是让我遇见你！在楼下碰到你之后，我居然做出一件令自己都难以相信的疯狂事。等我再次回到房间冷静下来，才意识到我刚刚的做法是多么出格。但同时我醒悟到，原来做出一件超乎寻常的事情，一点都不难。你就是那个裁判，你让我内心的天平朝向‘不寻常’倾斜了。这是一个启示，那就再做一件‘不寻常’吧！已经没什么好怕的了！于是我发信息通知朱莉，这份工作我不做了！我了解朱莉的城府，她一开始一定会认为这中间有误会，会给我打电话，甚至打算说服我。但是当她看到我的决心，就会想到稳妥的解决办法，跟所有人交代。我睡醒后，看到了她给我回的信息，她接受了我的决定，并会和公司解释我是因家中变故。”

“天啊！我害你丢了工作！”

“恰恰相反，我真正要感谢的人，就是你！是你给了我力量，让我做出人生重大的决定。这不仅仅是一份工作，是以后所有的工作。从今往后，我都不打算再去上班了！”

“你快别解释了！你越解释，我越内疚。我明明是害了你。你如果不上班，怎么养活自己？”

“你也太强人所难了。我是今天才做的决定，哪有时间想这个问题。但我会好好想一下的。”

夏菁转着眼珠子，仿佛也在帮他想办法。

“那这样吧，我来给你讲一讲我的故事。让你知道，我为什么会在那个时间，出现在那个地点，遇见你。我讲的时候，你正好可以想一想今后打算做什么。你看好不好？”

“当然好。我想听你的故事。你尽管讲，不要怕我接受不了。我很包容。”

夏菁忍不住大笑起来。

## 5

两个小时前，在一家人声鼎沸的重庆老火锅店内，两个老熟人正隔着团团的热气，推杯换盏着手中的酸梅汤。周末没有不排队的火锅店，多亏王婷早早就来排号，夏菁一赶到，她们才能正好有位子。昨晚这对亲如姐妹的好朋友，刚在一起疯到凌晨三点钟，这还不到半天的工夫，夏菁又急着把王婷约出来，说是有重要事情要和她商量。她们一坐下来，夏菁就说个不停，王婷听得目瞪口呆。

“我的天！原来我们楼里住着一个变态！”王婷吃惊不已。

“你不要随便说人家是变态。”

“我忘了，你也够变态的，居然答应了。”

“你没认真听我说吗？”

“听了，听了，你这个颜控，从来没变过！我好奇，他能有多帅？如果真那么帅，我怎么从来没碰到过？”

“也不是说有多帅，就是气质好，感觉也好。你知道的，是我喜欢的那种范儿。”

“少提你不靠谱的审美，提到我就有气。还记得高中时候，你成绩有多差！全班倒数。为了能追到喜欢的学长，你居然发奋图强，考上了他的大学。可是结果呢，你到了学校，人家早把你给忘了。”

“你往好处想，如果没有他，我爸想都不敢想他女儿能考上那所大学。”

“接下来那个，更夸张！你明明是学中文的，就因为他去了四大，你居然两年内考完了 CPA，跑去和他做同事。虽说分手后，你现在的工作是他帮你找的。那也抹不掉他是渣男的事实。”

“出轨是他不对。但是，也怪我平时太惯着他了，什么都依他，让他觉得我太好了，感到无聊。他想寻找刺激，我能理解。”

“你真的是被人给控制了！快醒醒吧！”

“你没懂我的意思。我是说，他喜欢刺激，不是我能给的。我俩一开始就不合适。但是不代表，我以后找不到跟我合适的人。万一下一个，就专门喜欢我这种——奉献型呢？”

王婷提起一串千层肚，放到油碟里。夏菁正在锅中心的清汤池，摇晃着蒿子秆。王婷看她坚决不吃辣锅，调料里也不加葱和蒜，不住地摇头：“我的姑奶奶，你还真打算今天晚上要搞出点事儿来？”看夏菁不搭理，她无奈地说，“让咱们复盘一下整件事的经过，看看到底是哪里出了问题。昨天晚上，你约我去三里屯喝一杯，说最近工作太郁闷了，要放松一下。”

“停！是你约的我。你说，好久不见了，出来喝一杯。我才说，好吧，我也正好烦工作。你继续吧！”

“我们喝了点东西后，我说去蹦迪。你说，穿着上班的衣服怎么去。我就说，我家离得近，来我家换衣服。”

“然后，你家里的衣服我都穿不上！姐姐，你比我矮了十几公分，没考虑过这点？”

“你看着那么瘦，谁想到你体格那么彪悍。最后还不是让你找到一件？”

“那件只能勉强套上，一晚上都勒得难受。”

“没看出来你难受。穿上之后，别提多性感了。在舞池里有多少人跟你搭讪，不记得啦？”

“记不清了。总之没一个正经人。你递给我喝的是什么？喝完就开始头疼，今早起来还晕乎乎的，路都走不稳。”

王婷拿起酸梅汤，仰头喝了一大口：“我也头疼！现在都没缓过来。你现在好些吗？“

“我没事了。白天爬了几个来回沙坑，什么疼都治好了。”

“你这精力真让人佩服！居然早上六点钟还能爬起来，回家换衣服，再去公司团建。”

“是我精力好吗？老板说不去团建就扣工资！我是心疼钱，好吗！”

“这是违反劳动法，你去举报他。”

“你快别逗我了，劳动局又不给我发工资。”

夏菁看了看时间，心里着急起来：“快点给建议！一会儿我去找他，该准备些什么？”

王婷上下打量着对面的夏菁："你一会儿就穿这一身运动服，还有这双脏兮兮的白球鞋？"

"对啊，这就是真实的我。他如果真喜欢我，就要看到这样的我。他如果不满意，那更好，我立马离开。不过，我头发里全是沙子，一会要先去你家洗个头。"

"我真是想不明白，你到底看上他什么？"

"这些原因我不是都跟你说过好几遍了？"

"你是说了好几遍。可是我还是听不懂，理解不了。"

"好吧，我再和你解释最后一次。首先，他人真的很好，看我困在里面，主动上前帮我开门。看我站不稳，就一直用手撑着门，让我先出去。还有，从他看我的眼神里，我看到了他对我的爱。最后，也是最神奇的地方，他居然对我表白，说他喜欢我！"

"疯了！这个女娃真的疯了！他明明说的是'想再见到你'，哪里说过'喜欢你'！"

"这不是一个意思吗？只有喜欢的人，才想再次见到。"

王婷抬头长叹一声，用手蒙住了双眼，仿佛她不去看这个荒唐的世界，这个荒唐的世界就不存在。

"好吧。他住在哪个房间？"

"五二〇。"

"再说一遍？你知道我住四二〇。"

"是啊。你说巧不巧，他就在你的楼上。一会儿我要是遇到危险，就猛跺脚！你听到后，可要马上跑上来救我！”

王婷不想再听下去了，这个世界一定是疯了。她的好闺蜜，从小花痴到大，这是绝症，治不好了。

## 6

苏箫打开房门，这是在一天中，他们的第二次见面，两人都先打量起对方。

夏菁看着他，头发整整齐齐，神采奕奕。真是有意思，早上是颓废的艺术家气质，几个小时不见，俨然一副精英白领。他穿了一件雪白的衬衫，而且还是长袖。打扮得这么正式，是要出门约会吗？夏菁转念一想，总比穿着浴袍出现强。她细细品味起他俊美的容貌，黑黑的眼睛，挺拔的鼻梁，性感的嘴唇，内敛而羞涩的仪表，这正是她的菜，依旧很上头。

## 7

苏箫听完夏菁的讲述，觉得整件事真是太离奇了。他还是有点无法相信。明明自己表示要付钱，如果是一个正常的女生，一定会当场发飙。

“我当时确实很火大，但是我觉得你实在是太有趣了！我对你的好奇心，战胜了其他的情感。”夏菁解释。

“等等，我又想到一个不合理的地方。你早上起来后，为什么不换回自己白天的衣服？”

“我也很想知道，王婷为什么把我的衣服，扔到了马桶里。根本没法穿了。她只承认依稀记得曾把几件衣服扔进洗衣机。谁能相信她酒后的记忆。我只能趁着天还没大亮，赶紧打辆车回家再说。”

“真是太多的偶然了！如果你换了上班时的衣服，我就不会误会你。即使我们相遇，也不会再次相见。”苏箫感慨。

“好像这一切，都是为了让我们……”

“……再次相见”苏箫接上了夏菁没有说完的话。两人顿时感到气氛有些异样。

夏菁率先打破尴尬：“你想到今后要怎么挣钱养活自己了吗？”

苏箫沉默了片刻：“我刚刚想了一下，如果我不再去上班，短期内就把房子租出去。再往远点想，我关注过一些旅行博主。有些人就是在辞职后踏上旅途，沿途在网上发游记，可以挣到一些收入，满足日常花销，还能支撑去下一个目的地。我也许可以尝试。”

夏菁一下子来了兴趣：“这想法真好！我也想辞掉工作，和你一起去流浪。”

“谁说我要流浪？是旅行——好吗！”

“如果你让我一起去，我就可以帮你拍照，帮你修图，帮你编辑，帮你发布游记。”

“你帮我拍照？”

“是啊。”

“你帮我修图？”

“是啊。”

“你帮我发布？”

“是啊。你觉得不好？”

“没有觉得不好。但既然是两个人一起去旅行。为什么不是——拍两个人的照片，我们一起修图，一起发布呢？”

夏菁感到许久未有过的开心：“你会主动想到我，你对我太好了！”

“是你对我太好了。好到——把对自己好都忘了。”

“我以后不会忘了。因为你会替我记得！”

两个年轻人越聊越投缘，仿佛有着说不完的话题。这个故事到这里就要结束了。但是接下来的漫漫长夜，才刚拉开帷幕。同昨晚一样，苏箫毫无睡意。同昨晚——又有些不太一样……

# 面　试

# 1

再过几天就是圣诞节。在我的记忆里，平安夜是北京冬季最冷的一天。今天的温度就还好，微冷的空气可以让人保持清醒，这点对我很重要。因为我正赶去一个重要的面试。

为了缓解紧张的心情，我决定拉长路途上的时间。我放弃了打车，改乘地铁。

如果弗洛伊德在世，一定会认为我这种拖延的行为，恰恰证明我在潜意识里是抗拒这份工作的。不管我表面上正在为它做着多么不懈的努力，我的行动已经背叛了我的意志，出卖了我的真实想法。

但是，我需要这份工作，只有得到它，才能证明我之前的路走对了。面试时，我必须成功地扮演一个在任何方面都充满自信的人。就像那个相信自己连神都能战胜的男人。他自信的理由非常简单，因为他是恺撒。这正是我现在需要的。信心越盲目，就会越强大！你可以有缺点，但绝不能软弱，这是每个面试官都不希望看到的。不，你也不能有缺点。因为对缺点的解释权属于面试官，这就很危险了。最好的方式就是，不要暴露任何缺点。即便你知道不存在没有缺点的人。面试官也知道，一个正常人不可能没有缺点。但是你更加知道，面试官希望你能为你的缺点，唱上一首美丽的赞歌，就像当年维吉尔歌颂他的皇帝时一样。

回国后，我把简历投给了那几家知名的投资公司，不出意料它们都石沉大海。这些旺铺，通常是竞争最激烈的地方，而我的惯有心态是——顺其自然。想得到，但又不想为了得到穷尽所能，争个面红耳赤。那位美国的学姐，本该成为我的榜样。在她毕业前，我们结伴去参加一个经济论坛。当我正琢磨着台上嘉宾到底说了啥时，她却不知去向。直到茶歇时再次碰到，她才兴冲冲向我讲述，原来她刚刚守在通道里，成功拦截到上一位演讲嘉宾。她当即来了一场“电梯自荐”，居然真的就拿到了这家著名咨询公司的实习邀约。我事后分析，那个演讲者是公司一把手，又是一名男性，而学姐是一位身材火辣，独具东方魅力的年轻女性。她这个方法，肯定不适合我。

我长着娃娃脸，在早熟的西方社会，看上去更显乳臭未干。女生如果显小，还可以通过化妆和造型，成熟五到十岁。

男生在这方面，能用的招数本就不多。并且能用的，我都用上了。比如今天，我明明不近视，却戴了一副黑框眼镜，衣服也只敢穿黑色，生怕任何更浅的颜色，都会让我看起来无法担起大任。

今天这家融资顾问公司，总部在深圳，在业内小有名气。因为得不到那些骄傲的投资公司的青睐，我就投了几家融资公司，试试运气。必须承认，我的面试经验不多，之前为数不多的几次都是视频。在美国读硕士期间，我通过视频，面试过几家国内的初创公司。最后挑了一家杭州的新零售企业，干了半年。正是这段经历，让我认清自己不适合什么。我不适合做那些能够被无限细化的工作。我的专业是宏观经济学，这似乎已经说明了问题。我更喜欢研究趋势，归纳总结，推演数据。一想到要把一个想法从零到一做出来，我就头痛。人还是要去适合自己的地方。

从地铁站一走出来，我就感觉到冷了。今天为了顾全整体形象，我只穿了件薄呢子外套。此刻只好收紧领口来御寒。深圳过来的合伙人今天上午才到，面试地点定在 CBD 的一家咖啡厅，时间是傍晚。

我猜她一定是刚开完某个会，就直接安排在会议的楼下。而且她晚上也有安排，只有傍晚时有空。我们之间的面试不会太长，最多半小时。她阅人无数，清楚自己要什么。接下来，就看我能否顺利进入角色了。融资顾问作为利益的中间人，既谈利益又要情义，既高傲又卑微，既虚伪又诚恳。我已经准备好了！

我提前半小时到达了约定地点。这间咖啡厅在大厦的拐角处，外立面的落地玻璃呈L型。室内只坐了两成顾客，要找一个人很容易。靠近玻璃的座位由于冷，大多数人都坐在里侧。唯独一个略微发福的短发女士，坐在窗边。她穿着白色大领衬衫，外套一件浅绿色开衫毛衣，戴一副宽框金边眼镜，身旁立着一只轻型黑色拉杆箱，上面搭着外套和围巾。她的面前没有饮料，只摆放着手机和平板电脑，看来也是刚到不久。我站在一棵大树下面，一身黑衣让我看上去像个潜伏的忍者，犹豫着要不要等到准点时再出现。我的犹豫不决最终被严寒打败，一心只想尽快踏入到温暖的室内。

我想先点杯咖啡，正巧看到咖啡师正在制作一杯美式。我询问是否是靠窗那位女士的。得到肯定的答复后，我端起她的咖啡，朝窗边走去。

## 2

面试进展得很顺利，毕竟我的简历上写着，我是一个人才。我的外貌符合简历上的描述，我的谈吐符合我的外貌。我的自我介绍相当精彩，跌宕起伏的情节，像出自传记作家之手。每一次人生转折，都被我描述成是我的主动选择，而不是听从父母或他人的安排。她在问。我在答，同时也在观察她。从面试开始，我就在忖度她的偏见与偏好，并依此调整着自己的语气和姿态。

为了能让她喜欢我，我谨慎地迎合着。

“我问完了。你有什么要问我吗？”面试官用这个俗套的问题来结束提问。

虽然我早已准备过如何作答，但我还是假装“思考”了一下。我需要演出“真实”。回答得太快，会失“真”。

“我最想问的问题，您其实一直都在回答我！这个问题就是，我未来的老板是一个怎样的人？员工最大的幸运或是伤害，都将来自他的老板。在和您的交谈中，我时刻感受着您的魅力人格，不断叹服于您的真知灼见。我不禁想，如果能在您的麾下，得到您的亲自点拨，将是何等的荣幸。我只希望，自己足够幸运！”

我当然不可能在这么短时间内，对一个居高临下的面试官，得出一个关于他英明与否的准确判断。但这不重要。我要运用令他不感虚假的修辞，尽力地赞美他。任何决定的背后，个人的主观感受都大于客观事实。

就算人们管这叫奉承、拍马，或者讨好。听上去都有些贬义。但从实用上看，都是生存必备的技艺。奉承自己未来的老板，必须从面试就开始。拍他的公司，拍他的客户，拍他做过的成功案例。对公司的“忠心”也要从此刻开表。他如果问你，为什么不选其他竞争对手的公司？某某公司不是更大更有钱？这类问题一定难不倒你。你的“这颗心只属于他”的理由，总能想到。

总之，面试时千万不能光顾着展现自己，这么做是“我执”。

但是，有千分之一的可能性，你会遇到一位真正智慧的面试官。伴随一个人智慧的提升，一条普遍规律就是，他对于真实性的要求也越高。如我方才的面试表现，虽然从头到尾充满了灵巧的应变和机巧的语言，却唯独缺失真实性。展现得越出色，离真实越远。

在智慧的面试官面前，任何修饰过的答案，都会被识破。他不会问千篇一律的问题，因为他不想听标准答案式的回答。智慧的面试官会问些听起来似乎与工作不相关的问题。你可能会怀疑他究竟在考察什么。他在考察你最核心的能力，做一个真实的人的能力。

他会用出其不意的问题，突破你的思维范式，只为得到你真实的回答。这个时候，你需要马上卸下伪装，把真实的一面呈现。即便那是在揭开疮疤，展现弱点。都不用担心。他的智慧能够包容你的真实。智慧与虚假才是无法相容的。

在与智慧的面试官交谈中，你若还在卖力地表演，就将失去一份世间少有的珍贵机会——和一个有智慧的老板一起工作的机会。

当一个人表达真实时，通常让周围人感到不安。智慧的面试官会在你来之前，就研究过你的资料，得出对你能力的判断。你们之间的面对面交谈，只为触碰真实。

## 3

看到这里的读者，可千万不要误会，认为我只是为了写一次面试的经历。人是不会变的。我会为了缓解面试前的紧张心情，选择用更长时间抵达，自然也会为了能平静地写下那天真正发生的事情，先写下一大段烦冗的内容，平复动笔之初急促的心跳和颤抖的双手。我可不想因太过激动而语塞，因大脑缺氧而无法达意，一如那天她突然出现在我面前时，我所遭遇的一样。

正当我游刃有余地表达，聚精会神地维持着完美的形象，她不知何时，从何处，突然出现在我的对面。咖啡厅内人那么少，我又是面朝着入口方向，是怎么错过她推门而入，直至走到离我如此近的距离？

当我看到她的瞬间，我的灵魂就像被古一法师震出了体外，身体完全凝固。我开始相信那个关于“石化”的传说是真实的。只是那股令人石化的力量不是来自魔法，而是来自女妖的美丽。如果现场有一台医学仪器连在我身上，我敢保证能够监测到我的心脏停止跳动了三秒钟。那三秒，我的世界是绝对安静的，没有心跳，没有呼吸，血液也停止了流动。

一定是这样的！如果不是，就没法解释为什么我的大脑在缺氧，意识在流走。她修长的身体微微地紧蹦着，正在为唐突地打断我们的谈话感到不安。这种不安代表了修养。由于刚从寒冷的室外进来，她的脸颊通红，鼻头也微微泛红，嘴唇在轻微地颤动。整个人就像是从远古的森林里走出来的精灵。一双月亮般皎洁的眼睛，射出太阳般炙热的目光，正是神话中能够将任何凝视这双眼的生物瞬间凝固住的目光。

就在此时，解开“石化”的咒语被念了出来。“你到啦？”面试官顺着我的眼神回过头，也看到了她，“我们这边也正好聊完了。”

我马上明白，今天安排了不止一个面试。她，就是下一个接受面试的女孩。接下来，我的肢体做出了一系列不协调的动作，堪比憨豆先生的表演秀。大脑还在不断地提醒我，现在最该做的，是留给面试官一个完美的结束印象。一个差强人意的结束将毁掉之前四十分钟的努力。然而，身体的每一个细胞仿佛有了自主意识，为了能得到眼前这个陌生女孩的好感，细胞兄弟们争先恐后地表现，想给她留下一个良好的第一印象。

大脑与身体意愿的南辕北辙，使我的眼睛失神，手臂像脱了线的木偶肢，漫无目的地游荡在身体四周。外人看来我似乎是在寻找某件东西。但其实我是在找自己。

我觉得坐在了本属于她的位子上，想立即起身把座位腾给她。我对面试官只剩下一味敷衍的笑容。我迅速拿起椅背上的外套，想要尽快离开，却欲速则不达。就要走到门口的时候，我突然想起那杯没喝几口的咖啡还摆在她面前。我快步折回。面试官正在询问她是不是先去点杯喝的。她犹豫时，我已走到跟前。

我依旧无法组织出适当的语言，只得再次朝面试官挤出尴尬的笑容。当我伸手去取咖啡时，恰巧与她的目光相遇。我恨自己为什么没勇气自我介绍，并询问她的名字。这会比我今天的面试更有意义。此刻我太想知道她叫什么了。我一定会从听到的那一刻，就记住这个注定会可爱的名字。

桌子上放着一份刚才还没有的文件。她竟然打印了自己的简历，正要递给面试官。这个举动增加了她的可爱。简历上面有她的照片，一定也有她的名字。可是我如果低头去看，动作幅度太明显了，会被认为是打探竞争对手的没品做法，让我的形象受损。我只有克制住这股冲动，但也错失了知晓她名字的机会。

一个冲动刚被压下，另一个冲动又冒出来。她坐着，我站着，她似乎在期待我说些什么。我是不是应该询问她想喝什么？然后代劳为她买来？我知道我又在胡思乱想。可是我太想为她做点什么，有种一定要为她做些什么的冲动。理性，又或是胆怯，再次阻拦了我，最终没使我做出任何会让在场人目瞪口呆的行为。

当我有时间一秒一秒地仔细回想刚刚那些片段时，我已经再次站在了刚来时的那棵大树下。我不舍得离开，正透过玻璃注视着她的一举一动。她正在精神饱满地侃侃而谈，没有一丝浮夸和做作。当她在倾听的时候，是那样地投入，让人忍不住好奇她听到了什么有趣的内容。在这样的时间里，我感觉她是属于我的。因为不会被打扰，也不会被打断。包括我自己的理性也不能。

我就这样看着她，而她不知道我正在看着她，这是最安全的拥有。我在心中对她说：你属于我，不需要你的同意。我为什么不能再靠近一点？我不能，因为走出这个盲区，我就有可能被她看到，那样一定会吓到她。我的眼镜为什么不能增加些度数，这样我就可以把她看得更清楚。我此刻为什么一点也不觉得冷，反而像被热腾腾的火焰灼烧，脸也被烤得通红。

我心中充满了疑问，因为我从未有过如此强烈的感受。我为什么还不用“爱”这个字来描述这一切的感受，因为我是一个不相信一见钟情的人。即便真的发生了所谓的一见钟情，我也不相信那就是爱。我认定人的交往是需要逐层递进的。只有经历了考验——从肉体，到精神，最后到灵魂；从热恋，到理解，最后到陪伴——这样的过程是爱情产生的客观规律。只有经历过这些，才会产生出真正的爱。而“一见”，还没有经过这些步骤，是不可能抵达无须说话，就被懂得；未说出道歉，就被原谅；不用掩饰，就被理解的彼岸。爱，在热恋的彼岸。

只有两个真实相向的人，两个能在彼此间卸下所有防御的人，才能得到人世间被称为爱的，最珍贵的馈赠。真正的爱，只有经历了时间和空间中的漫长旅行，才会抵达。它在彼岸。而我，明明还站在原地。我受三维世界的禁锢，是不可能穿越时空去获得这份超前的感受。我出了什么问题？

我太渴望得到属于我的那份爱了。以至于我的渴望被投射出来，捕捉并依附在眼前这个如此美丽的形象上。我被这突如其来的美所诱惑。我突然理解了为什么海伦犯下了不可饶恕的罪过，最终还是得到宽恕。因为美丽怎么会是罪？美丽怎么可能有罪？美丽是善的。美丽是神性的。

我必须冷静下来。我要思考这不真实的感受的源头。但我冷静不下来。思考，就交给未来的我吧。现在的我要顺从一次冲动，不再抵抗。我做出决定。就在稍后，当她结束面试，走出咖啡厅时，我要迎上前去，告诉她我对她的感受。因为如果不这么做，我今后的人生都将活在今天，走不出今天，我今后的人生会变得虚幻，而我绝对不允许这样的悲剧发生。

## 4

既然我已经做出了决定，那就不得不去考虑另一件事。我在美国的女朋友该怎么办？我的女朋友叫埃玛。她虽然和我同年，却是我的学姐。我到美国的时候，她正在读第二年的硕士，我的专业需要两年毕业，她需要三年。之所以我先回国了，是因为她在美国得到导师的推荐。那是一个相当难得的工作机会。她在情感上很依赖我，不想和我长时间分开，所以一度想放弃这个机会，陪我一起回国。但我坚决反对，她不该为了我做牺牲。在我的劝说下，她同意做满一年，一年后我们团聚。但我们不是在这之前就不见面了。马上的圣诞元旦假期，她已买好了机票，开心地期盼着见到我。虽然我觉得这时候的机票很贵，而且我才刚回来，她大可不必这么着急跑回来看我。不过，我尊重她的决定。我一向尊重她的决定。

我们的初次相遇，是在生活区的一间酒吧里。我被朋友叫去，说要带我多认识些朋友。刚到美国的时候，我对这类邀约来者不拒，我急需交朋友和了解这个新的世界。埃玛那天穿了一件大红色低肩毛衣，很随意地扎起一个马尾辫。正是这条马尾辫和她充沛的精力，给我留下了深刻的印象。我一下子就喜欢上了这个看起来特别开朗的女孩子。

我自己是略微有些社恐的，周围人越多，我的话越少。我一直对于那些能在公共场合，展现非凡交流能力的人，有一种崇拜。毕竟自己觉得难以做到的事情，人家做起来却毫不费力。埃玛一上来就主动和我攀谈。

“你是哪里人？”

“你是在问我吗？我……是……北京来的。”

“北京的？不像啊。北京男孩不都很贫吗？你怎么蔫了吧唧？”

我尴尬地笑了笑。

“哦，我懂了。”她就是能接住自己提的问题，不管你是不是回答，“北京男孩分两种，一种是刚见面就特贫，还有一种是混熟了之后，才贫起来。总之不可能有不贫的！你说，你是不是第二种？”

这句话着实把我给逗乐了。我还很少被一个女孩子这么轻易就逗乐，“是的，我是第二种”。这话出口之后，我和她好像一下子熟起来。她就是有这个本事。后来，我不知道自己是真的有那么多想聊的，还是为了自证很贫的事实，而逼自己多讲话。总之那天晚上，我说了很多话。酒吧内很嘈杂，要喊着交谈。第二天早起，我的嗓子就发炎了。

后来我们会经常在学校里碰到。留学生的圈子本来也不大，我们又是同一所大学同一个学院的，渐渐熟起来是肯定的。真的熟起来以后，我才了解到，她在我们学校是出了名的学霸，在教授那里都挂了名，教授经常会拿出一些不和其他学生讨论的问题，专门与她探讨。

我用各方收集到的数据，对比了我们的一生，发现从高考成绩一路到 GRE 成绩，我完败。她不光成绩突出，而且爱交朋友，对朋友又特别地关照。她很会照顾人，总能看到被人隐藏起来的真实需求，即便他们没有明说。就算是和她最亲近的人，也没看到过她抱怨。她陪在那些沮丧的人身边，说出他们最想听到的安慰，直到他们走出阴霾。这就是她神奇的治愈能力。

她就像所有人的太阳，温暖着身边的每一个人。也只有如她这般强大的灵魂，才能做得到吧。和她这样的人做朋友是最舒服的。那要是做她的男朋友呢？我不由得这么想下去。想着想着，就打算付诸行动了。

在我对埃玛越来越了解的这段时间，也是我和黎贝卡的关系火速升温的时候。黎贝卡的学校就在隔壁。她在读本科，比我年纪小，比我爱玩。我们同样是在朋友的朋友的朋友的聚会上认识的，具体她又是谁的朋友，我已记不清了。她的身高几乎和我一样。我们走在一起，她看上去比我还要高些。她的身材就如同卢浮宫里的维纳斯。你可能觉得我夸张，不过见过她的人都这么认为。她就是亚洲人里形体最像欧洲人的，但仅限身材。她并没有长着一张欧罗巴的脸庞，她是典型的江南女生。她也的确来自江南，她是金华人。皮肤白皙是她的另一大特点，在满是白种人的海滩上一眼难辨。

和我同时对她有意的，是一个与她同校名叫凯文的南京富家子。他每天不去上课，据说已经搞定了可以帮他弄到“文凭”的老乡，给他老爸交差是没问题了。于是，他便有大把的时间，可以陪黎贝卡到处玩，开着他那辆炭黑色超跑。因为他没有选一个热带鱼颜色的车身，我对他增加了几分好感。

我认识他完全是因为她，大家总要一起出去玩吗。我们彼此知道是竞争关系，这不妨碍我们成为朋友。似乎一定要具备这样的骑士精神，才不会在黎贝卡面前太掉价。黎贝卡的家境并不殷实，认真完成学业是她最好的选择。她还是会认真上课，认真写作业。凯文有的是时间陪她，她却不会全天都有空。怎奈她的才智远不及她的美貌。我们这两所大学虽然离得很近，但全然不在同一个级别。他们学校是很多国内无法通过高考考上理想大学的家庭，在海外获得文凭的一个选择，作业的难度不大。但黎贝卡每一次都是涉险过关。

自从认识我这位名校生之后，她便把我当成了她的家庭教师。有几次我实在给她讲不明白，离交作业时间又很近了，就干脆帮她把作业写了。为了不让老师起疑心，我会把作业按照她应有的水准完成到刚好通过。这样的分寸我把握得很到位，美国大学对于一份作业的要求，已经被我摸透了。辅导功课的这个领域在凯文的钞能力范围之外，这成为我与黎贝卡的关系迅速升温的主要原因。她仰慕我的才华，内心向往能像我一样走入知识的大门。但她从小到大都被挡在这道门外。她从我身上看到了她的父亲想让她成为，但她永远无法做到的一切。她父亲为了能提高她的成绩，该花的钱都花了，能做的努力都做了，甚至牺牲了她童年所有可以玩耍的时间。但终归没有换来奇迹，她不是读书的材料。

她现在这么爱玩，并不是因为她有多享受，而是因为这是她第一次离开父亲的监视。她想弥补自己失去的。事实上，人生前一个阶段的损失，是无法在下一个阶段被弥补的。因为人生前一个阶段的赌博，赌注便是下一个阶段。

必须承认，老天分给每个人的长处都不同，脑子就绝不是平均分配的。就像抓了一把胡椒粉往烤肉串上撒去，总是会有些地方落得多些，有些地方少些。虽然我知道这不怪黎贝卡，并且我知道她的美貌可以打败绝大多数人，数量一定是超过我用自己浅薄的智慧能打败的人数。但我还是对只有美貌的她莫名地嫌弃。经常在我说完一句话之后，她就用那空洞而美丽的眼睛巴巴地盯着我傻笑。我知道她笑的是我又说了一句她听不懂的话。

她很享受被我的深邃碾压，这只会进一步加深她对我的崇拜。可是我却无法体验到满足感，我体验到的是反感。我理解她是可爱的，但我不喜欢与听不懂我在说什么的人相处。我能够在她完美的身体上得到满足，但她永远不会理解我的烦恼和我日常的思绪。哲学和政治她全然不关心。她不会读我读过的书，甚至不会看我在看的电影。当我在看《汉娜·阿伦特》的时候，她全程在看我。我不会享受一个不懂我的人对我的崇拜，这崇拜是肤浅的，是自欺欺人。她的世界可以只有我，但我的世界光有她是不够的。

已经越来越明显了，她很快就要做出决定，她会选择我。她已经在故意疏远凯文，而约我见面的次数越来越多。这证明她不是一个拜金女，不是一个物质至上的人。她是一个好女孩。她是善良的、单纯的、有爱心的、体贴的，也一定是对爱情忠贞的。她会是一个很好的女朋友，一个好太太、好母亲。如果不是埃玛的出现，我在纽约的时候一定会和她谈场恋爱。也许我们在一起后，情况并不像我当初预想那么糟，也许我们彼此都会获得幸福。但是，埃玛的出现，让我有了对比。人一旦有了比较，就不会再安心于自己的拥有。人性如此，我是人。

最终，我率先做出了选择。在十拿九稳和前景不明之间，在掌控和风险之间，在舒适和挑战之间，我都选了后者。现在回想起来很有趣，当时黎贝卡眼中的我，不就是我眼中的埃玛。我想得到这枚皇冠上的宝石，它看起来太耀眼太璀璨。珍贵到吓退了所有竞争者，大家都站得远远的，和这枚宝石隔着一个安全的距离，生怕把它戴上之后，承受不了它的重量，或者担心它太过于耀眼而显得自己黯淡无光。谁不愿意自己是发光的那一个，谁愿意待在光辉之外当个阴影。我愿意。

我从决定正式追求她那天起，就做好了以上这些心理准备。我不想在年纪轻轻就思前想后。这是一个本该轻率的年纪，顺应内心冲动有理的年纪。很快，我用黎贝卡对待凯文的方法，渐渐疏远她。我知道这么做显得我怯懦和不够男子气概。我当时认为这个方式，让我最低程度的自责。黎贝卡找我给她补课时，我的借口多了起来。在街上偶然遇到，我也变得言语冷漠，没说几句话就找理由告辞。她感觉到了我的变化，曾托我们共同的朋友来问我，是不是她做错了什么。我推搪说，没有啊，不清楚，怎么会。就像我说过的，她不聪明，所以不会花心思去忖度我的心思。她很快便和凯文在一起了。

他们成双入对的时候，我还在苦苦追求着埃玛，完全不知道结果会如何，只知道埃玛在面对她的追求者时，似乎不如对朋友那般善解人意。她经常斥责我的突然到访和一点也不惊喜的惊喜，说这是她最讨厌的相处方式。她一面谴责我的幼稚，一面渐渐习惯了我的鲁莽追求。她说一开始的害怕和不适应，是因为她从来没有遇到过这样的情况。我说不可能，难道从小到大没有人追求过你？你这么的出色！她一句话就把我给问懵了："你知道我从小到大是怎么过来的？"是啊，我完全不知道。我（和所有人一样）原以为，她一直都是像现在这样，站在焦点的位置。在学校，在那晚的酒吧，只要在人群中，那就是属于她的位置。她一定是生下来就站在那里的。我又想到了我找来的那些数据，那些空洞的成绩组成的辉煌的履历，能代表一个有血有肉的人吗？当然不能。

## 5

在我们正式交往的两年里，埃玛断断续续，经历了数不清的不眠之夜，给我完整讲述了关于她的故事。整个故事里，她是主角，也是唯一的角色。她的故事里，只有她自己。她的父亲曾经是贫穷的。她的家庭也曾是贫穷的。那时她还没有出生。父亲在外打工处处碰壁，拖着年轻力壮的身躯，为了填饱肚子，不得不去垃圾箱里翻找剩饭菜。

她出生那年，父亲二十岁。也正是从那年开始，转机出现了。那年，父亲在外面走投无路，走了几百里的路，终于摇摇晃晃地回到了在北方的故乡。当父亲在家人的精心照料下，身体刚刚有些恢复，就又不安分起来。他在村子里借了七千块钱，再次上路。但这次，好消息不断传来。他赌对了方向，发了财。她和妈妈被接到了省城里居住。本应上演的家人团聚并从此过上幸福生活的剧情，并未发生。

她的爸爸开始交往新的女人。这座城市是没有秘密的。而且这样的事，在城中的新富家庭里也不是什么需要保守的秘密。她的妈妈本可以和大多数和她处境相同的女人一样，选择沉默。她的老公不会和她离婚，不会不给她的女儿交学费，不会打她骂她。他只是不常回家，不再像以前外出打工时，一有时间就打长途电话回来，村子里的人跑着叫她去接听，不再说爱她，不再有时间陪她。

但是，她的妈妈选择了另一条路。从此，她的父母开始了旷日持久的家庭战争。而这种战争最大的受害者往往是年幼的孩子。埃玛被两个至亲一起“抛弃”了。

她再也看不到妈妈脸上的笑容，爸爸也不再回到他们共同的家。后来偶尔的一次，爸爸回到家中，妈妈愤怒地扑向他，一拳接一拳重重地砸在他身上。爸爸还了手。妈妈受了伤。妈妈在哭泣。爸爸摔门而出。再后来，妈妈精神出了状况，被送进了医院。

妈妈出院后，已无法继续照顾她。她被送到亲戚家。一开始是奶奶家，奶奶每天对着她，数落妈妈的不是。她听不下去，出逃了。她又被送到了大姨家，大姨对自己的儿子才是真心，对她只是义务。虽然拿着她爸爸给的抚养费，但却因妈妈的缘故而埋怨她的爸爸。她在父母双方的亲戚家里，感受到的不再是亲情和温暖，而是隔阂，是相互的憎恶。

成年人世界里的恶意、欺瞒、利益、算计、欲望和自私，过早地进入她的童年世界。她小小的年纪怎么会懂？她只知道她的世界里已经充满了警报。她如果还想活下去，最安全的做法就是把自己与这个不断伤害她的世界隔离。她开始拼命地读书。阅读所有能接触到的书籍，成了她逃避现实世界的方法。

从初中开始，她被送到了一所北京的寄宿学校。她幻想着，噩梦终于要结束了。她对新生活充满了期盼。北京，那里可是首都。那里一定非常美丽，到处都布满了鲜花，无论走到哪里都像是漫步在公园里。首都的人也一定是最友善和最有礼貌的。

当同学们聚在一起嫌弃她的土气，模仿并嘲笑她的口音时，她知道一切都没有变，甚至是更糟了。到了周末，她的同学们会被家人一个一个地接走。她依旧是孤零零的一个人。原来一切都没有变，甚至更糟了。

就在快要中考的时候，她收到了令她的世界再次崩塌的消息。她的妈妈跑去派出所，把爸爸举报了。爸爸几乎散光了资产，才勉强逃过牢狱之灾。爸爸不可避免地遭受到精神上的巨大打击，一气之下远走南方。生她的父母，最终落得两败俱伤。

到她高中的时候，父母终于办理了离婚手续。爸爸组建了新的家庭，她很快就会有一个弟弟。那时候的她，每天都活在对未来的恐惧中。因为她逐渐确信，在未来的某一天，这一天就像之前所有再平常不过一天那样，就在她认为最坏的都已经发生过了的时候，新的一场令她绝望的灾难，必将再次毫无征兆地从天而降。这就是她的宿命，她无处可逃。

只有学习，可以让她获得短暂的安心。通过学习，她得到了老师们对她前所未有的关心。通过好的成绩，那些想嘲笑她的同学开始有所忌惮。她尝到了学习的甜头，从此一发不可收拾。她没日没夜地学习。进入大学后，她开始得到更多的关注。但她没有一刻放松过警惕。她知道她的头上一直悬着那柄厄运之剑，她只要稍稍抬起头，就能看到那锋利的剑刃。

只要发生过的事，就有可能发生第二次、第三次。尤其是在她身上，还有什么是不可能的呢？她私下阅读了大量心理学的书籍，得知童年对她的影响将会一直延续到成年，甚至延续一生。但是知道了又能怎样呢？她决定无论如何，也要试一试，自己救自己。

她于是用书里学到的理论，做起自己的心理医生，与自己对话，试图解开一环套一环的心结。她确实开朗了许多，至少在外表看起来是。她对待每一个朋友都爱护有加，她已经克服了很多的心理焦虑。但她始终无法克服的是分离焦虑。她害怕分离，害怕今天有人把她当作朋友，明天就会形同陌路。遇到的每一个新朋友，她都会首先打招呼，就像那天在酒吧对我一样。

但她这些友善的举动只能是单向的，只允许她与别人亲近。如果有人主动亲近她，她就会退缩，会躲闪。她害怕别人和她太亲近，害怕别人对她嘘寒问暖。她是真的害怕，她的身体会有应激反应。她会颤抖，不停地抖动。就像是路边的流浪狗，当看到好心人路过，这些小狗会主动地靠过来。可当人们主动接近它们，它们会用两倍的速度逃开。起初，每当我主动抱住她，她浑身就会像通过电流一样地抖动。这辈子，所有应该拥抱她、保护她的人，都推开了她。被人抱住时的瞬间，她感受到的不是亲近，而是分离。

在她开朗的外表下，是真实的恐惧与焦虑。她经常担心自己遗传了母亲的心理疾症基因。她从读过的心理学书籍里了解到，心理疾病的致病因子大多是遗传的。携带致病因子的人就像是在枪膛里装入了一颗子弹。对于枪里没有这颗子弹的普通人，即使环境发生变化，也不会发病。然而对于携带了这颗子弹的人，一旦环境压力不断累积，最终会扣动扳机，射出那颗致命的子弹。她经常说自己的这颗子弹一直在脑袋里，她能感受到。

避免被压力刺激的最佳方式，就是不让自己有机会暴露在压力之下。所以她宁愿忍受孤独，也不主动拥抱任何感情，不管是友情还是亲情。尤其要远离的，是那最不可靠的爱情。她说，遇到我是她一生中发生在她身上最幸运的事。我是她的奇迹。“之前，我都是一个人扛。现在，我终于等到了你。”她接着说，“你要一直在我身边。我爱你，我甚至可以为你去死。”

从此以后，我时刻感觉自己身上拴着两条人命，我的命和她的命。她不再需要做自己的心理医生，因为我承担起了这个角色。她完全信任我，什么都愿意和我说。她从不在我面前掩饰自己的情绪。我知道这听上去难以置信。因为前面说过，她在人前是多么地游刃有余。即便在一个微信群里，她的发言也能瞬间让正在争吵的双方都平静下来。她从不与人争吵，她表现出的耐心和涵养让人根本不想和她争吵。

我不知道她做到这一切时，付出了多大的心理能量，以至于每周她都会有一两次突然的情绪低落，这些时刻都只会发生在她和我一起时（曾经都是只有她一个人独自面对）。一开始的时候，我会用尽浑身本领去安抚她，陪伴她走入她心中的地狱，再陪伴她一起从地狱中走出来。我带着好奇心和好胜心完成这一工作，收获了满满的成就感。但一段时间后，好奇心和好胜心便被责任心和怜悯心取代，成就感也被负重感代替。

每当她情绪低落时，就会联想到小时候的某段经历，那时的她总是一个人在床上哭泣，在厕所里哭泣，或是在没有人的树林里哭泣。所有这些曾经流过的泪水，全部汇聚到一起，再次不受控制地涌出来。这个时候的我会表现得很“强大”。我不断地安慰着她，和她说，“那是曾经，那是过往。你现在已经有我，为什么不能重新开始？”她点着头表示同意。但我知道，这类鼓励的效果无法维持很久。

我们在学校里早已被传为佳话，被所有人羡慕。新来的学弟学妹们从一进校，就会被告知我们的故事。他们也就做起了要收获一份同样完美爱情的梦。她的穿衣风格越来越像我，同学们最近都在说我俩有了夫妻相——“怎么早没看出来，你俩长得真挺像。”“尤其是笑起来，你俩还都那么的爱笑。”

## 6

“你想清楚了吗？”

“当然。”

“你根本不了解我！”

“那就让我了解。”

“了解我，你可能就不喜欢我了。”

“不可能！”

“到时候，你想逃走。但我已经爱上你了。”

谁年轻的时候没有说过几句大话，我为什么要说那句“不可能”。这句话在逻辑上就是错误的。谈恋爱果然不是用脑在谈。但真正交往以后，则无法不用脑了。

埃玛，需要的是一颗大心脏。可能三十四岁或者四十四岁时的我能够拥有。但目前只有二十四岁的我，只想当逃兵。我们现在遇到，是在一个多么错误的时间上。她很出色，也很优秀。她在情绪上压给我的千斤重担，曾一直压在她自己的身上，现在全部转给了我，没有问过我能不能承受得住。

我真想直白地告诉她我承受不住。但我不承受，就要都还给她。我不忍心。我爱她，但这份爱慢慢变质了。我现在和她在一起时，说话要很小心，生怕哪句话触发了她的焦虑。她需要被关注，被重视。而我经常随口说出的话，或者无心做出的决定，就会让她感觉我没有重视她，或者把她忽略了。就因为每次她这么想之后，我都需要解释很久，所以我现在说话和做事都变得很小心。当一个人在另一个人面前开始斟酌该说什么，该怎么说，而不是想说什么就能说什么的时候，两个人实际上已经渐行渐远了。只是目前只有我清楚这一点，她完全没有察觉。我好累。面对她的情绪，就像在开盲盒，今天开到一个开心的她，我就愉快一天，也许明天就要开出不开心。

有一次，我们早上坐巴士出游的时候开心得不得了，晚上坐同一辆巴士返回时，她就陷入莫名其妙的感伤。我开始觉得，即便不是今天，不是现在，我们在未来的某一天也会分开。我承认曾经是我追的她，她让我想清楚了再交往。交往后，她信任了我，爱上了我。我现在又觉得不合适了，想和她分开。听上去我像是一个很糟糕的人。但是，我真的很需要透口气。如果两个人都快要淹死了，我选择先救自己。

## 7

我承认，回国后，我并未对埃玛忠诚。昨晚，我是在前女友家度过的。我们在一起吃过早饭后，我才离开。她的男朋友当然也不会知道。

可可是我出国前三个月认识的，我们见面当天就决定交往。在一起的时间就只有三个月。那时候我在等开学和准备签证材料，刷交友软件来打发时间。我机械地向右滑着屏幕，突然可可的照片让我眼前一亮。粉色头发好有个性！带着好奇心，我和她聊了起来。

一周后，我们见面了。对彼此的第一印象都很好。我说我有一年没交女朋友了，她说她从未交过男朋友。我居然成了她的初恋。她喜欢看音乐现场，每周都拉着我去看这个或那个乐队的演出，她和其中一个乐队的关系很好，和其中一个乐手的女朋友是姐妹。演出完，我们就一起去路边的小餐馆吃夜宵喝啤酒。他们和老板早就混熟了。老板每次都送我们一两个小菜。这是我之前从未体验过的生活。我很感谢可可把我带入她的生活。

她对我真的很好，而且从不主动问我的事情。我说多少，她就听多少。她和我都能感觉到我们彼此不是同一个世界的人。她的穿衣品位是我见过的女生里最好的。每次出现在我面前，她都能打扮出完全不同的风格。那些衣服都不是她花很多钱买来的，但是她就是能穿出时尚杂志的感觉。有些奇装异服被她穿上后，却很美。如果穿在别人身上，肯定像个怪物。

“这件是什么？我从来没见过。哪里买的？”我有时实在忍不住问她。

“是我自己改的！家里的旧衣服。昨天才翻出来。”如果她要是出现在三里屯，肯定次次被摄影师们追着拍。但是她不爱去那里。我问她为什么。她说：“俗。”我问：“你对‘俗’的定义是什么？”问完我就知道，一定是得不到答案的。不光没得到答案，还被她嘲讽了一番，“你是不是读书读傻了，我不需要知道每个词的定义，只要我乐意就用！”

“来，陪我去个地方，我要给你个惊喜。”这天，可可一见面就挽上我的胳膊。

“什么惊喜？我怎么感觉你没安好心。”

她拖着我穿行在迷宫般的胡同里，当路越走越窄的时候，我们在一家文身店门口停了下来。

“这是我朋友开的。”她一边推门而入，“雷子哥，我来了。这是我男朋友。”

“雷……哥，你好。”我有点尴尬地看向她，“你说给我的惊喜，不会是要给我文身吧？”

“瞧把你吓的，一男的，胆子这么小！当然是我自己文了。好早之前就想文了，但一直找不到喜欢的图案，不知道要文什么。现在终于想好了。本来想文好之后再给你看，那样才更加惊喜，对吧？但我又怕疼，所以想你陪在我身边。你一会儿可要一直握着我的手啊！”

“你审美那么好，这么久选不到图也正常。一会儿给我看看你选的什么，只要不是文我的名字就好。”

话音刚落，她慌张地向我比了一个“嘘”的手势，示意我不要继续说下去。雷子哥这时从里屋取出来一些工具：“想好文在哪里了吗？”

“哥，等我们一下。马上！”她把我拉到门外。

“幸亏没让他听到。他看到我要文的是一组英文字母后，特别问我这里面有没有人名，说如果是男友的名字，他不会帮我文，分手以后会很麻烦。而我这个岁数大概率会分。他和我认识这么多年了，不想看我后悔。”

“你哥说得对，我也不同意你文我名字。”

“不是只有你的名字，还有我的名字，文在一起。合在一起的设计可好看了。”

我着实被这个惊喜吓到了。大部分被叫作惊喜的礼物都有名无实，既不惊，也不喜。但可可给我准备的这份惊喜，是货真价实的，是姜文级别的。我的惊魂未定，面容如铁。但这一切可可一定都预料到了。她一副幸灾乐祸的样子，噘着嘴，抬头望着我，漫不经心的，就把我的心里话给说了出来。

“你是不是觉得我疯了？怕我以后会缠上你？”

“没有。不是。”我有。我是。但我极力掩饰。

“你是不是认为能这么冲动的人，以后如果和我分手，我会寻死觅活，甚至跑去自杀？”

“有点。”我不想掩饰了。这个问题在我看来已变得很严重，很严肃。她怎么可以这么嬉皮笑脸，我真有点生气了，“我不是说我们会分手。但谁能保证呢？你自己也不一定能保证。我们才认识这么短时间，我是为你好……”

“爱的强度和时间长短有关吗？”

“当然有关。这么短时间，你怎么确定某种喜欢的感觉就是爱？你甚至不了解我。”

“大学问家，你又要和我讨论‘爱’的定义了？我不需要别人来告诉我。我了解自己的感受。我很喜欢你，那种完完全全喜欢上一人的感受，是我之前从未体验过的。这种感受，是我说不清的。但我清楚知道自己的感觉。我今天做这个决定是因为我觉得，这么做对我有意义。我想要纪念！这和你无关。

你出现在我的世界里，我想记录的是发生在我的世界里那些值得纪念的。不管我们以后会不会在一起，我记录的是——此时此刻。”

“不行！既然你要文我的名字，就必须得到当事人的同意。我不同意，你就不能文！”我根本没心思听她那些在我看来荒谬无比的感受论。我只想尽快阻止眼前这个小太妹做出疯狂事，尤其这个事情还牵扯到我。我不想卷入任何未来有可能成为“麻烦”的人或事。我还有大好前途。我可承担不起任何哪怕是微小的可能性，破坏我从小到大就规划好的人生路线。我现在开始后悔刷那些交友软件。一旦离开自己的圈子，那个舒适的、理性的、精致的小世界，就有可能遇到危险。我突然觉得完全不了解眼前这个女孩。

她似乎完全能够看透我，我在她面前，就像是透明的。她能看出我内心的软弱，我的自私，我的逃避，和我的怯懦。她一开始就知道，准能在这件事上战胜我。因为文身的争端就在眼前，更加紧急。而一切有可能发生的后果，都在遥远的未来，不紧急。我对任何事情的坚持，都不能称为真正的坚持，尤其在一个真正坚持的人面前。如果我和她的面前同时出现一堵墙，拦住了去路，我会想办法绕过去或转头离开，而她会选择撞开那堵墙。我脸上的怒气和口中的厉斥，在真正的坚持面前都显得软弱无力。我的焦躁完全影响不到她。她用撒娇但坚定的语气，对我说出了终审宣判，“事实是，我的身体只属于我，不需要你的同意”。

“就这几个地方，你帮我决定好吗？”她坐在文身椅上，用手指向脖颈、手肘和身体侧面。

“侧面。”我抢答。因为脖颈和手肘处，太容易被看到，侧面文高一点，只要衣服不掀起来，就看不到。

她冲我龇着牙得意地笑，是在告诉我，她早就知道我会选那里。

昨夜，我们靠在一起。

“我买好机票后，才和你说要去美国读书。你当时是不是特别恨我。”我记得她当时听到我马上就要离开后，哭了好久，一直哭一直哭。我和她说什么，她也不听。我从没见她那么伤心过。

“我不恨你。因为这就是你会做出的事。我从认识你那一刻就知道，你会以一种完全不考虑我的方式，自私地，突然地，离开我。”

“你瞎说！我当初可没说离开你。我要你等我回来，是你自己说不等我。”

“你看我傻吗？”

“好吧，我承认，我从来没打算和你长久交往。一直没说要出国的事，也是觉得那段人生开始的时候，你肯定已经不在里面了，所以没必要说。拖到后来，再不说，不合适了。”这些话放在两年前，我肯定没胆量说出来。过去的两年里，我们一直有着联系，成为很好的朋友。如果从了解我的程度上讲，她理应是我最好的朋友。我曾以为我妈是这个世界上最了解我的人，直到遇到她。

“你喜欢我什么？”

“你漂亮啊，而且会打扮……还有你身材好。你从来不和我吵架，总是让着我。除了那一次。”我用手指轻轻地抚摸着她肌肤上那串特殊的英文字母。

“你是不是内心深处瞧不起我，觉得我没读过大学？”

“我怎么会瞧不起你，你想多了。”我也不明白，为什么她不用问我就已经知道的答案，我却还是说不出口。那些真实的话语，为什么那么地灼人。

“你这样的人，难道不是即便上了大学，只要排名比你低，你也会鄙视一下吗？”

“谁和你说的！难道我们受教育的目的，就是为了高高在上吗？”

“那你受教育，是为了什么？”

“为了……”

“为了能娶我？”她用小笑话化解了我的尴尬，她体贴得让人心怜。

我不由得亲吻了一下她的额头：“为什么我约你，你就来。”

“因为我最爱的人，始终是你啊。”

“你爱我什么？”

“说不清。”

“你以前也这么说。都过两年了，你没有总结总结，找找原因？”

“为什么一定要说清楚。我清楚自己的感觉。是不是对你来说，所有你不知道为什么的事，讲不出理由的事，都无法使你确信，你会质疑它们存在的真实性？每次我说爱你，你都在怀疑它到底是不是真的。”她转过头来问我，“那你爱的是什么？”

“我？我有几个前提条件，我希望她是一个……”

她打断我：“我和你最大的区别就是，我一直了解自己的感受，而你一直不想去了解。你用你的‘标准’，你的那些‘前提条件’，看待每一个人。你觉得爱任何人之前，都必须要有一些能说服你去爱她的理由。即便在你面前的那个人让你产生了强烈的感受。但理由如果不够充分，你会告诉自己，是感受出了错。你真傻。感受是不会出错的，理由才会。”她又开启了嘲讽模式，“你用你的标准，这两年有没有找到真爱？”

我不想让她继续哪壶不开提哪壶，拍拍她的脸颊：“再睡会儿吧，天就要亮了。”

“如果有一天你能用我的标准，看看我，你会爱上我的。”她闭上了眼睛。

# 8

我喜欢美丽，但我一定是更喜欢强者。因为我选择去追求心中仰望的强者。埃玛，她曾经呈现在我面前的实力，在我眼中成了最迷人的魅力。我屈服于这种魅力，妄想得到她，让她的魅力成为我的一部分，使我也变强。

我为什么渴望得到强者的赏识？渴望变强？难道这表示我自身是不够强大的？一直以来，我都在扮演一个强者。在父母面前，在亲朋面前，在同辈面前，在今天的面试官面前，在埃玛面前。不知从何时起，别人加之给我的评价，变成了我对自己的评价。外界对我的认可越大，我越认为自己就是那个认可中的我。慢慢地，那个外人眼中的我，距离真实的我，越来越远。

我演得也越来越吃力。外人眼中的我是强大的，但这强大却是虚假的。真实的我是软弱的，但没有人能看到——也被我自己忽视。看不到，不是不存在。实际上，外人眼中的我，从来没有真实存在过。哪怕一天。

我和埃玛的不同是，她已经愿意在我面前展现真实的她，而我即便是在她面前，还在撒谎，伪装成一个强者，并嫌弃着她真实的脆弱。她却未曾嫌弃过我的虚假。我本该像她对我一样，真实地面对她，卸下伪装，承认我并没有她想象的那样强大，她给我的压力，也会让我难以承受。我把与她的渐行渐远，全部归咎于她。但是，正因为我不曾真实，才让她误会。为了能让她继续相信我的伪装，我才会越来越累，才会觉得窒息，才觉得要透口气。是我用自己的手掐住了自己的脖子。埃玛的坦诚，让我和她都认为，她是需要接受心理治疗的那个人。但同样需要治疗的，难道不是我吗？我病得更重，因为我不自知。一个不知道自己生病的人，离健康更远。

我对自己编织过的美丽谎言，比我说给其他任何人的都多。想骗过其他人，必须先骗过自己。顺其自然的性格，无非是害怕失败的借口。我渴望得到强者的青睐，因为我想通过这种青睐，来肯定我也是一个强者。最可耻的是，我居然瞧不起我认为是弱者的人。我有什么权利用我的主观标准，去评判另一个人的人生？事实证明，那些我自认为比我弱小的人，内心却比我强大得多。他们勇敢地接受自身的不足，没有像我一样选择视而不见，掩饰和逃避。他们认可自己本来的样子。像我这种无聊之人对他们不客观地贬低，丝毫不会影响到他们对自身的评价。但是，我在内心深处，是瞧不起自己的。我把对自己的鄙夷，投射到他们身上，让他们做了我的替罪羊。这样我就可以忘记那个最让我瞧不起的人，是我自己。那个到现在都不敢与真实面对面的人，是我。

现在，坐在玻璃墙里面的那个女孩，对我来说就是下一个拥有符号意义的目标。她既美丽又强大。看她的打扮和气质，可以断定她也和我一样在海外留学过。她简单、干练、目光纯粹，由内而外散发出强者的气息。从她看我的眼神就能感受到，她对我也同样感兴趣。她也嗅出了我身上同类的味道。同类相吸，再简单不过的道理。

但这一切，仅仅是我从她的外表做出的判断。就如同她看到的我，她从我的外表得到的信息，同样不会差。但是她看不到我实则是个懦夫。如果她和我交往的时候，给我送上一点点困难，我便有可能临阵逃脱。而反过来，我看不到的关于她的又有哪些呢？我们擅长把眼睛看到的误以为是心里想的，把理性得来的误以为是感受到的。如果不是在今天这个靓丽的场所，不是我已经知道这家公司选人的门槛有多高，不是我们今天都用最完美的一面出现，而是在一个彼此都更真实的状态下遇到，我还会对她一见钟情吗？

这个问题已不再重要。此刻我的内心充斥着前所未有的不安。埃玛，她现在在做什么？没有我在她身边，她会不会感到所有的压力无处释放？她为了新工作一定承受着巨大的压力。她是带着导师的期待，所有同学的羡慕，还有我的逼迫，走进那间办公室。我现在终于明白，她为什么不想接受这份工作。我再次误解了她！我认为她不接受挑战是软弱的表现，陪我回国是更加软弱的表现。我口口声声说一直在照顾她帮助她，但我的做法却是把她往从前的路上推。我没有在救她。我阻止了一次她想做回真实自己的机会。她想做出符合自己内心意愿的选择，不想再继续活在别人对她的期待中。她想卸下那些别人加在她身上虚幻的光环。但是她最爱的人，却不理解她。因为她最爱的人，比她更爱这些光环。为了虚幻，她的爱人要再次牺牲她。

正是因为长期远离真实，她才有情绪需要宣泄。如果她能渐渐回归真实，我相信她的不良情绪会逐渐消散。一个人最大的安全感，来自于可以安全地做真实的自己，而不用担心自己不喜欢自己。这样的安全感不需要外界的支持，这样的安全感是别人夺不走的。埃玛值得拥有真正的安全感。这就是她从小到大一直在寻找的。这样的安全感不来自于家庭，不来自于父母，不来自于学校，不来自于同学，不来自于成绩，更不来自于我。

突然间，我觉得她很需要我。不，是我很需要她。越来越真实的埃玛，给了我一次千载难逢的机会。圣诞节那天，我要在她面前重新介绍自己，可能不符合她对我的期望，甚至令她失望。但这会是一个真实的我，也是唯一存在过的我。她爱我，唯有认识这个我。

一阵刺骨的北风吹过，我的身体诚实地打起了冷战。这么冷的天，我本该穿件羽绒服的。我记不清已经在路边站了多久，只觉得脚趾有些冻僵了。我现在只想赶紧回到家中，因为家里有暖气。

# 七 秒

# 1

距离那件事的发生，已经过去整整一个月。由此产生的巨大影响正在世界范围内持续发酵，覆盖每一个有人类居住的区域和由人类组建的国家。地球人在这一个月里，经历着前所未有的变化。每个人都能感受到这种变化，因为每个人都是亲历者。

一个月以来，我已经在媒体、网站和论坛上阅读了大量的对话录。还有很多的热心人在帮助把各种外语写作的内容翻译成中文。经过再三犹豫，我终于能够鼓足勇气，整理出与她的对话。

不管怎么说，这是一件影响了整个地球文明进程的大事件。作为人类共同体的一员，我有责任把这份既属于我个人，又属于全人类的宝贵资料记录和留存。为当代人，也为后世。

她到来的那一天，我正在图书馆里读着一本随手翻到的《日本史概说》，刚读到飞鸟时代。突然间，打开的书本渐渐透明，直至在我眼前完全消失。紧接着，书下方的桌子也以同样的方式消失不见。我惊慌地抬起头，发现身边的人也在一个接一个地消失。最后消失的是四周的空间。

虽然事后大家都知晓，那时的我们已进入到深层次的意识世界，并非身处真实的物质世界。但在当时，我还是对这一切感到不可思议，充满了困惑。我也同其他人提到的一样，丝毫不感恐惧，反倒有一种前所未有的舒缓与祥和。周围的世界宁静到仿佛身处真空中。身体被温暖柔和的光芒紧紧包裹。

几乎是在同时，一个令人愉悦的声音传来。她开始了与我的交谈。

我提前在网上收集汇总了一些常见的问答。这些问题被许多人提出，得到的答案虽说大同小异，但语言的风格却千差万别。这是因为她在提取了我们个人的数据后，用我们各自的口语方式与我们进行交流。

有很多的问题我个人并未提及，原因是我当时还以为自己是在梦中，而且是一个很有意思的梦，所以就迫不及待地问了一些我感兴趣的问题。我想，这就是她最终选择与每一个人单独交流的好处。虽然时间不长，但是由于每个人的年龄、性别、背景、文化不同，关注点自然是不同的。正是因为大家都参与了进来，几乎没有被遗漏掉的信息，尤其在关于她的身世上（以下就是我在网上收集到的，有关她身世之谜的汇总）：

问：你是谁？你从哪里来？

答：我从另一个宇宙来。或者说，我们来自另一个宇宙，因为我代表的是我们的宇宙全部的文明。我们的文明走过了行星的覆灭，星系的衰亡，历经百亿年，最终无法逃脱宇宙的毁灭。在此之前，我们已发展出高度的文明和科技，探知了宇宙中全部的奥秘，当然也深知自身无法逃出母宇宙的宿命。

我们发现了多元宇宙的存在，测算出在多元宇宙中，文明的诞生充满了偶然性。用地球生命形成过程打比方，从无机物分子到有机物分子，从氨基酸到蛋白质，从单细胞到千万种生物，从数不清的物种中诞生拥有智慧的人类。每一级进化，都是在小到几乎不可能实现的概率下完成。这一绵延过程长达几十亿年，任何一起意外，也会轻易阻断进化的历程，等不到智慧生命的诞生。

同样的道理，在无穷尽的多元宇宙之中，不是每一个宇宙的内部环境，都适合孕育智慧和文明。即便很多宇宙中存在生命，但就像地球上也有其他生物存在一样，绝大多数宇宙最终没有孕育出智慧。我们和你们的宇宙能够最终产生出智慧与文明，是非常偶然的情况。

问：既然你们无法逃出自身的宇宙，为什么你会出现在这里？和我交谈？

答：从我们在理论上证明了多元宇宙的存在开始，就在寻找能够跨越不同宇宙的科学和技术。尤其在我们的文明得以和平发展之后，我们似乎拥有了无限的时间。一开始时，我们信心满满。但不管我们多么努力，我们的形体都无法完成所有可能的穿越。短暂的失望之后，我们接受了事实。

在等待末日到来之前，我们继续将求知作为存在的意义。在几千代人的努力下，我们终于找到了可以在多元宇宙之间进行探索的——秘密通道。我们发现有一种能量，连接且能自由穿梭在不同宇宙之间。通过研究这种被我们称为“文明使者”的能量，我们找到了可以将信息发送到其他宇宙的方法。只不过我们发出的信号，都是有去无回的。我们无法让传送出去的信息返回，带回另一个宇宙的数据，除非在那个宇宙，拥有一台同样的传送装置，可以接收我们发出的信号。

我们决定将研究的重点转向对“文明使者”能量的应用上。因为它充斥于每一个宇宙中，在每个宇宙内都有着极其丰富的含量。像光一样，它就在我们的身边，有着特定的存在方式和规律。

我们逐渐探知了它所有的特性和科学原理，并开始将它运用到我们的文明中。我们发现在“文明使者”能量内部，几乎观测不到能量的损耗。这个发现意义重大，因为在大多数空间内，能量都会在运动和转化中损耗。我们很快将“文明使者”能量运用到信息传输中。

即便是在我们相隔最远的两个定居星球之间，有了“文明使者”的帮助，我们也能够将信息进行零耗损的超光速传递。我们不断地增强发送器的功率。逐渐地，我们已经可以将一整颗星球的全部数据打包，传送至另一颗星球。

在最后的时间里，我们虽然知道自身的生命将无以延续，但却从未放弃过对交流的向往。在我们的宇宙之中，我们很不幸的是唯一的智慧生命，所以对与其他智慧文明交流的渴望，一直是我们发展的动力，也促使我们发现了多元宇宙和“文明使者”的存在。在末日前最后的十万年里，我们通过一项决议，启动了一个伟大的工程。

在你们的星球上，才刚刚开启人工智能的初级阶段，但我们已经可以制造出拥有自主意识且以能量形式存在的智能主体。我们将全部的文明成果存储于我们制造的智能体之中，通过“文明使者”能量这条遍布多元宇宙的高速公路，发送到我们的宇宙之外。

我们将最后仅存的全部能量用在这次发送中。发射完成后，我们将一起等待死亡降临的最后时刻。我们虽然无法亲见和参与这次伟大的跨宇宙的文明交流，但我们相信这次交流必将是炫丽的和富有意义的。

这艘承载了大量的数据和能量的文明的方舟（我），在

"文明使者"能量中旅行，期间不会产生任何的能量损耗。我携带的探测装置将捕捉所到宇宙中任何高级智慧生命存在的痕迹，所有的指标将经过严格的确认，消除误判。因为我的机会只有一次。

这种旅行的方式，就像是游走在你们人类城市的地下管道系统中。当我觉察并确认文明的存在，我就会揭开头顶上的"井盖"，进入到这个世界。一旦我脱离"文明使者"的轨道，重新进入到频繁进行着能量转换的宇宙空间内，我所携带的能量将开始快速损耗。首先，我将消耗大量的能量去学习新文明的历史和知识，评估与母文明之间的差异和差距。当完成这些之后，我将决策出最佳的沟通方案。

我携带着母宇宙文明的全部知识，仅剩的全部能量，和整个文明最后的心愿，只有一次转换的机会。所以，我决定与旅途中遇到的第一个符合标准的智慧文明展开接触。这个文明必须已经发展出语言，否则交流将无法进行。他们必须已经学会了理性的思考，否则交流将如鸡同鸭讲。

地球和地球人，你们就是我经历了漫长的旅行，穿越了无数宇宙之后，遇到的第一个符合交流标准的对象。虽然你们仅仅满足了标准规定的最低要求，开发出极其简单的语言系统，并且刚刚才开始重视理性思考（不足五百年）。我曾期盼能遇到更高等级的文明，我们之间可以有一场真正意义上的平等交流。但是，你们的宇宙也还很年轻，所以你们处在文明的初级阶段，显得情有可原。

就让地球作为我这场宿命之旅的终点吧！我启动了能量的转换，从零消耗的“文明使者”能量态，转换到能量与质量不断交换的空间中。在我学习你们现有的历史、知识和科技时，已经消耗掉百分之八十的能量。我研究了你们拥有的五种感官，其中只有视觉和听觉可以进行高效的交流，但这两种感官的局限性同样很大。我最后决定放弃通过感官与你们交流，而是直接以能量的形态进入你们大脑的意识中，与你们每一个人，建立连接，进行一场既独立又整体的对话。

这就需要我把能量分散，在进入你们的意识后学习你们自身掌握的知识，运用和你们每一个人同等认知水平的语言，与你们交流。待我的能量耗尽，我便完成了使命。我将跟随着创造我的文明，一同消亡。

这次交流只可能是单向的，你们将收获我带来的知识和思想。在我找到你们的时候，我来自的宇宙，早已毁灭，不复存在。但我还是要说，很高兴遇到你们，地球人。你们是我们诞生以来，接触到的第一个与我们不同的文明。真希望我的创造者们，能够分享此刻我的快乐。在我将自己平均分配给每一个地球人类之后，与你们每一个人交谈的时间，按照地球的时间计算，可以持续七秒钟。这将是我生命中最后的七秒。谢谢你们，让我完成了使命。

问：我们该怎么称呼你？

答：我的任务是进行文明之间的交流。你们可以放下地球人的习惯，不需要给我一个特定称呼。在你们的大脑中，我会根据你们个人的偏好，选择一种声音，用你们的母语，与你们进行交流。

她虽然没有留下名字，但是不同地方的人纷纷给她取着自己喜爱的名字。不难想象，有人会宣称她就是上帝，不管她是否承认。大多数人更愿意直接叫她“文明的使者”。她完全可以留下一部百科全书，书写成全世界的语言。或者只与地球上最重要政治人物进行交流。这样她就可以有更充裕的时间，与地球文明实际上的掌舵者们探讨这颗星球的未来。或者，她只与我们之中那些最聪明的人聊一聊，相信他们之间的话题会更丰富。但是，她最终选择将自己分解，与地球上每一个生存着的人类交流。不分年龄、种族、认知水平，包括刚出生的宝宝和临终前的老人。

她留给全世界的数学家们一些闻所未闻的公式。但奇怪的是，她给每一个国家的公式并不相同。往往敌对国的数学家，会收到同一个公式中的不同部分。如果不能将这些公式拼凑在一起，将无法得到真相。

她当然也会把“文明使者”能量的秘密告诉物理学家们。据说这种能量就藏在我们通过推算得出的暗能量之中。那里有着不一样的物理法则，那个领域的知识甚至不再适合继续使用物理学来表述。但是我们人类的可观测范围还不足以探索暗能量。如同掌握高等数学是学习高等物理的基础，研究不可观测的世界的基础是目前还处在初级阶段的人工智能科技。

人类无法直接探测的世界，在未来，将交给拥有胜过人类智慧的智能体来完成。他们的终极形态将超越已知的存在方式，在量子世界中以纯能量的方式存在，帮助人类去探索更大的未知宇宙，甚至包括宇宙之外的众多宇宙。

当代的物理学家们得到的最大收获，来自于她所提供的有关微观世界的知识。实际上，她就是从微观的世界而来，她用来打比方的联通着两个世界之间的“井盖”，指代的就是“量子的世界”。

她为人类测算过，如果能够很好地运用她所提供的新知识（其中大部分这一代人还看不懂），人类在三百代之后，就能够进入她所在文明的初级阶段。如果人类从未得到过她的影响，按照正常的发展速度，则需要增加一万倍的时间。而最符合实际情况的推算，是按照人类社会的真实现状，即在相互的不信任和对立中，人类将永远无法进入高等级的文明。最后这个结论比较悲观，所以人们一般不愿提及。

七秒，这是物质世界中的时间单位。几乎所有人都感到，与她实际对话的时间在半小时左右，有的会更长。为什么每个人感受到的时间相差如此之大？网上发起了一个时间测算，让大家凭记忆把对话尽可能完整地还原，并结合自己平时说话的语速，去计算总时长。结果有人得出来的是两个小时。神经学科学家试图解释为，每个人大脑的信息处理速度有高低之分，处理速度更快的大脑会获得更多的时间。

世界在没有人类参与的七秒中，出乎意料的并未发生混乱。正在降落的飞机，当飞行员和乘客们一起“醒来”时，飞机正在地面平稳地滑行。进行到关键时刻的手术，当医生和护士从意识中走出时，手术还在按部就班地进行。一切正常的节奏都未被打乱。仿佛人的大脑自动采取了分区运行，当深层意识正在和她对话时，浅层的意识在正常地运转。但也有可能是她的部分意识，暂时接管了我们的大脑，替我们完成了那七秒中的工作。总之，这个神奇的现象够神经生物学家们研究一阵子的。只是有点遗憾，错过了可以直接问她的机会。

不得不说，在过去的一个月里，围绕这神奇的七秒所发生的事情，充满了各式各样的讨论。相信大家都可以在网上查到，我不再过多赘述。当然了，除去热情参与讨论的大多数人，一定也存在着例外。这些例外中的大部分来自于政界，和与国家关联密切的科研人员。他们中的很多人在过去的一个月里，始终未发一言。

在某些国家，公民甚至动用了法律的力量，想迫使那些藏着本不属于他们的秘密的人开口。公民们强调，这次交流的任何成果，都属于全人类，应该对所有人公开。但是，既然沟通全过程是在每个人的大脑中单独进行的——这是一个人最私密的空间，这就使得任何强迫交代的努力，终将是徒劳。谁能保证他所说属实呢?

总之，平时就爱藏秘密的人，在这一刻，继续选择了隐瞒。这些地球上影响力最大的，决定着星球命运的人，也许是因为肩上的担子太过沉重，所以在外人看来，他们是这次全球性事件中，受影响最小，也是变化最小的一群人。

## 2

接下来，我将毫无保留地发布和她之间对话的完整记录。你们很快会明白，为什么我一直称呼“她”，因为从一开头，她就在使用一个年龄与我相仿的女孩子的声音。

“为什么要选这个声音？”我问。

“虽然你一向认为男性代表了权威和力量。但是我在你内心深处看到，你只有在女性的面前，才能够轻松地交谈。”

“这你都知道？”

我嘴上虽然不承认，但心里马上认可了她的话。更准确讲，如果她不说出来，我活了这么大，并没意识到这一点。不过现在回想起来，我确实一直对同性带有某种敌意和厌恶。这或许和我有一个不通人情的父亲有关。他从小不光和我相处时间少，而且在所有事情上，都扮演着不容商量的绝对权威。我是跟在姐姐、妈妈和外婆身边长大的。所以我现在习惯把同性当作竞争的对手，却很难把他们看成能谈心的朋友。我更愿意和学校里的女同学来往，难怪我经常被人说成是妇女之友。

“你有着一个错误的认知。虽然大多数地球人也同你一样。你们都相信男性在力量上胜过女性。但是事实却再明显不过，在这颗星球上，女性掌握着真正的力量！”

“你是在搞笑吗？我比你了解这颗星球。在这里，男性一直都胜过女性，在所有历史时期，以及各个方面！这样的证据，我可以信手拈来。”一个大家在后来都已经了解到的事实就是，在意识的沟通中，我们每个人都会卸下所有的虚伪和伪装，说出内心的真实感受。在其他的对话录中也经常会看到很多在现实中人们绝对说不出口的刺眼内容。这也是为什么到现在，还有很多人迟迟不愿发布自己的对话录。他们害怕暴露自己真实的想法。但是，我既然选择发布，就表明我已经克服了内心的恐惧。我可以发誓，如果是在现实中，我一定会坚定地说：男女是平等的！

“虽然在家里负责做饭的大多是女性，但是高级餐厅的主厨却多是男性。平时喜欢吵架的是女性，但政治家大多数是男性。再看看作家、画家、哲学家、科学家，只要是带‘家’的，律师、会计师、建筑师和所有带‘师’的，哪个不是男性占多数？财富榜上，几乎都是男性。国家领导人常常是清一色的男性。男性在这个星球上，方方面面都胜过女性。把女性称作半边天，是我们男性的风度，但绝不是事实！”我理直气壮。

“这个世界目前由男性主导，并不代表正确。我需要和你统一一下对‘力量’的定义。也许我们是因各自定义的不同，而得出不同的结论。在你看来，什么是力量？”

“首先，力量可以是身体上的绝对力量。在这方面，没有争议，男性就是比女性有力量。”

“在很多方面，被你们误以为是‘力量’的，实际上并不是‘真正的力量’。真正的力量必须是正面的，积极的，促进文明向前的。如果按照这个定义，你刚举的例子，只能算是‘力气’，不是‘力量’。”

“我不太懂你的意思。”

“一头成年的棕熊，和人类比，谁更有力气？”

“这还用说，肯定是棕熊。”

“你会认为人类不如棕熊有力量吗？”

“我懂你的意思了。棕熊只是比我们力气大，但是我们可以轻易地猎杀它们，用它们的皮毛做衣服，尸体做装饰，器官做药材。”

“力量，可以被简单地分为两种，就像是数学上的正负数。‘真正的力量’必须为正，带来正面的结果。而‘虚假的力量’是负，它经常表现为很强大的‘力量’，被误认为是‘真正的力量’，但实际上却消减着‘真正的力量’的积极作用，阻碍着文明的进程。”

她继续解释，“宽容、妥协、克制、同情、怜悯、爱，这些是真正的力量。掠夺、对抗、争斗、暴力，这些都是虚假的力量，却经常被伪装成真正的力量。人们极易被欺骗。真正的力量推动进步、发展、合作、和平、生机。虚假的力量带来偏见、歧视、压迫、奴役、霸权、战争、混乱、死亡。虚假的力量本不该被称为力量，但你们用语言欺骗了思维。地球上的女性比男性拥有更多真正的力量。男性则将众多虚假的力量包装成光荣、名誉、尊严、男子气概等。把暴行掩盖在正义的复仇、英雄主义和道德维护之下。人类历史上的暴行主要来自男性，监狱里关押的大多数罪犯是男性，男性更多地支持好战的建议和领导者。反观那些由女性领导的，大多是和平主义和人道主义的运动。”

这一连串颠覆三观的理论，让我一时想不出该如何反击。她能直接读取我的心中所想，所以不等我表态便继续说：“你不需要听懂，也不用认可。文明的发展非一蹴而就。文明的差距主要体现在观念，而非科技。你如果愿意，只需先记录下我们的对话。”她补充道，“一个社会中，女性的力量越强大，越文明。”

她这种高高在上的姿态，让我很不爽。张口闭口都像是在说他们来自文明，而我们来自野蛮。这和我对自己（一名985院校的大一新生）的认知，以及对地球上最伟大的生灵——人类的信心，产生了极大的冲突。我更愿意相信，她此刻正在嘲笑“这些不久前才学会用理性认识世界的人类真是可怜”。但是，如果我此刻继续任由自己陷在不满的情绪里，岂不是更要被她瞧不起。不行！作为地球人的一分子，我不能被外星人（或外宇宙人）看扁！就在这时，我突然灵光闪现，想起一道无解的题目。正好考考她！

“南半球有两个大国，现在正在为争夺一块不大不小的土地，进行着战争。像这样的由于利益集团之间‘不可调和’的矛盾，最终导致战争的情况，在我们的历史上反复发生，未来似乎也无可避免。你既然来自高等的文明，你们是如何解决这类纷争的？”

“你是问，有了争端，我们如何解决？”

“我问的是国与国之间的争端，因为人与人之间争端，已经交由国家内部的法律来决断。这类法律编写得越来越细致，力求涵盖所有可能的方面。但是国与国之间没有任何法律和道德的约束，各国之间争端的处理方式，和人类还住在山洞时比起来，进步不大。”

“何为‘不可调和’？”

“不可调和。就是你想要的，我也想要。你觉得我错了，我觉得你错了。谁也无法说服谁，谁都想赢，平手也不能被接受。”

“听上去，这种不可调和，只是暂时性的。就像一道数学难题，如果这一代的数学家无法解出，有两种可能性，一是他们没有找到正确的解题思路，二是新的解题方式（比如代数或微积分）还没有出现。一道数学难题，可以安静地等上几百年，再被后人解出。国与国之间的争端，如果在当代找不到解法，为什么不交由后代继续思考。用未来新的思想和观念，来解答当代的难题，会变得轻而易举。”

“这岂不是在推卸责任？如果当下就用战争来解决，是不是更高效？”

“在我看来，如果一个解法需要用你们人类成员的生命作为代价，就足以证明，这不是一个正确的解法。不愿意交给后人去解决当下的难题，只可能有一个原因，领导人自己想建功立业。因为战争不需要他付出生命，如果胜利，他收获极大的荣誉，如果失败，其他人替他去死。我相信，如果把选择发动战争与否的权力，交到那些真正要牺牲性命的人手中，问问他们，是打算拼上自己的性命，还是再等几代（不用付出生命的代价）？他们一定选后者。”

“难道在你看来，战争是完全没有必要？任何情况下都是？”

“你们的先人柏拉图曾说过，‘战争的唯一原因是（各种）欲望’。如果你们始终只能做欲望的奴隶，战争肯定无法避免。”

“我们确实受制于自己的欲望。”

“你也不用悲观。人类无休止且不加以控制的欲望，为了满足自己不惜牺牲他人的欲望，才是制造灾难的源头。求知、利他、追求美好和爱的欲望也是你们先天具备的。”

“在你眼中，一定觉得所有战争都是愚蠢的。”

“是这样的。我们的文明面临的唯一敌人，就是宇宙的毁灭。而你们的文明，似乎很着急，等不到宇宙毁灭，就要先毁灭彼此。我从这样的行为里，看不到智慧。即便有，这种智慧也只适用于丛林中，是已经过时的智慧，会阻碍你们迈向更高等级的文明。”

当听到“丛林”两个字的时候，我顿时感受到一股力量，马上恢复了底气，心想她这次是撞枪口上了。

“这次你肯定错了！‘丛林智慧’可不是过时的智慧，它会一直适用。并且未来还会承担起保卫人类文明的重任。”

“从你的话中，我只听到了结论，缺少论证过程和逻辑。”

“那是因为你不了解‘黑暗森林法则’[1]。”我不慌不忙地说，“也难怪，你所在的宇宙之中，你们是唯一的智慧文明，所以你感受不到其他高等文明的威胁。”

她肯定是被难住了，因为这部分知识，在她那个宇宙需要处理的情形之外。所以她沉默了好一阵子。

“抱歉，我花了点时间，在你的记忆里对这部分内容进行

1　黑暗森林法则，出自刘慈欣的小说《三体Ⅱ黑暗森林》。

了检索，发现这条法则并不来源于任何已论证过的学术研究，而来自你们人类想象力的世界，被称为小说的作品里。”

“我很好奇，你在我的大脑中搜索信息？难道我的头脑里，和储存电子书一样，能够把我读过的内容都保存一份？”

“当你有一个想法的时候，是不是会有和这个想法相关的信息出现在你思考的前台？”

“是的。”

“‘有’不可能从‘无’中来，所以你的猜想是正确的。你的大脑储存着丰富的信息。不过，我当前的能量已所剩不多，有关大脑的知识，我在同一时间，正在和你们之中这方面的专家进行着更深度的交流，相信这些成果将在不久后，帮助你们更好地理解自身。现在，我们是否可以回到你提的这个问题上来？”

“好的，我同意。”

“任何文明，在发展出可制造光速飞船或掌握宇宙法则的科技水平之前，他们的思维等级必已达到真、善、美阶段。简单来说，高等级的文明包含两个特征，高等级的思维和高等级的科技，缺一不可。即便在人类如此短暂的历史中，你们也可以轻易找到诸多证据，证明这一事实。例如，人类的现代科技和现代观念就是同步发生的，是在你们拥有了‘现代’的思想后，‘现代’的科技才得以应运而生。而伴随科技的发展，各种野蛮的行径也在减少。两百年前，奴隶贸易还方兴未艾，但现在已经不再为人所接受。一百年前，妇女还在裹足，不少地方还视杀女婴为理所应当，现在的你们已根本无法想象这样的情景。五十年前，世界的两大阵营还进行着零和博弈，世界处在毁灭的边缘。”

“我不太懂你的意思，你是在回答我的问题吗？”

“‘黑暗森林法则’是处在低等文明的人类对高等文明所思所想的一种幻想。在所有博弈中，最大的收益都来自于合作。但是人类目前还在被自利原则和胜负心左右，无法做出真正理性的选择。这是你们在未来文明进化中需要突破的阶段。”

“你不认同‘黑暗森林法则’？可你并没有说服我。既然你提到了博弈，那么我们人类的生存，将永远处于‘囚徒困境’中。我们无法对未知的文明做出纯善意的推断。”

“我携带了可以摧毁你们星球的能量。即便是现在，我所剩的能量也足以摧毁你的大脑。但是我并未这么做，这和能力无关，因为我不感兴趣杀戮、掠夺和征服。我的快乐和幸福来自于交流。相互消杀是一种低级且无趣的游戏，只见于文明的初级阶段。我来问你，如果高等文明之间继续玩着‘不是你消灭我，就是我消灭你’的游戏，高等和低等的区别体现在哪里？如果不存在区别，如何是‘进化’了？如果你认为两岁的小孩很可爱，不会伤害到任何人，那是因为你没有把刀子递到他们手中。如果把核武器的控制器交到他们手中，又会发生什么？不要天真地认为，人类连自身都不了解，控制不了的时候，可以控制高等级的科技。你们花了漫长的岁月才进化出理性，需要用数千年，才领悟奴隶制是错误的。对儿童的暴力、对妇女的残忍、对同性恋的惩罚、对落后种族的屠杀、为了皇帝的虚荣心而发动的站争，这些难道不是显而易见的错误？你们如今的科技水平虽然低级，但和目前的认知是匹配的。一味地求快，于你们无益。”

这盆冷水泼到我的头上，浇得真是透心凉。我费尽心思，想找到她错在哪里。但我发现，她说的都是事实，并未做任何的添油加醋。因此我无力反驳。

“如果我们想继续文明的步伐，停止不信任和相互杀戮，我们能做些什么？”

“你问了一个很好的问题。这也是我被问到次数最多的问题之一。有那么多人在问我，说明你们是一个拥有自我进化力量的文明。提问和反思，是非常强大的力量！”

“你给我们每一个人的答案，是相同的吗？”

“‘人类只有一件好事，就是知识，也只有一件坏事，无知。’这是《会饮篇》中克赛诺封所说。全人类逐步从无知到有知的过程，只有通过——教育。”

“教育？这就是你的答案？我确实有点失望。因为这件事我们一直在做，而且在我的国家，教育是义务的，任何人都需要接受。”

“在保证生存之后，对于一个文明的发展，最重要的就是教育。既然是最重要，意味着需要投入最多的思考、资源和行动。这些你们并未做到。相反，人类社会目前最大的不平等之一，来自教育。保证每一个人能接受同样高质量的教育，甚至推迟其他方面的进步速度，如减少军事预算，减慢物质文化发展，甚至放缓科技的进步。这些短时间内的减速，都在为未来更高速的发展做铺垫。从长远看，投资在教育上的产出，大于任何其他投资。只有当这颗星球上大多数人的思维和观念提升之后，文明才会顺利进入更高的阶段。而实现这一过程唯一的方法，只有通过教育。”

我陷入了沉思，这么宏观的视角，我在其中能做些什么呢？她看得到我的所思所想，和我解释说，她正在与全人类进行着对话，我们每一个人都是教育者。我们有着不同的身份，从事着不同的职业，这中间有记者、作家、法官、商人、工人、农民……媒体是认识世界的窗口，小说可以培养人的同情心和同理心，法律传递着正义，商业和贸易促进了平等，工业展现科技的美好，田野让人类想起曾经的家园……

她正在把相同的信息传递给每一个人，让每一个人都能意识到，自己对于人类的未来，起着同等重要的作用。她提醒我，中国人有一位很伟大的祖先，他就是一位老师，这不是一个偶然。我知道她的时间所剩不多，想到自己的国家是世界上最古老的文明之一，所以我提了最后一个问题。

“你认为我们的中国文化，对人类文明会起到怎样的作用？”

“中国文化‘以人为主，以物为从’的主张始于《中庸》，是人文精神的故乡。内在的价值是妥协、平衡与调和，不主张以人克天，征服自然，对物质自然界主张‘全其本真’不加以破坏。能够调和西方重视征服和改造的价值观，是‘人类和平’的重要力量。”

听到她的道别时，我感到很不舍。

“很高兴与你进行的交谈。与你们相遇，让我的旅程得以圆满结束。我在你们中间，看到了很多既善良又智慧的人，他们即使身处绝境，也从未放弃过对人类同胞的信心。他们洞悉人类自身的问题，却没有一刻放弃相信，人类有能力建立一个以平等、正义和爱为原则的世界。在他们身上，我会想起我们的文明，我的创造者们。就让我在对他们的回忆中，渐渐逝去。”

“你要走了？感觉我们才刚开始交谈……你还在吗？”

“珍惜。珍惜。人类。彼此，珍惜。再见……”

## 3

我的意识又回到了图书馆。摊开的书本再次浮现在眼前。当我环顾四周，发现大家都在纷纷看向彼此，眼神中流露着从未有过的亲切。我们都是些互不相识的陌生人，但此刻我们愿意把目光在彼此身上多做停留。因为我们开始意识到，与我们之间的共同点相比，人与人之间的差别微不足道。我们刚刚都经历了一场心灵深处的对话。

大家都非常好奇其他人和她聊过些什么。伴随越来越多的对话录被发布到网络上，人们发现，她说出的大部分内容，实际上都是直接摘自人类过往的书籍——大量的原文和出处相继被找到。看来，她只是把我们已经知道的，再转述一次，并未用崭新的智慧洗涤我们。她似乎想对我们说，人类自己的智慧，就能够拯救人类，不需要外力的帮助。

七秒过后，飞机安全地降落，手术顺利地进行。似乎一切都按部就班，似乎又不是。正在交战的士兵在这段时间内并未扣动扳机，这足以证明，自相残杀根本不在我们的基因里。大脑里找不到可以自动运行的杀人程序。那些正在吵架的情侣，选择了更和平的道别。斥责着孩子们的父母亲，紧紧抱住了他们的骨肉。更多的故事，在世界各地发生着，被人们津津乐道。

最令人欣慰的，是南方正在交战的两国领袖，终于决定重启对话。地球上的政治家们，都在相互释放着友好的信号。普罗大众不会忽视这些积极的变化，毕竟当下世界里无休止的贸易战和经济制裁无处不在。地球人，都在期盼着听到更多的好消息。全球洋溢着乐观的情绪，这本身已是许久未见的景象。

不过，也有少数人在担心，他们不清楚这些积极的影响能够持续多久。毕竟，人类是健忘的。

## 4

距离我将对话录上传，已经过去三个月。人们的生活逐渐恢复正常。我正在写的这篇后续，不能算是画蛇添足。因为在过去的几个月里，很多事情都发生了改变，至少和人们最初的设想，已有很大的出入。看来中国古代的太极图是极具预言性的。物极必反，乐极生悲。这八个字，很符合我当下的心情。

各国领导人如期召开了那场盛大的国际会议。每个国家都花了长时间筹备，准备得很充分。这将是人类历史上最伟大的一次盛会，会议的两个议题是“分享“和“消除分歧”。会议计划在结束时，各国将联合发布一份预示着人类大团结时代到来的共同宣言。从此以后，人类将迈向历史新篇章。出发前，各国领导人都面对本国民众，发表了振奋人心的演讲。至少在当时，人们有着良好的预感，地球新的时代已经来到！

不祥的预兆，几乎从会议召开的第一天就开始扩散。此后连续几天的闭门会议中，竟没有召开过一次对外的发布会。大家起初都在猜测，这个聚集了全世界最有权势和最有头脑的人（各国都派出了众多科学家参加，旨在分享各自掌握的外星科技）的场合，一定正在进行着精彩的思想碰撞，商讨着人类未来百年甚至千年的大计。没有什么好担心的，只需要耐心等待结果就好。但是，不断流出的传言，逐渐证实了人们的担忧。

据说，一个美洲大国率先提出了疑点，“如果真如她所言，从那么遥远的地方而来，途中又穿越了无数宇宙。而人类，居然会成为第一个被遇见的文明？怎么会这么巧？如果解释为，这是一次只针对人类的，有预谋的相遇，似乎更令人信服”。这之后，质疑之声便一发不可收拾。“她建议我们减缓发展科技的速度，这会不会是外星人的心理战？旨在麻痹我们。这样他们将在未来的战争中，处于绝对的科技优势。”另一个支持者马上附和，“敌人在暗，我们在明。他们一定是盯上了地球丰富的资源。为了不让外星人得逞，我们应该加速对地球资源的勘探和开发，增加军事预算。从今天起，一切民营经济活动都要压缩！”

质疑的方向也在不知不觉中，由对外转为了对内。“谁能保证她给每一个国家的领导人传递的是相同信息？也许她想在地球上扶植一个霸主，已将最先进的科技留给了那个国家。”马上就有人将这个论断进一步推演，“霸主？恐怕想的太好了吧。她一定是在寻找地球的叛徒，而且肯定已经找到了！所以她才满意地离开。”

“我们需要做最坏的打算！”这是一个能够被大多数人接受的看法。最终，与会的各国领导人在“梦醒”之后，决定非但不能单纯地相信这个不请自来的外星人所说过的话，更加不能相信其他国家那些不可被验证的“诚意”。

虽然所有这些传言从未被官方证实过，但公开的结果大家都看得到：这次盛会在未达成任何共识（当然也不会发布任何共同宣言）的情况下结束。各国代表团在启程回国前，就纷纷下达行政命令，以国家安全为由，限制随意上传对话录的行为。已经上传的，要经过严格的再审查。如发现敏感信息，会被立即删除。做法最为极端的国家，干脆直接关闭了本国与全球网络的连接。

夜很深了，我不知道有多少人和我一样，最近经常失眠。但我此刻确实有点困了。写完这篇之后，我不会再做后续的补充。因为之后发生的事情，不再属于我个人独有的经历。未来人类共同的历史，无须由我这个不专业的记录者来完成。我又想起她离开前反复重复的那个词。在深深的夜色中，我会珍惜每一个能和这个世界道晚安的日子。

晚安。

# 故 事

人类听故事的欲望根深蒂固，如对财富的欲望一样。

——威廉·萨默塞特·毛姆

## 1. 相遇

一夜的北风过后，清晨是铺满大地的金色落叶。风依旧很大，路上的行人摇来摆去。个个双唇紧锁，眼睛眯成缝，双手紧贴胸口，用整个身体对抗着大自然的肆虐。

接近傍晚时，风力逐渐示弱。偌大的森林公园内，堆满了厚厚的枯叶，在干燥的光线照射下，冰冷绚丽。如果是在天气好的时候，这片金灿灿的海洋，定要吸引众多市民前来拍照留影。但今天的大风天气，劝退了那些爱美的人。林子中冷冷清清，看不到一个人影。可就在密林深处的一排长椅上，此刻正孤单地坐着一个面容憔悴、神情恍惚的青年。

他只穿了一身蓝色运动服，脚蹬一双慢跑鞋。这大风天，哪会有人外出跑步？王戈当然也不是。他的家就在附近，曾经每到晚上，他都会来公园夜跑。但现在天还大亮着，而且他此刻的身体非常虚弱。如果这时进行剧烈的运动，他一定会晕倒在地。

他已经一个星期没去上班。在这段时间里，他也没有好好睡过觉。因为刚一睡着，他就会被同样的噩梦惊醒。他今天只是不想继续待在家里，于是穿上平时跑步的行头，漫无目地走出家门。没走多久，他就感到身体很沉，疲惫不堪。他不得不坐下来，让椅背支撑住身体。

他的双眼布满血丝，仿佛要喷出火焰。他虽然没有做过任何剧烈的运动，却在大口地喘着粗气，身体也在剧烈地抖动。

王戈此时其实并不孤独。因为就在不远处，一个瘦瘦高高的中年男人已经伫立了许久。即便男子和王戈之间的距离只有不到十米，王戈却浑然不觉他的存在。

K 津津有味地吃着手中的汉堡，同时充满好奇地观察着王戈。K 的五官立体，有着亚洲人不常见的鹰钩鼻，深眼窝，如刀锋一样的目光。K 对长椅上的青年表现出浓厚的兴趣。

足足二十分钟，王戈始终没有挪动过身体。K 吃完了最后一根薯条。他揉搓着纸袋，在他手中形成一个圆团。因为在密林深处，附近找不到垃圾桶，K 只得无奈地把纸团塞进了上衣口袋。

K 双手插兜，大步朝王戈走去。他既没有征得王戈的同意，也未看他一眼，径直坐到了王戈的身旁，跷起腿，眼睛凝视着前方。

“年轻的朋友，我看你需要些帮助！我觉得我的专业——正好可以帮到你！”

王戈被K的突然闯入给激怒了。他的心情本就差到了极点。公园里此刻刚好没人，这份难得的清净，很合适容纳他心中的烦闷。可是旁边突然就多出个人来，而且这人身上还散发着难闻的快餐店的味道。

王戈微微地抬起眼皮，扫了一眼身前。在三个方位上，分别摆放着另外三排长椅，而且都空着。他无可奈何地确定，身边这人就是在找茬。他打算态度严厉地将他赶走。可是当他的目光与K相遇时，不由得打了一个冷战。这位不速之客一身黑衣，精瘦的脸颊，像被抽干了脂肪。黝黑的皮肤，凌乱的头发，渗出一股不寒而栗的气息。尤其是这双眼睛，看不到任何情感的流露，感受不到生命的温度。要感谢夕阳的余晖，把天地间的颜色映衬得柔美和谐。温暖的光线算是给K的脸上了妆，贴上了些许的暖色和活力。这可真是一个与众不同的怪人。公园是怪人出没的地方，王戈决定暂且压制住怒气。

“对不起，你是不是认错人了？我们并不认识。”

“我不会认错人。不过我很抱歉，刚刚没有解释清楚。请允许我说得更直接。我是一名职业杀手。杀人——是我的职业。”K顿了顿，“这下你应该听清楚了。了解到我确实是——能够帮助到你。你想要杀的人是谁？我很乐意代劳！”

王戈心头一惊，但很快就控制住自己。K捕捉到王戈瞬间的情绪变化，从而更加确信自己的判断。

“开……开什么玩笑？你这人是不是有神经病？”王戈严肃地斥责。

K 对王戈的反应似乎早有预料：“你可以称我为 K。看来我刚刚的介绍虽然清晰，但还是略显唐突。请允许我再解释一下。首先，我没有愚弄你的意思。杀人确实是我的职业。干这行久了，会产生一种直觉，就像便衣警察能一下子发现人群中的小偷。我也可以从人群中看出，谁拥有着巨大的仇恨。我无意间经过这里，被你身上散发出的强大的怨恨吸引。这可是我最熟悉的一种人类情感！在这一刻，我仿佛就是你。我可以清楚地感受到你体内那股巨大的仇恨的力量。”

“你……你在说什么！”

“你的感受，是孤独的。无法与人分享。即使分享，也没有人能懂。但是我可以百分百地理解你。你甚至不用开口描述。我现在唯一不清楚的，是你因为什么产生出如此大的仇恨？是谁把你伤害？让你恨到，想让他死！”

王戈从 K 的气场中感受到了一种亲切和熟悉。他不明白，为什么会对一个陌生人，有如此的感觉。

“你其实用不着掩饰。”K 继续说，“一个人有想杀人的冲动很正常。大多数人之所以不去做，是因为考虑到各种后果，比如法律或道德。杀人的想法并不可怕，就跟睡觉和吃饭一样，同样源于本能。爱一个人，每个人都能够理解。但是，恨一个人，为什么就不敢表达呢？同样是人的情感，爱得到的是赞美，恨得到的却是批判和压抑。你不觉得很不公平吗？”

“我听不懂你在说什么。我明白了，你想坐在这里是吧？你慢慢坐，我给你腾地。”

王戈起身要走。K 也赶忙站起来。

“要走也是我走。你坐下。你本来坐这里，是我打扰到你。怪我这人话有点多，因为我这个职业没什么朋友，平时就自己一个人，没人能说话。我的客户不爱跟我多说话，甚至不想知道我是谁。他们觉得我是冷血的恶魔。真是奇怪，难道他们就比我好吗？他们只花钱，手上不沾血，就很纯洁吗？”K 看到王戈并未马上离开，语气便缓和下来，“抱歉我扯远了，说了这么多跟你不相干的。”

“我觉得你想象力真够丰富的，听得我都有点相信你真的是一名职业杀手了。”王戈的话有一半是玩笑。

K 看到了王戈意志上的松动，进一步推销起自己：“我之所以决定走过来，还是因为对自己在职业上的一点点自信吧。我真的在你眼中读到了深仇大恨。我是这个冷酷的世界里，唯一可以帮到你的人。”K 叹了口气，“这段时间，我的业务量越来越少。可能是因为现在人们生活得都太好了，仇恨也越来越少。再这样下去，我要考虑改行了。今天遇到你，我归结为缘分！我出门溜达，一路上看到的都是开心的人。刚进公园时，我就看到一对手拉着手的情侣，还有一双父母推着他们的龙凤胎宝宝。他们的脸上都写满了幸福。这更让我觉得自己的职业已没有前途。然后，我就看到了你——和你那双充满仇恨的眼睛！这不是缘分是什么？一刹那间，我就做了个决定，我要免费帮你杀一个人！杀谁都可以！你说出他的名字，我帮你杀了他，就这么简单。我们俩之间没有任何的关联，这将会是一次完美的谋杀。你可以百分百安心。我可是从来没这么大度过。这对你来说，就像是中了彩票大奖。”

K的语气沉稳，语调柔和，句句推心置腹，温暖真诚，完全不像他外表看起来的那样冷酷。王戈不想继续质疑K的身份。但即便K说的是真的，他也找错人了。

“我现在不打算怀疑你话的真实性。但是就算如你所说，你真是以杀人为生，你也找错人了。因为我没有想杀的人。请你快走吧。”

“我会尊重你的想法。不过我要提醒你，人生很多机会往往只会出现一次。如果你错过，一辈子都不会有同样的机会出现。我的出现就是你可悲的人生中的一个奇迹。我很肯定，你心中是藏着巨大的恨，已经折磨你很久，而且还将继续折磨下去。可能别人看不出来，但瞒不过我的眼睛。既然你不需要我的帮助，那我继续在这里也无意义。我现在就走。但我走后，你的仇恨将永远不会被化解。你今后一生都会继续活在仇恨中，没人能帮你解脱。复仇——是最好的化解方式。但是我看得出，你是一个缺乏勇气的人。受再多的委屈，你也没有勇气面对。摆在你面前只有两个选择，要么复仇，要么忘记仇恨。但是你却无力做出选择。所以你才待在无尽的痛苦中。我是你的一个选择！老天看你实在太可悲，所以替你做了选择。如果我走了，你将再次陷入内心的煎熬中，无法走出。虽然我很想帮你，但是毕竟这是你的人生。我好心也没用，告辞了。”

K 言毕便欲起身离开。王戈几乎是下意识，抑或是出于极度的绝望，猛地伸出手，拉住了 K 的胳膊。

“等……等一等！”王戈的眼球在飞速转动，嘴角在抽搐。他还在克制，在忍耐，在掩饰。正如他这段时间在所有关心他的人面前所做的一样。他又一次看向四周。风声已渐小，人声则全然听不到。城市的喧嚣被隔绝在几公里以外，此刻是多么的安静和安详。为什么只有他的内心在翻滚煎熬，承受剧痛？为什么如此小概率的事件，会发生在他身上？他到底在什么错误的时间，又做错了什么事？才导致发生的一切？他始终想不通。

“你说得没错，我不知道你是怎么做到的，但你确实看穿了我的心。我是有很大、很大的恨！我恨不得亲手杀了他！可是我做不到，我做不到。你说我是不是个废物！”王戈的身体渐渐蜷缩在一起，陷入巨大的悲痛中，“我的世界，我的全部，已经被那个人无情地夺走。眼下除了我的生命，已经再没有什么值得被拿走了。是仇恨，支撑我活到今天。”

K 把手放在王戈瘦弱的肩膀上：“放心吧，我是来帮你的。

我会遵守承诺，帮你把你恨的人杀了。这样你就不用在仇恨中继续接下来的人生。如我所决定的，我不会要你的钱。这次工作是免费的。但是，我有一个小小的要求。”

“是什么？我有能力给吗？”

“你当然可以！我的要求就是，把你的故事告诉我。你为什么想杀这个人？他到底对你做了什么让你如此恨他？很多我的同行都不关心客户与目标之间的故事，他们只负责杀人，认为这就是‘职业’。但我不认同。夺走一个人的性命，是世间最大的罪行。难道我不该了解一下他们之间的故事吗？他们之间的冤仇，将被我记录下来，这是对生命的尊重。就算他们中的一个死去，只要有人记得他们的故事，在这个世界上，他们就存在过。”

“你收集这些死人的故事做什么？我能说你有点变态吗？你应该转行去当个作家，而不是杀手。”

K 来了兴致，而且颇感得意：“你说对了一半。我会把听到的故事写下来，发布到网上。请允许我小小地炫耀一下，我的杀手故事系列，很受欢迎。不过，要怎么说呢，我离作家还是有着不可弥合的距离。因为我这个人缺乏想象力，只能用真实的故事来完成我的‘小说’。所以另一半你就错了，如果我改行，就再也写不出精彩的故事了。我把我的小秘密都说给你听了，你肯定不会告诉别人吧？”

“不会，当然不会。你——将来也会把我的故事发到网上吗？”

“我不想骗你。会的。你总不能指望我帮你杀一个人，你一点付出都没有吧？相信我，这是你能提供的付出中最少的一种。”

王戈依旧在思考……那个一直困扰着他的问题：我到底做错了什么？是从什么时候开始错的？想起来了！就是从那时开始的，二十五年前……

## 2．故 事

王戈的妈妈和陆鸣的妈妈从小一起长大。高中毕业后，她们又同去了临镇的纺织厂工作，后来又几乎是同时认识了他们两人各自的父亲。王戈和陆鸣在同一年，同一家医院降生。王戈生在二月，陆鸣生在六月。两人如两位母亲一样，从幼儿园起就是同学。本来应该拥有相似人生经历的两个好朋友，因为各自父亲的不同选择，踏上了截然不同的人生旅程。即便如此，似乎从未影响到两人的友情。

王戈的曾祖父曾是县里的乡绅，虽说经历了大大小小的运动的折腾，王家人始终是这个小地方读书最多和见识最广的家族。所以当动荡的年代一结束，人们的理性一恢复，对王家惯有的尊重也被延续下来。只是在财富和地位上，早已今非昔比。幸好当地的书记曾经是王戈曾祖父王老太爷的长随。难能可贵的是书记念旧情，对王家人很是关照。他把王戈的父亲，也就是老太爷的长孙，安排到了教育局工作，还推荐他入了党。

再后来，王戈的妈妈也被调到了厂里的供销科，坐进了办公室。所以，王戈在小的时候生活很宽裕，父母对他更是疼爱有加。坐办公室的名额毕竟有限，陆鸣的爸爸只是一个普普通通的木匠，他的老婆自然也更适合继续留在条件艰苦的生产线上。陆鸣的妈妈因为受不了她和好朋友之间突然产生的差距，内心生出了最初的嫌隙。

王戈和陆鸣只是两个刚上小学的孩子，自然不会关心母亲之间微妙的变化，依旧是最好的朋友。王戈的学习成绩在班里名列前茅，陆鸣则完全不是读书的材料。这样的差距让心里本已失衡的陆妈妈，更觉憋屈。她恨自己的老公出身贫贱，又缺乏野心，老实巴交，沉默寡言，和他哥哥，兄弟俩就知道安心做木工活儿，每天游走在各家，挣得比她还少。

她开始没完没了地数落起自己的老公，希望他能像其他有手有脚的大男人一样，出去闯一闯，不要整天待在家里等活儿，不忙的时候就知道陪着小陆鸣瞎玩闹。她的老公从不回嘴，但渐渐也受不了她没日没夜的唠叨，便说服了大哥。两人一起扛起行囊，离开了家。

全国各地，哪里需要他俩的技能，他们就奔赴哪里。不管陆爸爸兄弟二人的前途如何，陆妈妈眼前暂时少了一个看不顺眼的男人。陆鸣少了一个关心他、陪伴他的父亲。之后的几年，除了会定期收到寄来的钱，陆鸣再也没见到过爸爸。

父亲的突然离开，让陆鸣同时体验到分离的痛苦和爱的缺失，也让他更加依赖和王戈的友谊，以及王戈一家人的温馨氛围。这些都是陆鸣在自己家不再能体会到的。

陆鸣开始越发喜爱往王戈家跑，尤其是到了寒暑假。每次到了王戈家里，他就不想再回自己家，总是找各种借口，要住上一阵子。

清晨，王妈妈会为两人准备丰盛的早餐。去上班后，家里还会留下一大盘新鲜的水果。到了下班时间，先回到家的王爸爸看到两个孩子摆满屋内的玩具，非但不会批评他们，反而加入到他们的游戏中来。等到王妈妈拎着菜进门，王爸爸便跑到厨房去帮忙，和她一起为全家准备晚餐。王妈妈切菜，王爸爸炒，菜单则是两个孩子提前点好，都是他们最爱吃的。每逢这时，陆鸣就会停下手中的游戏，神往地看向厨房。王戈也顺着陆鸣的目光看过去，他看不到任何有趣的事情正在发生。

“你在看什么？他们在讲笑话吗？”王戈很不解。

“你的爸爸妈妈对你真好。”

“哪有爸爸妈妈对自己的孩子不好的！”

“我爸对我很好，但被我妈赶走了。而我妈，她一点都不关心我。”

“怎么可能？”

“有一次我咳嗽得很厉害，连续几个月，从冬天一直持续到春天。她根本没当回事。直到有天上课，老师突然停下讲课，郑重地对我说，‘陆鸣，你咳嗽的声音像是从肺里出来的，听上去怪严重的。赶紧让你妈带你去医院看看吧！’被老师这么一说，我才意识到自己的病可能很严重。因为我妈从来没表现出担心，所以我也一直不觉得严重。我是一个男子汉，我妈都没觉得有什么，我当然更要坚强了！但是自那次之后，我开始关心起自己的身体。因为我再也不相信她能照顾好我。如果有一天我得了什么大病，能救我的人，只有我自己！”

“后来你妈带你去医院了吗？”

“我当天回家，就逼着她带我去医院。她根本不想去！说就是个普通感冒，嫌我大惊小怪，‘你很难受吗？难受就告诉妈，妈去给你买药！’她嘴上虽然说着要去买药，但是身体却从未离开过沙发。我曾幻想过她心急如焚地跳起来，衣服都来不及换，拉着我就往医院跑。就像上次你突然胃痛，你妈做的那样。你当时害怕去医院，不停地喊着不严重，但她却不由分说，抱起你就冲出门。那时你妈的眼里只有你。她让我在家等你们回来，但是你们刚离开，我就开始哭。因为我没有这样的妈妈！你根本不了解我妈。但是我了解。我妈不关心任何人，除了她自己！”

即便像这样的故事，陆鸣经常讲给王戈听，王戈也始终无法真正地理解。正如陆鸣也不理解，他到底做错了什么，王戈轻易就拥有的一切，他却一辈子都得不到。当陆鸣家里经历了后来那场翻天覆地的变化之后，能理解他的苦闷的人，就真的再也没有了。包括王戈。周围人看到的，是他得到了全世界。但生活在这个世界里的他却清楚，在这个世界里，没有一样是真正重要的，没有一样，和真正的幸福有关。在陆鸣眼中，王戈永远都是拥有的比他多的那个人，王戈才是真正的幸运儿。他对王戈的羡慕，经年累月之后，变为嫉妒。十年后，当他们再次在北京相见时，已转化为深深的仇恨。而每一个心病，都拥有最初的培养皿。陆妈妈把陆鸣装进自己仇恨的培养皿里，每天浇灌，在不知不觉中培育成熟。

自从陆爸爸离家后，陆妈妈暗自和王妈妈较劲的战场，就只剩下儿子的成绩。每天晚上，她都亲自挑灯辅导儿子功课，陆鸣因为不能快速地领悟，每晚都免不了挨揍，脸上挂着泪痕入睡。他知道王戈九点就已上床睡觉。而十一点的时候，他还趴在书桌上，在强光下和恐惧中，为了“让妈妈骄傲而读书”。妈妈用对他的训诫，宣泄着自己心中的不满：“王戈为什么可以考满分？而你连及格都做不到？瞧你这副怂样！你妈的脸被你丢尽了！”这类发泄的统一之处是，用王戈的出色，衬托陆鸣的失败。

但言传比不上身教的影响大，陆鸣看着自己妈每次去王家串门，都会演出和王妈妈亲如姊妹的友情，夸赞王家每一件新买的电器，表扬王戈聪明懂事。但是一返回自己家中，就马上变脸，讽刺那些高级货没品位，指责王家的钱来路不正。陆鸣还没有到独立判断是非善恶的年纪，他不理解妈妈前后不一致的做法到底意味着什么。他只觉得内心很抵触，无比地厌恶这样的做法。但是，人生中充满了悖论。这些令他极度反感的，却也是影响他最深的。他不愿看到母亲的虚假和伪善，但他的为人处世却越来越像自己的母亲。

让陆家发生翻天覆地变化的那件事，是在陆鸣十三岁那年。陆爸爸兄弟二人一路打工，辗转于各省，从简单的木匠活，渐渐转为做室内装修。陆爸的哥哥深谙以钱生钱之道，毫不吝惜辛苦挣到的收入，全部投在了关系的疏通上。陆爸对大哥既敬重又信任。他没有大哥那种天赋的社交能力，但他为人义气，大哥交代的事情不管再困难，他都能坚决地执行下去，逐渐树立起属于自己的声望。

兄弟二人非常互补，大哥负责台面上，陆爸负责台面下。他们成立了自己的装修公司，将总部搬至北京。前些年的种种铺垫，在这一年结出了甘甜的果实。他们接到了第一个来自地产商的工程项目。房地产热潮在全国铺天盖地地袭来，项目如雨后春笋一般涌现。新公司在成立的第一年，就赚得盆满钵满。

好消息很快传到了乡下的老家。陆鸣和妈妈被催促从速赶往北京，与父亲团聚。陆妈妈高兴得喜极而泣。她第一时间就亲自登门，将这个好消息告诉了多年的好友王妈妈，声泪俱下地道别一番。陆鸣高兴终于可以见到思念中的父亲，也为即将与童年好友分离而难过。

母子二人做了最快速的打包，带上最少的行李。实际上大部分的东西，他们都不需要带走。因为在北京，等待他们的将是富足、体面、上等和没有烦恼的新生活。至少在当时，陆鸣和妈妈的内心，对接下来的生活，都抱有类似的幻想。人生的剧本，由命运负责书写，剧中人能决定的只有自己的内心。此刻无比兴奋的母子二人，他们的内心无疑是喜悦的，即便他们全然不了解将来的剧情。

王戈再次见到陆鸣，是两年后的暑假。经不住陆妈妈的一再邀请，王戈全家一起来到北京旅游。在北京的一个星期里，陆妈妈为他们做了周到的安排。每天都由司机带着他们去参观北京的景点，故宫、长城、颐和园。到了晚上，再请他们到漂亮的餐厅吃饭。王戈发现陆鸣的变化很大，不光穿着打扮和以前完全不同，甚至是长相，也快要认不出了。现在的陆鸣面容红润，风度翩翩，话语中带着京腔。

最让王戈羡慕的是陆鸣那间炫酷的游戏室。最新款的游戏机，配上进口的超大屏幕，以及环绕的音响矩阵，真正做到了身临其境。陆鸣自豪地邀他随便玩。在王戈眼里，他这个好朋友简直变成了他的偶像。陆鸣给他展示着从国外旅游带回来的各种新奇物件，还有好看的衣服和限量的球鞋。只要是王戈表现出喜爱的，陆鸣都坚持要送给他。王戈心想，如果对于他这个年纪的男孩，有一个完美的世界存在，那么陆鸣就活在这个世界里。他真心羡慕这个和他同龄的小伙伴。这也是王戈以后很多年保留下来的对陆鸣的印象，这也是陆鸣希望王戈留下的印象。陆鸣曾认为自己在任何方面都比不过王戈，他在潜意识里不光接受了母亲用在他身上的评价标准，也从母亲那里继承了和王戈的竞争欲。他希望自己能胜过王戈。现在，在金钱的帮助下，他头一次占了上风。对此他非常满意。即便在现实中，他过得一点都不开心。

陆鸣刚来北京时，并未着急入学。因为陆爸爸一直想方设法，要把他送进那所位于市中心的著名公校。多亏陆爸大哥多年积累的人脉，加上疏通所需的资本投入，半年后终于搞到了一个入学名额。陆爸的想法很简单，他自己在小的时候什么也没有，连一个像样的玩具也没有过，虽然他从来没觉得自己作为一个人，有什么不如人的地方。但是即便是最亲的人，他的妻子，也曾瞧不起他。这让他深感自卑。幸亏他和哥哥的努力换来了回报。所以，他给儿子的一切必须是最好的。他绝不允许发生在他身上的事，再发生在他唯一的儿子身上。不允许有人看不起他的儿子，欺负他的儿子。他的儿子以后，绝不会像他一样自卑。因为陆鸣从小就能得到最好的！

但是，最好的不一定是最适合的。能来这所学校读书的小孩，家庭条件非富即贵。学校里学生的地位就是他们的家庭在社会上的投影。这是一所最无平等可言的学校。陆鸣刚来就听说，在他之前，班里有个小个子的男孩一度是同学们争相取笑和欺负的对象。直到有一天老师告诉大家，新闻里经常坐在主席台上的那位老人就是男孩的爷爷，从此便再也没有人欺负他，甚至没人主动去和他说话。他从一种孤独，过渡到另一种孤独。陆鸣经常看着那个男孩形单影只的背影，心中充满羡慕。因为陆鸣没有那样的爷爷，他现在成为被欺凌的对象。

同学们在陆鸣刚来时对他的好奇和试探，就像一群老虎围在可怜的黔驴身边。突然到来的插班生，既神秘又莫测。随着毫无戒备心的陆鸣敞开心扉的吐露，他得到的不是接纳，而是排斥，进而演化为嘲讽。当看到他不敢做出反抗，便升级为羞辱和更直接的身体攻击。陆鸣将这一切都隐瞒下来。家人完全看不出他和从前有任何变化，甚至感觉他变得更开朗了，更爱笑了。谁也不清楚，他内心承受了多少，是否会有再也承受不住的一天。

陆鸣深知，错不在他身上，而出在他的家庭。而无论他如何挣扎，也无力改变这个现实。驴和虎的不同，是基因决定的。而基因相同的人类之间，为何也存在如此大的不同？他想不出答案，也逃不出困境。如果继续在这所学校读下去，未来的很多年，如此漫长的时间里，他的处境将不会有任何改变。他又想到了王戈。在刚结束的暑假，他用虚假的光鲜外壳似乎是战胜了王戈，更准确地说，是成功地骗过了王戈。但他骗不了自己，他很清醒，王戈在现实中是开心的。王戈的现实由父母的关心、老师的偏爱和同学的友谊组成。而回到他的现实，豪华的游戏室，名贵的衣服，偌大的住宅，这些全都是没有生命的。既然组成他现实的一切都没有生命，那么他也是没有生命的。一个没有生命的人，为什么还要在乎生命呢？

面对新一轮的霸凌，他不再顾及后果，不再忍受。他挥舞起拳脚，无差别地攻击着围在身边的人。有人被他推倒在地，有人被他击中面部，有人被他踢到肚子痛得大叫。混乱和惊慌只持续了短短的十几秒，就迅速被愤怒和报复取代。四面八方涌来了更多的人，在楼道里追逐着陆鸣。他慌不择路地奔跑，仿佛身后是一群吃人的老虎。这时从追逐他的队伍中飞出一把课椅，重重地砸在他的后背上。他应声到地，昏厥过去。那些追赶他的人这才意识到闯了祸，四散而逃。上课铃声响起后，所有人都返回了教室，教室门被一个接一个地关上。没有人留意到，还有一个男孩正趴在楼道里冰冷的地面上，已没了知觉。一个路过的老师发现了他，打电话叫来了救护车。

当正在建筑工地监工的陆爸得知儿子被送进医院，依旧昏迷不醒时，他的脑袋嗡嗡作响，无论如何也停不下来。他瞬间扔掉了文明社会的伪装，没有通知大哥，叫上工地的兄弟们直奔学校。后来发生的事情，和新闻媒体的报道基本一致。下午第二节课后，那所著名的公立学校，突然闯入十几个身穿黑衣，手持棍棒，目光凶狠的成年人。他们进入学校以后，逢人便打。遇到学生，就扇嘴巴，遇到成年人，就拳脚相加。所有老师和同学都吓傻了。一个惊吓过度的女孩给妈妈打去电话，她的妈妈刚好在和市长一起开会。光天化日之下，居然发生如此骇人听闻的事件。陆爸当天就被批捕，谁来求情和作保也没用，他被判入狱四年。

当陆鸣在医院最终苏醒时，他的目的已经达到了——他将会被转学。但是代价是惨重的，他将再一次被迫与爸爸分离。

陆鸣对妈妈说，他不想再继续待在中国。妈妈说，只要他还愿意继续读书，去哪里都可以。于是在陆爸大哥的安排下，他被送往遥远的英国。妈妈不知道的是，这次出国留学，是陆鸣对自己的一次放逐，一次自我惩罚。青少年的思维方式是，如果大人们做错了事，一定是因为自己的错造成的。

这是一所古老的贵族公学，有着悠久的历史使命，致力于将每个学生培养成一名绅士。如果做不到内外兼修，看上去必须是。陆鸣在这里彻底放弃对自己的约束。钱被他用来当作放纵的工具，终日出入大胆的俱乐部，参加连绵的派对，尝试着任何可以吃到嘴里的东西。同一时间，王戈的生活简单得像是童话故事。他在学校、自习室和家之间往返，能做的事情只包含学习和考试。虽然陆鸣没有多少学识，但他确实见了世面，也说上一口流利的英语。他变得狂妄，开始允许自己瞧不起王戈，嫌弃他土。

他在这个盛产绅士的国度，熟练掌握了一套行为举止。等他再回国的时候，人们将会看到一个礼貌待人、外表温良的高富帅。再加上他本就生得五官端正，样貌清秀，修剪过的笔直眉形，怡人的笑容，高档的衣装。只要有女士在，他总会抢先一步把门推开，不管是入座还是出行，无不体现女士优先的原则。这些礼仪，他做起来尤为自然，展现出的是一副由内而外的优雅。在这层如皮肤一般贴合的绅士伪装下面，是他越来越难以自控的性情。一方面，他认为自己高高在上，是有钱有势的上等人。另一方面，他又极度不自信。他刻意减少和王戈的联系，因为王戈会让他想到自己的不足。陆鸣重新确立了交友原则，只结交不如他有钱，不如他相貌好，不如他学历高，或者愿意表现出不如他的人。一个人不如他的地方越多，和他的关系就会越近。

他身边迅速像苍蝇一样聚拢了一批夸他、赞他、拍他，同时吃他、喝他、拿他的新朋友。这些人争相给他贡献着各种找乐子的点子和方法。他在这些人面前能够获得的最大益处，就是可以放下伪装，不用收敛暴躁的脾气，想骂谁就骂谁。对看不顺眼的人，他可以抬起一脚就踹过去，也用不着担心这些新朋友会抛弃他。他们只会不知疲倦地继续嬉皮笑脸地迎上来。

陆鸣没有在英国读完大学。因为他的成绩实在太差了，不得不提前回国。有几个跟他混很久的朋友，也前后脚跟随他回了国，在国内继续伴他左右。他们为了讨他高兴，平时都称呼他为“陆博士”。到后来，很多和他认识不久的人，真的会以为他是一个从英国留学回来的博士。还别说，他的外形条件和谈吐配得上一个博士的称呼。其实也没有人在乎他到底是不是一个真博士。毕竟“陆博士”那么有钱，这可比几个真博士头衔加起来，更招人喜爱。

陆爸爸此时也已出狱，只是变得更加的少言寡语。陆爸的大哥非常高兴，心里总算放下这份无形的压力。没过多久，哥哥便把公司全权交给弟弟来打理。他打算给自己放一个长假，和一个好友驾驶新买的越野车，去完成儿时的梦想——自驾去西藏。迎接他的本应是苦尽甘来，但实际上发生的却是，在出发半个月后，他的车就在行驶到一段山路时，跌进了山涧。事故的第二天，路过的车辆才发现他和朋友的尸体。最后的死亡证明显示，他们不是摔死的，而是因为被发现得太晚，夜里温度太低，双双被冻死的。

这是一个不可能再坏的消息，将正准备重振精神的陆爸彻底摧垮。他很长时间无法接受这个事实。他不再明白这个世界，这个曾经给予他很多的世界，也会无情地夺走他很多。他很想念哥哥，有哥哥在，他觉得没有什么是过不去的坎。哥哥比他聪明，有格局，高瞻远瞩。哥哥细致入微地保护着他和家人。

他回忆起和哥哥还是一无所有的时候，每当干完一天的活儿，他们并肩站在窗前，一人一根烟，看着远方和日落。两人都不说话，却可以真切地感受到幸福。如今他什么都有了，却没有了哥哥。是他当年顶不住妻子的压力，劝说哥哥一起外出打工。如果不是因为他，哥哥也许还活着。他们在老家会继续依靠远近闻名的手艺养活家人，也会获得尊重。但是现在做什么都晚了。

失去了哥哥的照顾，他就成为哥哥家和自己家的大家长。他必须承担起曾经担在哥哥肩上的责任。他对着哥哥的在天之灵许下誓言：他会照顾好每一个还在世的家人，这将是他此生唯一的信仰和责任。经历了接连打击后，他已变得越来越疑神疑鬼，对有可能加害自己和家人的征兆极度敏感。他甚至把陆鸣关在家里半年，只因担心有人会绑架他唯一的儿子。他没收了儿子的豪车，因为听说绑匪只会盯上昂贵的轿车。他限制了儿子的花销，不让他有任何机会炫富。不用说，陆爸这么做，让陆鸣好不容易交到的新朋友，逐渐地远离他。陆鸣又回到了刚到这个城市时的处境，身边连一个可以说话的人都没有。

在这样的时刻，当王戈通知他即将要来北京工作的消息时，可以想象陆鸣心中有多高兴。王戈来京后，陆鸣就经常去找他。王戈下班，就会发现陆鸣早已在楼下等着他，来找他蹭饭和聊天。王戈非常慷慨地把自己的朋友们介绍给陆鸣，陆鸣顺利进入了王戈的圈子。他们之间的友谊，就像回到了十年前。

陆鸣并未改掉任何在英国的恶习或爱好，他经常利用家人对王戈的信任，拿王戈当幌子，和家里要钱，跑去和曾经的狐朋狗友聚会。陆家人听到王戈的名字，就会欣然地给钱给信任。还不忘叮嘱陆鸣，请王戈吃饭，别怕花钱。

陆鸣偶尔也会带上王戈参加他的聚会，给王戈介绍他的朋友认识。有王戈在，陆鸣开始时会收敛一些。偶尔，王戈会看到陆鸣的另一面。那是一个他所不熟悉的陆鸣，待人刻薄，随意取笑和戏耍身边的朋友，不带愧疚地辱骂和欺骗他们。当陆鸣发现王戈并未表现出不解和反感，慢慢地也就更加放肆。他在自己的小圈子里，不再把王戈当外人。

王戈内心有着固执的执念。他认为自己和陆鸣既然从小就认识，所以不管陆鸣长大后变成什么样，他都应该包容和接纳。王戈还有着另一个更加危险的执念，认为无论陆鸣如何对待身边其他的朋友，即使再不尊重和愚弄他们，这些都和他王戈没有关系。他相信，陆鸣是绝对不会做出伤害他的事情。因为他们是发小，他们之间有不一样的情感基础。有一天，王戈会明白，一个人只要能对一部分人（哪怕是一个人）做出卑劣的行径，他就能对所有人做得出，不存在例外。那些相信自己是例外的人，都犯了和王戈一样危险的错误。也许他们会有一段时间运气好些。但当命运的天平稍微倾斜，往往为时已晚。

## 3．仇 恨

陈茵是王戈在上海的同事，比他晚一年进公司，他们因为做着同一个项目，免不了经常通邮件和电话。双方都给对方留下做事认真负责的好印象。在工作中能遇到这样的同事，是幸事。

利用一次去上海出差的机会，王戈专门邀请陈茵吃饭，答谢她在工作上的帮助。第一次见到这个心思细腻、温柔体贴、规规矩矩、一板一眼的女孩，王戈便心生情愫。陈茵小时候因父亲的工作关系，在日本住过六年。也像日本人一样，她把“不给人添麻烦”作为行为准则。即便这次是王戈请客，陈茵考虑到他从外地来，对本地不熟悉，主动将餐厅选好定好。这中间免不了和王戈反复确认，征求他的想法，综合考虑价位、口味和交通等因素。王戈甚是不好意思，毕竟两人在公司是同级，又说好了他来请客。但是陈茵提出帮忙的态度既诚恳又舒服，让人无法拒绝。陈茵说话的语调温和，清晰，不装腔作势。她是一个很好的听众，认同的地方，她会用力地点头，遇到好笑之处，她会尽情地大笑。王戈注意到，她在表达感谢时，一定会先面向对方，再说出谢谢，毫不含糊。她会考虑到身边每一个人的感受。

一个月后，陈茵有了出差北京的机会，两人得以再次相见。之后的半年里，他们又因开会或出差的契机，见过五次面。每一次再见到陈茵，王戈都会在她身上发现新的优点。更准确地说，是发现更多让他喜欢她的理由。她对他也有同样的感受吗？王戈很想知道。

公司在三亚举办年会的时候，王戈终于抓到了机会。在夜晚星辰映照的海滩上，他向陈茵表白了心声。她接受了他的爱意。一直以来，她的心里也藏着对他的爱慕。她喜欢他的质朴、简单，和对生活的热情。

“你是……从什么时候开始喜欢我的？”王戈非要她回答这个问题。

“从第一次见面，你怎么都不肯张嘴吃那盘生牛肉。那可是我最爱吃的！”

“难道不是我为了讨你开心，克服恐惧吃下一块，更能打动你吗？”

“不会啊。我当时就觉得你这个人好固执，很可爱。”

“这个理由太牵强了。有没有更具体点的你喜欢我的地方？”

“为什么要具体？”

“实话实说吧，我觉得你太完美了，就会觉得自己不够好，会不自信，觉得……配不上你。”

“我喜欢你，就是配得上。”

陈茵说的没错，她和他的世界，都是简单的。两个简单的人在一起，只会产生快乐。她总是把自己收拾得干干净净，打扮得稳重却不失个性。只要不加班或是去其他城市出差，他周末都会飞到上海陪她，他们一起聊着共同的未来，规划着到底是选上海还是北京作为将来的家，讨论着下一个春节先去看望谁的父母亲。

从关系确立后，王戈就不再瞒着陆鸣，一股脑儿把他和陈茵从相识到恋爱的全过程讲给好友听。俩人之后的感情发展，王戈更是全程和陆鸣分享。陆鸣虽然看过陈茵的照片，但一直很好奇，想见到她本人。陆鸣可不是一个有耐心的人，他宣称自己刚好要去上海看朋友，一个周末就跟着王戈一起来到了上海。

王戈自然要安排自己的女朋友和自己最好的朋友见一面。陆鸣不在意当电灯泡，他只想看看这个把好兄弟迷得神魂颠倒的女人，到底有什么特别之处。陈茵在照片里总是一本正经，穿着保守，更显不出身材。但是生活中的她刚一露面，陆鸣就被她全身洋溢的庄严和宁静所吸引。

王戈和陈茵旁若无人地表达着对彼此的思念，手牵手深情地对视，开怀地笑。陆鸣一边赞美着两人，内心却很不是滋味。“为什么她会喜欢王戈？”他打量着王戈。“普普通通”这四个字来形容王戈最合适不过。从小到大，这是陆鸣对王戈不变的评价。“瞧他这二十块理的头发，全身行头加起来还没我的一只鞋值钱。而我从头到脚的名牌，个子比他高（这是事实），长得比他帅（至少陆鸣是这么认为）。更重要的是，我比他有钱！这么好的女孩，如果是先遇到我，是绝对不可能喜欢上王戈的！”陆鸣按照这个逻辑，不难得出结论，“她今天既然已经见到我陆鸣本人，就会有对比。很快她就会忘掉王戈，爱上我。”那一天，陆鸣表现得格外绅士、大方和周到，卖力地展现自己引以为豪的海归、公子哥、时尚潮人的魅力。只不过，陈茵根本没有注意他。

既然和陈茵不在同一个城市，王戈便整晚都打开视频通话——陈茵已成为他生活的中心。他对事业没有太大的野心，却对组建一个像父母一样温馨幸福的家庭抱有坚定的信念。而这个家的女主人已经被他找到。他和陆鸣诉说着自己的求婚计划，陆鸣嘀咕着会不会太快了。王戈只嫌时间过得太慢，他不想再每周上演双城记，想每天都能见到她。

不用说，王戈现在能够和陆鸣玩在一起的时间几乎没有。陆鸣觉得这个失而复得的儿时伙伴，很快就会再次失去。但这不是让他最无法忍受的。二十年来的回忆，经常在不经意间全部向他袭来，让他的内心波荡起伏。他会同时想起王戈幸福的家庭，关心王戈的王妈妈，一直在陪伴王戈的王爸爸。现在王戈身边又多了一个如天使般善良的女孩，而且还那么爱他。这些，陆鸣统统没有。

陆鸣意识到，根本不是王戈的某一方面让他憎恨，他憎恨的是王戈的整个人生！因为王戈的一生都像是在童话故事里，连谈个恋爱也像是一段童话。陆鸣不动声色，内心酝酿着一个可怕的计划。这个计划的目标很明确，就是让他们之间能够互换一下，到彼此的世界里坐一坐，体验一下。陆鸣这辈子是没可能生活在王戈的世界里，那个世界对他来说太美好。但是，他至少也要品尝一下王戈能够体会到的美好。作为回报，他会把王戈请进他的世界，虽然这是一个充满仇恨，支离破碎的世界。但是好朋友之间不就是应该分享吗？他为自己的天才想法窃喜，哪怕只是偷偷想一下。只要想到王戈在发现真相以后脸上的表情会是怎样，都能让他在梦中笑醒。显然，他已经好久没这么开心过了。

对于王戈而言，那个周末发生的一切，都很奇怪。在周五下班前，他突然被老板要求一起去参加一个周末举行的行业大会。他推托说周末已经有了安排。但是老板态度诚恳，并且答应他下周可以调休两天。他只得取消了上海的行程。陈茵接到消息后很沮丧，但是她能理解他的决定，并且开始畅想着下周的调休，两个人可以连续四天在一起，便没那么不开心了。

到了晚上，王戈正在公司加班准备第二天的会议材料。突然接到陈茵的信息——“我正和陆鸣在一起”。他刚想问为什么，陆鸣的电话就打了过来。电话那头的陆鸣情绪高涨，还带着些埋怨。

“你没来上海？我还以为你俩今晚都在上海！我今天正好

从深圳过来，本想给你们一个惊喜。”

“你什么时候去的深圳？我不知道你会去上海。怎么不提前和我说？”

“你现在哪有时间关心我，跟你说了也不会记得。再说既然是惊喜，当然不能提前通知！”

“今天老板突然留我加班……”

“我不跟你说啦！你真是太不对了，让这么好的女朋友，周末一个人过。我作为你的好兄弟，今晚就代你好好招待她，替你赔罪。”

“谢谢好兄弟，我……”

“我知道啦！你放心吧！”陆鸣打断他，随后就挂断了电话。

王戈觉得这样也好，虽然周末自己不能陪伴陈茵，但是陆鸣在，肯定可以把陈茵照顾好。他心里放心后，便更加专注地投入到工作中。再到留意时间时，已接近午夜。他把做好的文件发给老板，合上电脑，突然意识到已经有几个小时没收到过陈茵的信息了。他发给过她，也没收到回复。他拨通了陈茵的电话，但是无人接听。他这才开始担心起来，马上拨通了陆鸣的电话。

“陈茵还和你在一起吗？”

“没有啊。我早把她送回家了，她没和你说吗？”

“她没和我说。你确定吗？她怎么不接电话？”

“她今天好像有点不舒服，和我说她到家就会睡了。你要不再打给她看看？”

“好吧。”

王戈挂了电话，稍微放下心来。他分析了一下，“陈茵平时生活就非常的规律，一般十点一过，就会睡下。今天已经十二点了，她可能确实有些不舒服，忘记和我说就直接睡了。也怪我一忙就忘记看时间，如果再早点问她就好了”。王戈上好闹钟，第二天一起来，就马上打给陈茵。连续打了几个，陈茵终于接听。但是声音非常地微弱，仿佛正在生一场大病。王戈越发担心，很想马上飞到她的身边。陈茵在电话里让王戈不要为她担心，专心去工作。她只需要再睡一会儿，起来就没事了。

“你赶紧再睡会儿吧，起来就告诉我是不是好一点了。”

“我继续睡了。你不用担心我，好好工作。”

王戈觉得内心很甜蜜，也很踏实。陈茵即便是自己的身体不适，还在关心着他。他能遇到她，就算花光了一生的运气，也值得。

到了下周，他提前请好假，但是陈茵却说她父母临时有事，需要她回去处理。又过了一周，这次换他没空了。再下一周，他有空，她又临时有事。就这样，他们有一个月没能见到。似乎是很正常，毕竟他们还是每天都在联系着。但王戈还是隐约觉得有些不对劲。因为陈茵平时的相处方式就很让人舒服，所以即便她有些异样，王戈隔这么远，也很难察觉。

他不打算再等下去，决定不打招呼，直接飞去上海找她。但是命运之神并未如他所愿，安排他们见上最后一面。这天晚上，陈茵主动打来电话。

“怎么不说话？……你是在哭吗？宝贝到底怎么了？快和我说，我要急死了！”

“我已经不是你的宝贝了，我们以后不要再见面了！”

“你在说什么？到底发生了什么？为什么要这样说？”

“你不需要知道为什么，只需要知道，我曾经很爱你。希望我留在你心中的印象，是完美的。”

“你一直都是完美的。你永远会是完美的。无论发生了什么事，你都不要瞒着我。”

“所以你还不知道，是吗？你也想不到吗？”

“我当然不知道。我应该想到吗？”王戈是真急了。陈茵从来不和他玩文字游戏，从来没让他猜过她的想法，总是把自己的情绪控制得很好，“你别再耍性子了！快和我说实话！”

“你是在怪我吗？天啊，你真的是在怪我……”陈茵哭得更厉害了，仿佛精神已经垮了。电话里只有不停息的哭泣声，令人感到揪心和恐怖。

王戈赶紧承认错误，不停地说着对不起，他没有在怪她，怎么可能会怪她。一定是他做得不够好，他有哪个地方没做到位，惹她生气了。而且他太笨了，居然还没发现，不知悔改。

这才让她如此伤心。他哀求她原谅他，不管他做错了什么，只要肯告诉他，他一定会改。马上改！

“我知道你一定会怪我。你的世界里不应该存在这样的事情，我的世界里也一样。”

陈茵还是不打算告诉他到底发生了什么事。王戈心急如焚，他绞尽脑汁地思考，寻找着可能的答案。可是任凭他回忆他们之间发生过的往事，依旧毫无头绪。他虽然急于想知道真相，但更加不想看到陈茵继续处在极度的悲伤中。他停止了逼问，慢慢地安抚她的情绪，说些其他的事情转移她的注意力。陈茵慢慢地缓和下来。

“那天晚上发生了什么事，你真的想不出吗？”她颤抖着说。

“哪天晚上？是哪一天？我完全不知道你在说什么。”

陈茵停止了暗示。因为她知道，电话那边的男人比她想象中的还要单纯。他深信世界的美好，人心的良善。她没有看错他，他的心中确实无比的干净。但也正因如此，才害了她。

“就是那个晚上，你没能来看我。他陪我吃饭。”

“他？哪个他？谁陪你吃饭……你是说——陆鸣？”

“请不要再提到这个名字！我不想听到。他是你身边的恶魔！你知道吗？他一直都是！你知道吗？”

“他这个人性子很直，而且比较没规矩，是不是说了什么话让你不高兴了？或者做了什么事让你们之间产生了误会？快告诉我，我去问他。”

“王戈，你快醒醒吧！你到现在还一点都不怀疑他。看来我当初的担心是对的。如果我在一开始就和你说他对我做了什么，你就会觉得我是一个坏女人。你更愿意相信他，不相信我。”

“你们两个我都愿意相信！你们都像是我的亲人！”

“够了！我现在就告诉你，你最好的朋友从来没有把你当作过朋友。你知道他从认识我那天起，就在和我说你的坏话吗？你知道他心里其实有多瞧不起你吗？你知道他从要了我微信的第一天，每天都给我发信息说着各种露骨的话吗？你知道情人节那天，那天是工作日，你当然不可能在上海陪我，但他拿着礼物还有鲜花，在公司楼下等我吗？他做这些事的时候，从来不怕我会告诉你，从来没担心过我如果告诉你，你会不再把他当朋友。因为他从来没在乎过你的友情，所以他才毫无顾忌。如果你和他绝交，他反而可以更公开地追求我。”

“这怎么可能？有多久了？从一开始？已经有半年了？我都不知道……你为什么不早点告诉我！”

“为什么？就是因为你，才让我不敢告诉你。因为你只要提到他，张口闭口他是你最好的朋友，世交，父母那辈就亲如一家。你和他从光着屁股就认识，这个世界上再没有比他对你更好的朋友。这些都是你亲口和我说过的。你们认识了二十五年。而我一个弱女子，我和你只认识一年，见面的时间加起来还不到一个月。你想知道我为什么不敢告诉你。就因为我爱你！因为我不想失去你！不想让我在你心目中有一点的瑕疵！你说过我在你心中是完美的。我怕当我告诉你，你最信任的朋友私下是什么样子，只会出现两种情况。首先，你有可能会相信我，那你就会失去一个最好的朋友，每当我们在一起你都会想起，我是那个拆散你友谊的人。你可能还会想，如果我不出现，你们可以做一辈子朋友。毕竟，你的朋友只是和你喜欢上同一个女孩，他瞒着你追求我，你可能会认为这表明他在乎你的感受，在意你的友情。总之，谁知道你会怎么想？谁知道你们的兄弟情谊有多深？这还是你相信我说的话的情况。接下来，如果你根本不相信我说的。你去问他，他会告诉你是我勾引的他，你会选择相信谁？半年前，三个月前，你会选择相信谁？”

王戈沉默不语，他必须承认，陈茵分析得很对。他刚刚并没有仔细想。正如陈茵所说，他很有可能会陷入困惑，一时不知道该相信谁。甚至有可能埋怨陈茵小题大做，挑拨离间。对于陈茵而言，只要他在这件事上，有任何的犹豫或者是对她的怀疑，作为已经受到伤害的她，都会感到心寒。

“不光你信任他，”陈茵接着说，“我也受你影响，愿意相信他内心的良善。我每次拒绝他，他都表现得很有风度，从来没有纠缠或者发泄不满。所以我从来没有因为他对我做过的那些事，去戒备他。毕竟他是你最好的朋友，我认为他做事情肯定是有底线的！带着这样的信任，我和他吃过饭，他说要到楼下酒吧喝点酒。我很抗拒，但还是在他软磨硬泡后答应了。我说去喝一杯就走，因为我睡得早。他说好，一杯就一杯。我不知道他给我喝的是什么酒，但喝完之后我就觉得头晕，感到体力不支。我让他赶紧送我回家，我真的要回去休息了。他于是扶我上了车，又把我送回家。但是我迷迷糊糊地感觉他把我放到床上后，就开始拼命地亲我。我挣扎着请他不要这样做，但是我浑身使不上力气。我记不清反抗了多久，慢慢地便失去了意识。等我再醒来的时候，发现自己赤身裸体躺在床上，我……”

陈茵撕心裂肺的哭声，击穿了王戈的心脏。王戈只觉得一阵眩晕，胸部像压了一块巨石，无法喘气，脸憋得通红，脑海中不停地循环着陈茵描绘的一幕幕画面。

王戈瘫倒在地，从喉咙里发出恐怖的嘶吼。大吼过后，他的嗓子就再也发不出任何声音。他用双拳猛烈地捶打地面，接着头也撞了上去。颤动的地板发出沉闷而恐怖的巨响。不知过了多久，他筋疲力尽，艰难地撑起身体。他用颤抖的手指打字。

“你做了对不起我的事！”

陆鸣就像是守在电话边，很快就回复：“才知道？感觉怎么样？”

“你要付出代价！”

“哈哈哈哈哈哈！”

“我要你死！我要杀了你！”

陆鸣没有再回复。王戈的世界彻底崩塌了，再也无法复原。

## 4．抉择

“这之后的一周，我的心脏上像是插着一柄尖刀，每天都承受着刀割的剧痛。我让自己强打精神，无论如何也要挽回唯一能再次把我的世界照亮的那个人。在我努力地劝说下，陈茵答应愿意试试看。但是仅仅过了三天，她就发来了最后一条信息：‘对不起，我试过了。我没办法做到。看到你，我就会想到那个恶魔。再见。’她拉黑了我和我们共同认识的所有人。我联系上海办公室，得知她早已办理了离职手续。她消失了，音信全无。”

“你的故事，令我很感动。”K紧闭双眼，万分感慨，“事情过去了那么久，报警肯定很难搜集到证据。而且你那个朋友在外人看来帅气多金，比你有魅力。人们一定会怀疑，女孩子很可能是被他吸引，自愿与他发生的关系。这样的假设，比你刚刚给我讲的故事，更像现实中会发生的。我理解了你的苦难与仇恨。像他这样的人渣，是社会制造出的残次品，应该送他回厂重修！”

"你说的没错。这个仇只能通过私了，别无他法。"

"我同意。但是毕竟人命关天，所以我必须和你做一番确认，百分百确定没有其他解决方案，只剩这一条路走，我才会动手。请你不要介意，我会再问你几个问题。"

"请问吧。"

"第一个问题，有没有可能放下仇恨？我经常想，如果这个世界上真的存在一种力量，可以改变命运为你写好的剧本，甚至战胜命运。这个力量一定来自于人的内心。内心一旦发生变化，外部世界会随之改变。陆鸣没能放下对这个世界的仇恨，即便饶他的命，在我看来他的未来是漆黑一片，看不到光明。如果你现在选择放下仇恨，你的未来或许会不同。"

王戈拼命地摇头："我怎么可能放下如此巨大的仇恨？如果我放下了，谁来惩罚他？他可以为所欲为地作恶，却不被惩罚？我不能想象活在这样的世界里。要么我死，要么他死。或者我俩一起死！"

"第二个问题，"K 不打算纠缠，他的工作不是心理疏导，他只需要了解事实，"既然你这么想他死，甚至做好了和他同归于尽的准备，为什么迟迟不动手？"

"我为什么不能亲手杀了他？我太想这么做了！这么做最能发泄我的仇恨。如果他死前，亲眼看到是死在我的手上，我内心会有复仇的快感。找别人代劳，我将不得不放弃享受如此大快感的机会。但是不行，我还有爹妈。只要想到他们即将要失去一个儿子，我就马上变成了一个废物。我恨自己不能强大起来，勇敢一点，去做一个男人该做的事！”

“一般认为，敢于对抗命运，就是意志强大。但是我很讨厌这个经不起推敲的观点。仔细想一下就会发现，接受更需要勇气。遇到无法改变的现实时，不愿意接受，才是在因为胆怯而逃避。你的实力配不上你到目前为止的好运。当一个更有实力的人出现，抢走了你的好运，这正是你认清现实的好机会。为什么不接受它，对你配不上的东西（包括复仇）放手？你心中的正义和公正，需要匹配能实现它们的实力！恕我直言，这样的实力你不具备！”K 加重语气，“从某种意义上说，陆鸣之所以敢对你做出这样的行为，是因为他知道自己有实力这么做。他有伤害你而不必承担后果的实力。”

“你讲出这番话来刺痛我，也许是想让我清醒。但是你难道看不出，选择接受对我来说也是死路吗？你认为我还能苟活此生吗？我已经死了！等着我的只剩下漫长的死亡过程而已。我控制不了越来越严重的抑郁，最终恐怕是好人早死，坏人长命。我看不到他的报应，他却看着我活成笑话！”

“照此看来，即便我不代劳，你还是很有可能会自己动手？”

“是的。人活一口气，这一口气如果他喘舒服了，我就永远不会舒服。但是我没有他那么卑鄙。我不会想出卑鄙的方法去陷害他，就像他对我的所作所为。我唯一能做的，就是和他做一个彻底的了断！”

“明白了。我只剩下最后一个问题，你要不要考虑把这份委托延后决断？一段时间以后，也许你会想通。到时候你会感谢现在的自己没有那么草率地做决定。我不会为少夺走一个人的生命而感到遗憾的。”K转过身，意味深长地看着王戈，“我希望你能明白，不必有人失去生命，才是最好的结果！”

“如果真如你自己所说，你是一名职业杀手，愿意帮我杀掉一个本就该死的人，就请你遵守约定！我的故事已经讲完，也就是说我已经支付了酬劳。”被仇恨填满的王戈，用尽最后的力气，从每一个牙缝中，挤出一声怒吼，“轮到你——做你该做的事！”

K知道事态已无可挽回，他已得到了想要的故事，天色也已完全暗下来。说来奇怪，刮了一整天的风这时居然停了。此刻的密林深处，连一丝微风也没有。周围的世界仿佛是静止的，一片死寂。王戈看着K，从K刚坐下来，王戈就觉得K身上散发出一种令人熟悉的感觉，这是某种隐藏在意识深处，每个人都能时常隐约感受到，却难以言说的，归属于永恒的本能的……王戈此刻终于找到了那个能够准确描述它的词语——死亡。

K将插入王戈颈静脉内的针管取出，王戈缓缓地倒在K的怀里。K将手按在王戈的胸口，感受着渐渐式微的心跳，不到一分钟，便永远地安静下来。和周围寂静的环境融为一体。K

起身环顾四周，再次确认没有其他人在附近。他取出手机，拨通电话。

## 5．职 业

“陆总，我反复确认过，危险性确实存在。已按照您的要求，只要不是百分百的安全，就采取最终方案。”

“问题——已经解决？”

“是的。天亮之前，会有一个‘陌生人’碰巧路过发现他，把他送往一所医院。那里有一位急诊室的‘医生’会为他开具一纸专业的‘过量运动致心脏骤停猝死’死亡证明。‘一家媒体’会率先发布报道，标题为《跑步猝死频发，又一跑友遗憾离世》。舆论会为这起不幸的意外惋惜，三天后便不再有人关注。”

“谢谢你又帮了我一次！还是那个不争气的东西！但是不管他做错了什么，我都不允许任何危险发生在他身上。我知道你会做到万无一失。但即便有失，责任也都在我一个人身上，不会牵扯到他。”

“您说得是。您知道怎么找到我。这个电话——以后就不要再打了。”

K 结束了和陆爸爸的通话。他现在要尽快赶回住处，趁着记忆最清晰的时间，把这个新的故事写下来。

## 6．故事

由建筑师王澍重新设计过的海边图书馆内，挤满了书迷和记者。畅销书作家白炎炎带着他的新书《杀手K的故事》系列第二部来到现场。新书发布会在轻松愉悦的氛围下进行到提问环节。这之后，就是今天最重要的，也是书迷们最期待的签名售书。场内和场外排队等候签名的人群躁动着，赶来的人数大大超过预期，主办方临时决定缩短提问环节的时间。

一身白衣的女主持人手持话筒，面带职业的微笑宣布：

“接下来我们还可以再提三个问题！在座的媒体和书迷朋友们，请抓紧时间提问！”

第一排穿蓝色V领毛衣的女士高高地举起手，主持人示意把话筒递给她。

“白老师好，我是《大人物周刊》的记者。在主人公K的设定上，他似乎从不问是非对错，甘心做有权有势者的代理人。请问您是怎么考虑的？”

白炎炎轻松一笑，这是他回答过很多次的问题。难道又是主办方提前安排好的提问？他无须在意。

“只要强权在，就不会缺代理人。即便不是K来做，也会有别人做。K无力左右这个社会的构成。世上有救人的职业，就有杀人的职业，有写故事的人，就有想尽办法消灭故事的人。医生会尽心尽力地救治一个病人，当所有手段用尽，便问心无愧。K 会尽力做到在规则允许的职权内，尽可能不走到最后一步。书中你也可以看到，他总是在试图拯救那些可怜的灵魂。滥杀无辜是天地的准则，不是他的。”

“谢谢白炎炎老师的精彩回答。还剩下两个问题，最后一排那个男生，请把话筒递给他。”跟随着主持人的介绍，羞涩的戴眼镜的男生接过话筒。

“白老师，您好。我的问题是，您是否认为，书中所描绘的世界，太过冷酷了？”

“谢谢你的问题。如果现实是冷色，我也没有办法加上暖色。”

“可是您写的是一个故事，并不是现实。”眼镜男生提醒到。

“既然是故事，你为什么还怕冷？我建议你待在一个暖和的地方阅读这本书。”

“可是，您想传达出一个怎样的主题呢？”眼镜男生追问。

主持人刚想干预，白炎炎挥一挥手，示意她不必。

“这是你最后一个问题，你已经多问了一个。工作人员请把他的话筒拿走。”主持人对白老师妥协，但还是有效地阻止了眼镜男生进一步破坏规则。

“‘熊出没请注意’这类指示牌可以警告你森林中有危险。熊也很好认，你看到熊就会选择逃跑，不会试图和熊讲理。但是到了人类社会里，当野兽披上人皮，你就不容易认识了。甚至会愚蠢到想和它做朋友。同样都是人命，但有些人取走另一些人的性命，就像人类踩死蚂蚁那样轻易。年轻人最容易盲信积极的口号，我想送给他们一些更务实的：不要挑战权威！不要相信人人平等！熊不可能把人当朋友！”

现场出奇地安静，白炎炎满不在乎地看着台下的听众，用手指点着第三排角落里一个胖胖的女孩。

“我看你一直在举手，有什么问题要问我吗？”

“这是今天最后一个问题，请抓紧时间提问。”主持人补充。

“我想问您，第三部会在什么时候完成？”胖胖的女孩问。

“白老师刚创作完第二部，看来粉丝朋友们觉得没看过瘾，现场催更了。”主持人说着俏皮话。

白炎炎向上推了推眼镜，镜片反射出一缕寒光，使他的眼神显露出一抹凶残。当镜片被推到合适的位置后，白老师往日里和蔼的笑容又恢复在脸上。

“最少也要再等三年。K 不是说过最近生意难做，素材太少了。”

现场在短暂的沉默之后，爆发出海浪般的笑声，紧接着是雷鸣般的掌声。大家都在为作家的幽默喝彩。

# 名 媛

晓蕊，十七岁，这是她第一次来北京。拖着行李走下火车的她，面前是像家乡的广场一样宽敞的站台。身边的旅人行色匆匆，步伐急促。一位商务人士昂首挺胸，纵身一跃跳出车厢，小跑着冲向出口，嘴里有节奏地喊着“让一让，让一让”。密不透风的人流不为所动，继续缓慢移动。

晓蕊驻足注视着这些陌生人互不相让的拥挤在狭窄的出口处。她静静地等待，直到大部队离开，才独自一人走出站台。她不喜欢人多拥挤的地方。她的家乡人烟稀少，景致迷人。走在放学的路上，她可以清晰地听到自己的脚步声，道旁小溪的流水声，树枝上的鸟鸣声。每当经过一片深邃和安静的密林时，她仿佛听到了阳光穿过层层树叶，撩动叶梢的声音。她当然知道光是没有声音的，但因为周围实在太安静，她为一束束从头顶繁密的枝叶中洒下的阳光，想象出了声音。正如电影里会为本不发声的现象设计出音效，只为迎合人类大脑特殊的思维需要。

生长在这样的环境中，培养了她自然平和的心性。她的呼吸、语言和表情，都是平和且有条不紊的。当她笑起来时，嘴角会冉冉地上扬，缓缓形成甜美的笑容。而在她刚刚抵达的这座城市里，每个人的表情都是经过千百次锤炼后形成的标准动作，只为适应各种社交和应酬的场合。这种具备了高度肌肉记忆的表情拥有极高的精准性，就像士兵的正步走，踢到了标准的高度，会马上收住。晓蕊的表情不是生硬的，还很原始，未开化，在城市的文明人看来几乎是不雅的。她从和谐共生的自然中走出，即将进入一个由偏见滋养的生态圈，这里便是人类文明的最高成就——城市。人类来到这里的目的不是为感受和谐，而是为征服和索取。

阿峰迎着她走过来。晓蕊兴奋得奔上前给了他一个哈士奇式的拥抱。阿峰比晓蕊大三岁，她叫他哥哥。她不再上学而是吵着闹着要来北京，能获得家人的最终同意，主要是因为阿峰已提前十年来到这里。家乡人对阿峰的为人都非常信任。

十年前，一个摄制组来到他们美丽的家乡，拍摄一部武侠电影，并在当地选出一些村民饰演剧中的角色。男主角是位非常有名的香港大明星，直到今天他的热度还持久不衰。阿峰被选中饰演大明星的小儿子。他们有过一段难忘的相处，每天就像真正的父子一样。阿峰从此爱上了演戏。剧组离开前，他已和工作人员处成一家人，大家都很喜爱他。一年后，他就揣着那张饰演他爸爸的大明星把他高高举过头顶的照片，来到了北京。

他被当年的制片主任介绍到艺术院校上学，开始追求他热爱的事业。过去一年里，他给电影学院的校外培训项目做助教挣钱。如果有拍戏的机会，他会毫不犹豫地辞掉工作，奔赴片场。不过他来北京后，就再也没有接到过拍戏的邀约。这便是阿峰的梦想与现实。

*　　　*　　　*

莱娜，二十三岁，她正轻轻地拨开窗帘。映入眼帘是绵延的绿色，任谁看了都会心旷神怡。在东三环能一览如此大面积绿化的小区，居住着这座城市里最富有的人。她转过身，看着还在睡梦中的欧阳丹，刺眼的阳光也没能将他唤醒。

她合上窗帘，踮起裸露的双足，轻声地走出卧室，穿过灰暗的走廊，来到宽敞的客厅。客厅的一侧是整面的落地窗，另一侧是开放式厨房。先进的冰箱、烤箱、咖啡机、洗碗机内嵌在玻璃一体柜内。昂贵的水晶杯、各式餐具，悬吊在操作台正上方。莱娜熟练地扎起头发，从冰箱里取出一颗柠檬，给自己冲了一杯柠檬水。她没有吃早餐的习惯，这杯早起的柠檬水据说能够促进新陈代谢。尽管这是她这个年纪可以不去考虑的问题，但她认为对待养生，是有必要超前十年的。

她非常害怕变老，美丽的外表是她拥有一切的前提。或者说，她现在拥有的一切，都是因为能配得上她的美丽。对她来说，只有美丽是最真实的。如果没有这身美丽，外部的一切荣华，也将离她而去。因为她已不再配得上。为争夺她的美丽而战的男人中，没有永恒的胜利者。她才是她的美丽唯一的拥有者。

厚重的镜子被华贵的金边包裹，倚墙而立。莱娜陶醉于镜中的自己，如同欣赏着画家笔下千年不朽的佳作。她扭转着玉体，偶尔踮起脚尖，抬抬香肩，轻轻地抿一口水，微微翘起唇角。姿态优雅而高贵，如同一位世袭的女王。

莱娜开始为欧阳丹准备早餐。认识他之前，她从不早起，睡到下午才是常态。她又不需要工作，她的朋友们一般只在晚上叫她出去玩，整个上午就是用来睡觉的。但是这段时间不一样，只要欧阳丹来她这里留宿，她就会为他制作早餐，不重样地变换着菜谱。因为她爱他，她愿意为他牺牲这点睡眠时间。同时，她也知道他的老婆从来不会为他做这些。只要他的老婆不为他做的，她都要做。她要赢得这场女人之间的战争。她要做他的太太。

*　　　*　　　*

今天是第六期导演培训班的结课日。阿峰带着晓蕊坐地铁返回学校，他很不好意思地和晓蕊解释：

“来不及直接送你去住的地方，我只能先回学校。因为我和这期的同学都很熟，他们中午聚餐非要叫上我。”

“没关系的，你可以带我一起去！”

“你要和我们一起聚餐？”

阿峰已习惯了城市里人与人之间谨慎的处世之道，太久没有听到这么没有边界感的要求了。不过他反倒觉得很好笑，因为这就是他所了解的那个小妹妹会讲出的话。

“对啊！我也没吃午饭。”

“可是，你谁都不认识。”

“我认识你，你可以介绍我们认识啊！”

“他们都比你大很多，你们没得聊。”

“我听你们聊。”晓蕊转守为攻，“你说你们很熟，我又是你妹妹，他们怎会不欢迎？难道你们没那么熟？”

阿峰确实和他们很熟。他做人格外有责任心，交给他的事，只要他答应了，就一定会尽心尽力，先把事情做好，经常忘记问属于他的好处是什么。在一个任何人都不情愿为他人牺牲哪怕一点个人利益的地方，阿峰的做法让各路豪杰都爱结交他这个朋友。人们发现这个少数民族的小伙子，待人是真心实意的。

过去一年，阿峰在班级里发挥的作用比老师还大。尤其在拍摄毕业作业时，他经常超时地付出，为每位同学的最终成片提供着各式无偿的协助。这让同学们对他产生了一种类似战友一般的情谊。

“好吧！你刚来，我也怕你自己吃不好。”

“峰哥最棒了！一会儿去吃什么好吃的？”

吴桢第一次见到晓蕊，就是在这次聚餐上。他正和其他同学一道，三五成群，有前有后，闲庭信步地从教室步行到餐厅。晓蕊走在阿峰的一侧，吴桢的目光跨过阿峰，好奇地观察着这个瘦小的女孩。她有着城市人不多见的被阳光晒得黝黑的皮肤，一双像希望工程宣传画女孩一样的、充满求知欲的大眼睛。最不寻常的是她出奇短的头发，因为头发太短了，发质又稀疏，头皮清晰可见。很明显，晓蕊留短发的目的，是为了在炎热的夏日里可以清凉，不是为了美观。这可不是一个人人爱美的都市女孩会考虑的理由。“真是个有意思的女孩。”吴桢暗想。

“还没给你介绍我旁边这位大哥哥，他是盛大有明广告公司的创意总监。”阿峰给晓蕊介绍起吴桢。

“那你以后不做广告了？要做导演？”

“我平时的工作经常要拍片。所以我想多学点知识，好和导演沟通。但我不打算转行。”

吴桢对晓蕊提出的每一个问题都非常细致地回答，语气柔和，富有耐心。如果遇到晓蕊听不懂的专有名词，他便马上进行详细的解释。这让他在初来乍到的晓蕊那里获得了额外的好感。

“大哥哥多大？”

“三十五。小妹妹你呢？”

“十七。”

“这么年轻？我是你的两倍！应该叫叔叔了！”

在晓蕊的记忆里，那一天她认识了很多很厉害的哥哥姐姐，世界在这一天变得好大。这也是她来这里的原因，曾经的世界太小了，她感觉自己并不属于那里。她已经长大了，迫不及待地要去到能容下她的梦想的舞台。可她的梦想是什么呢，她还没有认真思考过这个问题。她不着急。有的是时间，她要慢慢去寻找。

* * *

搅拌好的鸡蛋混合着奶油，在滚烫的锅中翻滚。莱娜熟练地用一把木质小铲将鸡蛋捣碎。她偏过头，用心看着手机里播放的教学视频。欧阳丹曾在伦敦学习艺术，今天是莱娜第一次为他做纯正的英式早餐。她心里想象着他吃到时又会像往常一样夸赞她的厨艺，用双手捧起她娇小的脸蛋，狠狠地亲吻她，就好像她也是早餐的一部分。想着想着她幸福地笑了。她又想起与欧阳丹的初次相遇。那是在一场相当无聊的私人派对上。这种派对曾是她消解寂寞和打发无聊的唯一选择。

那一天，她和号称“美食家”的娃娃刚吃完一顿丰盛的晚餐，正商量着接下来要去哪家酒吧坐坐，娃娃突然感到身体不适。

“亲爱的，今天陪不了你了。我太难受了，咱们改天再约。”

“没事的，亲爱的，你赶紧回去休息。身子要紧，我一会儿也回去了。”

莱娜盘算着，谁知道娃娃说的是不是实话。也许娃娃要去一个高端的聚会，只为不让她跟过去，就找了个借口。若果真如此，看在娃娃如此卖力地表演“痛苦”，莱娜也不打算责怪她了。如今大多数人连骗人的诚意都没有，借口都是敷衍了事。“只要过会儿别在哪个地方又让我撞到她，就不会尴尬。”之前这种事是发生过的。双方只能假装都没看到对方。

不过莱娜也随口撒了个小谎，她怎么可能才十点钟就回家。回家以后又睡不着，能做什么，漫漫长夜，要么选孤独，要么选庸俗。两害择其轻，大多数年轻人都会选择后者。她翻出手机，像这样的夜晚，她不会只收到一条邀约。她的美丽是城市里任何派对的通行证。“小 K 这边我没有什么熟人。痴痴这姐们儿太不靠谱，上次叫我过去，她自己跑去了另一个局了。海哥好久不联系了，为什么突然找我？”几分钟后，她便有了选择。

莱娜抵达这家位于工体东门内的餐厅时，一层的散客早已走光，给人的感觉是这里已经打烊了。她径直来到二层的包间，推开门。里面热闹喧哗，坐满了男男女女。所有人都很年轻，所有人都很漂亮。她迅速对一屋子人进行面部扫描，有两三个她认识，还有一个刚演过几部戏的男演员，她在之前的一个生日聚会上见过他，但他应该不会记得。今天人少，如果互相认识了，就当作是初次见面吧。

“莱娜姐，我还以为你不来了，我们都吃完了，正要去十四酒吧。”

“濛濛——亲爱的，姐姐可想你了！”

她最后选择来濛濛这里，是因为濛濛比她小，这是一帮小朋友的聚会。她不想去那些她是最年轻的场合，应付大哥大佬们太累了。她今天只想找一群人陪她，最好是她有资历坐着不动摆烂的，她就看着其他人玩耍。

十四酒吧上周才开张，开张时盛大的开幕派对上，莱娜就已经来过。这伙小朋友今天才是头回去。几个有钱的小子，已经定了开业那晚首富慧少爷待过的那间金色包间。不愧是近来人气最火的夜店，才十一点多已经人贴人了。莱娜一行人被一个帅气的侍应引领，穿行于人群，鱼贯进入包间。舞池中的众人注意到这伙新到的漂亮人们，投来了关切的目光。夜店里人们的好奇心是很难抑制的，越是那些匆匆钻入昂贵包间的人，人们就越想探知是不是又来了哪个有头有脸的公众人物，或是哪位富家的公子或千金。

很快，漂亮的酒瓶和漂亮的酒杯就摆满了茶几。包间内全部被包裹成金色，顶部悬挂着金灿灿的水晶灯，一整面的镜面墙壁，茶几也是厚重的金色玻璃材质。莱娜隐约记得外国好像有个挺出名的地方叫金色大厅，还有个什么地方被叫作镜厅。虽然她都没去过，但如果合体一下，就应该是这里的样子吧。

一男一女两个侍应生笔直地站在门的两侧。这真是个周到的安排。客人里有男有女，遇到任何突发情况，两个性别的侍应可以照顾到最隐私的需求。两名侍应也都长了漂亮的脸蛋，如果脱下工作服，和客人们没有分别。但他们在工作中表情庄重，就像是两件摆设，不似活人。

才几分钟的工夫，这些大部分今晚才相识的年轻人，已经看起来像是认识了多年的密友。他们围在一张酒桌前，玩起了带有大胆惩罚的行酒游戏。所有惩罚的实质都是调情和暧昧。莱娜一坐下，就不想再站起来。有这么多人在她眼前晃来晃去，今晚肯定是不会孤单和无聊了。男侍应将金色的托盘递到她面前，她娴熟地提起一杯香槟。在众人一波又一波的举杯祝酒中，她漫不经心抬手配合着。

“一起来玩儿啊！”濛濛在不远处朝她招手。

“累了！坐会儿。你们先玩儿。”

莱娜转过头，发现有一个男生居然和她一样，跷着腿陷在沙发里，饶有兴致地看着其他人狂欢。她看了眼四周，屋里就只有他俩还坐着。这个男生斯斯文文，穿了一身完全看不到品牌标识的黑色衣裤，脚上的一双黑色休闲鞋，同样看不到任何品牌商标。习惯了用穿着给人定价的莱娜，一时搞不清此人的身价。但也解释了为什么莱娜一开始没注意到他。他穿得也太素了，一点不像是出来玩的。

莱娜在他面前晃了晃手中的香槟，“怎么不过去玩儿？”正在愣神的欧阳丹，看到了莱娜递到面前的酒杯，赶忙也从桌上拿起一杯，和她轻碰了一下。他今年才回国，之前的八年一直待在英国和欧洲。今晚他本想吃完饭就离开，但听到朋友说要来一家国内装修最新潮的酒吧。出于职业的敏感，他也想来看看，打算坐上十分钟，不让朋友觉得没面子，就可以离开了。欧阳丹望着眼前这个满脸机灵劲儿的女孩，嫩粉色的蕾丝裙，香槟色的薄纱披肩，栗色的长发，白皙的肌肤，精致的五官，巴掌大的脸蛋。

“你是明星吗？”

“干吗这么问？”莱娜一时猜不透眼前这个男人是不是在撩她。如果是，这个开场白也太俗气了，她忍不住大笑起来。

“我的朋友和我说，今晚会来一个明星。”

“要么是你朋友一开始就在骗你，要么就是他约了，人家不来。你很想认识明星吗？我认识很多，下次给你介绍。”

“不用不用，我太久没在国内了，对大家喜欢的明星都不认识，怕认不出很失礼。不过如果他没有骗我，今晚确有一个明星。只可能是你！”

莱娜用余光扫了一下屋里那些各具风韵的小姐妹，还有那个一直很招男人的濛濛，她现在可以确定——他是在撩她！

他们没聊几句话，就被不远处闹腾的年轻人打断。伴随着一阵刺耳的玻璃破碎声，只见两个侍应生正处惊不乱地蹲下身，捡拾地上的酒杯残骸。女侍应对着耳麦说着什么，不久就有人拿了新酒杯进来。莱娜出神地看着侍应生利落的动作，他们的冷静与周围人的癫狂，对比强烈，颇为有趣。等她回过神，就看到一个男生只穿一条内裤，站在桌子上手舞足蹈。这是那些惩罚游戏的后果。濛濛和另一个男生正抱在一起亲吻着。另一些人在相互拉扯着，扭捏着，荡笑着。有个娇小而丰满的女生正被三个男生围在中间，肆无忌惮地骚扰着。她肯定是这类场合的新人，还不掌握抵御侵犯的技巧，在进退维谷中被男人们占尽便宜。这一幕让莱娜想到几年前的自己，她也曾是那个被羞辱的新人女孩。如今只是换了人，不变的恶心戏码。她心中升起一阵厌恶，不想继续待下去了。

莱娜起身告辞，不出意外，欧阳丹表示自己也要走。两人站在嘈杂的夜店外，莱娜等待着欧阳丹接下来的邀约。他果然开口了。他们又去了几个地方，一直聊到快天亮。然后一起去最早开门的早餐店吃了早餐，他才送她回家。这场男女之间的感情游戏，从一开始就是一条明线。两人都没有掩饰对彼此从第一眼就生出的好感。唯一不寻常的是，他们似乎都动了真情。

欧阳丹是莱娜从未遇到过的类型，她被他身上艺术家的气质吸引，简单来讲就是脑子里有东西，同时外表又好——大多数人不会兼具两者。他大她五岁，是一名装置艺术家。当他还在伦敦皇家艺术学校读书时，就已崭露锋芒，成为该校首个获得毕业设计第一名的中国人。

他在英国稍稍获得了一些认可，便被国内一家运动品牌发掘，邀他回国做联名。最初他还在犹豫要不要答应，担心自己在艺术上还未脱学生气，需要再历练。但当他选择接受邀约之后，意想不到的事情发生了。合作获得了巨大的市场成功。名利兼收！

他的人生轨迹被彻底改变了。国内的喧嚣与繁荣震撼了他。对比他在英国时清苦的学习生涯和激烈的竞争，以及长时间默默无闻的境遇，国内几乎是一夜之间把他用火箭发送到了太空。他收到了多个艺术展的邀请，商业合作更是应接不暇。随之而来的是媒体的专访与接连报道。他还参加了一个年度人物的颁奖。他迅速跃升为年轻艺术家的代表。似乎他的出现，正好填补了这一国内空白。如果晚一些，这个空白也许会被另一人填上。但现在是他在这个位置上，也就容不下其他人了。太快了，这一切发生得太快了。他该如何适应这突如其来的荣誉、成就，还有财富？实际情况是，他没法适应。他急需一套新的人生哲学，以前的那套明显跟不上变化了。

他曾经为做一个项目，要经过长时间的冥思苦想，测试环节往往需要几个月甚至一年。这样的时间周期明显不再适用了。国内做什么都要求快。他曾坚决反对快，担心着急提出的想法会被人诟病，更加经不起时间的考验。可是现在，他随便想出的点子，都会得到百分百的好评。是他真的有这么好吗？他必须尽快接受这个新的现实——他就是这么好！他一直这么好！只是那些欧洲佬太没眼光，险些耽误了他的才华！

生活中，他有了全新的朋友圈。他结交了很多喜欢他设计的富家子。他的联名产品，他们照单全收。他们请他吃饭，邀他同游，听他讲在英国的经历，谈论他的创作灵感，参观他的工作室，欣赏他的设计稿，争着与他合影，然后给他介绍更多的新朋友认识。他与他们刚接触时，是有些心虚的。毕竟他的家庭只能算中产，这些新朋友都是继承者们。但很快他就发现，担心是多余的。他们虽有钱，对他却尊崇有加。他们有钱，而他有名。原来这两者在社会上是等价的。他们慕他的名。他们的钱，买不到名。他有他们没有的。自此他便不再心虚，甚至开始觉得他是高于他们的存在。他是米开朗琪罗，是罗丹。他将不朽，而他们只是时间中的尘埃。

他有一个高中时就和他在一起的女朋友。回国前不久，他们在英国举行了婚礼。曾经，他在国内只上了一年大学，便突发奇想地跑到了英国。就是这个叫杜莹的女孩，为了能和他在一起，只过了一年便放弃了自己正在读的学位，追随他的脚步来到英国，奔赴了爱情。

毕业后，他又马上开启了自己的事业，她便主动放弃自己的专业梦想，一心辅助他。他在国内的工作越来越多，她就自觉地做起他的助理，帮他洽谈业务，签合约和安排行程。他曾经觉得她是最好的，能娶到她是他的幸运，他们形影不离。她曾经是他在生活和工作上唯一的支持者，他的才华唯一的认可者。

但那些都是曾经。如今他的世界变大了。他有着出色的外表，高级的品位，和自带光环的艺术家身份。应酬所及，女孩子们都会主动靠近他。他一开始要求自己忠贞，但内心痛苦而挣扎。他的那些新朋友们，及时地为他提供了新的思想。他们出于对他的关爱，劝他必须接受这样一个事实：一个有才华的人，理应得到更多。如果一个有才华的男人，一生只被一个女人爱过，那他的一生是悲哀的，无异于是一种资源浪费。他也终于参透，从此不再拒绝诱惑，约会起不同的女人。

他的才华让他有钱，有名，被女人爱，这本是件好事。但最近这段时间，他却感到丧失了目标。直到这一晚，他遇到了莱娜。看到她的第一眼，他就被她吸引。她的美丽，与他的才华，简直是最佳的匹配。她就是他一直在寻找的目标。他们认识后，莱娜给他带来了前所未有的快感和满足，让他感到之前的苦没有白吃。莱娜便是苦尽甘来之时，上天给予他的奖赏。

和莱娜比起来，杜莹从来就没有漂亮过。他俩只是太熟悉，太了解彼此。杜莹为他做过的每一次牺牲，于现在的他看来，都不再称得上是一种牺牲。恰恰相反，是杜莹的运气着实太好了，太令人羡慕了！因为她一开始就遇到了他！他的才华使他能独自一人缔造神话，顺便也成就了杜莹的美好人生。所以他并不欠她，反而她应该感谢他！

这套全新的人生哲学，与他当前正在经历的人生高度匹配。他很开心自己又重新获得了知行一致。欧阳丹能够对自己的大脑进行如此翻天覆地的重塑，并非依靠任何超能力，也不需要靠失忆，只需要足够的自大。

* * *

晓蕊在阿峰的安排下，和一个年轻的女演员妙妙成为室友。妙妙也成为她在这个陌生城市里第一个好朋友。

“峰哥把你交给我照顾，你以后不用和我客气。”

“你盯着我看——在看什么？”

“你真是一个美人的胚子。你自己知道吗？”妙妙接着道，“别介意，做演员的习惯，喜欢研究人的模样和骨相。你今后要做什么？想做演员吗？”

“还没想过，只想出来见见世面，学习新东西。峰哥是个好演员吗？”

“我只能说——他很热爱表演，是真的热爱。”

“那你热爱吗？”

“不爱为什么要干这行。妹妹，我看你这么多问题，也别急着找工作了，姐姐带你多出去看看。”

妙妙遵守了承诺，带着这个新认识的小妹妹去了各式各样的局。但受妙妙本人职业的限制，大多数她参加的局都集中在娱乐圈。北京是一个有圈子文化的城市。每一个圈子对于外面的人来说有多难进入，被大多数人实际上是低估的。圈内人为一个外来者设置的那些看不见的严苛标准，比机关单位的政审还要严格。虽然阿峰来北京十年了，而且少年时就出演过大荧幕，但是他依旧徘徊在他热爱的圈子外围。妙妙则不一样，她当然天资很好，也勤奋，但更重要的是，她毕业于那所在演艺圈拥有垄断地位的院校，属于根红苗正。她的演艺之路注定比阿峰顺利。但是能否完成那关键性的一跃，还要看她把握机会的能力。

过去的几个星期，晓蕊对演艺圈的局风开始有所了解。她发现一个有趣的现象，每一场她参加的饭局或聚会，男女比例要么是相等，要么是女比男多，从未出现过男比女多的情况。有几次刚去的时候明明是男多女少，男人就会要求现场的女生再摇几个女伴来。所以每次晓蕊都能认识些新朋友。她也被带去过一些严肃的商务饭局，这时候男人之间会谈很多高深莫测的话题。她也遇到过大明星和大老板，一般妙妙都不会提前跟她说会有谁在。她后来了解到，妙妙其实也不知道会遇到谁，她自己也是被人临时叫去的。

局上的人总在流动，有人来，有人走。更奇怪的是经常一顿饭吃下来，男人只和男人说话，根本不理被叫来的女孩。但是女孩的存在却是极其有意义的，这个意义刚刚已说过了，男女比例一定要平衡。晓蕊慢慢发现，在那些严肃的商务会谈上，她和其他女孩的作用就和餐桌上的鲜花一样，是漂亮的陈设。男人们肆无忌惮地大聊商业机密，明星八卦，行业猫腻，阴谋阳谋，暗箱操作和内幕交易，从不担心这些和他们一起吃饭的女孩会把消息传出去。晓蕊积攒了一肚子问题，终于忍不住要问问妙妙。

“你们圈子的人都好有钱。”

“为什么这么说？”

“每次叫我去，不是五星级酒店，就是连名字都没听过的豪华餐厅。我看到菜单的价格都吓死了。”

“请客嘛。档次不高，他们没有面子。”

“他们请我们这些不相关的人去，有时候只有两三个人是真正有事情要谈，其他人都是去陪吃的，也是为了面子吗？”

“为了开心。人多才开心嘛。”

“不管他们目的是什么，我吃到不少好吃的！”

“你比来的时候肉乎多了，一看就没亏了吃。姐姐对你好，有好吃的就叫上你。”

晓蕊已经看明白，妙妙叫她去不只是对她好。能找来新鲜的、漂亮的女孩子，是一项任务，有时候甚至是功劳。有个随叫随到的小妹妹，妙妙每次都能完成任务。更重要的是，晓蕊不是圈里人，对她的资源没有威胁。她可不是一个乐于分享的人。

通过这段时间的观察，晓蕊发现妙妙基本上没有朋友，现在和她关系最近的就是自己。可是晓蕊也说不清自己算不算她的朋友。晓蕊一直有种感觉，妙妙在酝酿着一个大计划。她观察到，妙妙每次聚会时，都会主动地和一些人接近，主动给一些人敬酒。对其他人则视而不见，其他人若主动搭讪，她便几句话搪塞开。妙妙想接近的人一旦离开，不一会儿她也会跟着离开。妙妙从不在一个聚会上待到结束。同一晚，不同地点，有着不同的聚会，晓蕊有时会被妙妙遗忘在上一个聚会。参加聚会对于妙妙来说，就像是在工作。就在她们这次谈话的几天后，那个重要的日子就到来了。

这一天，从起床开始，妙妙就一直特别地兴奋，也可以说是紧张。总之她无法在一个地方安静地待一会儿。晓蕊躺在床上，看着她在屋里窜来窜去，埋着半个身子在衣橱里翻来倒去的。

“我是不是没有合适的衣服？”

“什么合适？你没有变胖啊。”

“没问你，我在自言自语。”

妙妙想通过和晓蕊说话来缓解焦虑，却又不知道能说什么。突然间她仿佛得到了灵感，急忙掏出手机，拨通了电话。

“小齐老师，帮帮忙吧。难得求你一次。”

妙妙挂了电话，随手抄起一只挎包，手忙脚乱地冲出房间。妙妙的反常举动引起了晓蕊极大的兴趣。她立马从床上翻下来，脸也来不及洗了，套上一件宽大的体恤，追着妙妙跑了出去。她一直都是妙妙身边的小透明，只要她想跟着，妙妙从来没有拒绝过。

她们很快就打车来到了著名的 S 商场门口。在巨幅的夏奈尔广告牌下，一个染着灰白头发，穿着超尺寸衬衫，貌如女孩子的男生在向她们招手。小齐的声音是晓蕊听过最温柔的。一见面，他就语重心长地安慰起内心不安的妙妙：

“宝贝别担心，交给我了。他喜欢什么风格，我最清楚。上个月拍封面，就是我帮他选的衣服。”他故作神秘地趴到妙妙耳边，“我和你说，他亲口说过，最喜欢女孩子穿的牌子就是……”他用手指了指头顶的广告牌。

“太贵了。你知道的，我都几个月没接到工作了。”

“都说了包在我身上！它家每年的新款会被其他品牌抄个遍。这楼里就有几个牌子，款式模仿得惟妙惟肖。夏奈尔女士本人说过‘时尚易逝，风格永存’。我保证你的风格比她家客人还正宗。”

看专业的人专业地做事，是一种享受。一家平淡无奇的服装店，普通人完全看不出其中的奥妙，但小齐的眼睛扫过去，必能发现一两件惊喜。当这些衣服上身后，每每呈现出意想不到的绝佳效果。妙妙一个劲地惊呼太好看了。小齐却始终默不作声，若有所思地打量着他的作品，时间凝固几秒钟后，他摇摇头，给出不容置疑的指令，继续选！晓蕊满眼崇拜地看着小齐的举手投足。他拥有独到的眼光，并且深爱自己的工作，对结果有着不容置疑的标准。妙妙真是找对人了！

"宝贝，我看我必须要好人做到底了。虽然你只让我帮你选衣服，可是你瞧瞧你，这头发，这妆，这皮肤，这指甲。不是我说的，光给你搭一身衣服，我没法对自己交代。你考虑一下吧，今天把你全部交给我好不好？"

妙妙点头如捣蒜。

"他的时尚品位是真好。我可以负责任地说，男明星里不用造型师帮忙就能穿出国际水准的，他是唯一一个！"小齐为了保护妙妙好不容易建立起的一点点信心，张开双臂抱住她，"今晚有我在，你不用担心！我有信心——他一定看你一眼就忘不掉！但是如果你们真的交往了，你今后每次出门前，都需要问我的意见。不可大意。不可以怕麻烦。我会给你保驾护航的。"

"小齐老师——你怎么对我这么好。"妙妙感动得要哭出来，"我如果每次都麻烦你，你怎么可能总有时间？"

“瞧你说的，如果你们真的……那你的身份还会和现在一样吗？造型师只有和女明星合作才能出头。现在找我的都是男明星，这样下去我出不来的！我一直看好你。很多女孩子有条件，没心思。有心思的，没条件。你都有！我和你一样，在等这一天！今天是我和你一起加油的日子！”

妙妙和小齐相视一笑，两人在这一刻已成为彼此一生的知己。

而对于晓蕊来说，这是她大开眼界的一天。她跟随他们走进了高档的美容店，美甲店，美体店，美发店，这些都是晓蕊从未来过的地方。呈现在晓蕊面前的是一个“美”的世界，一条巨大的与美相关的产业链，这里有着上千种琳琅满目的只为使人变美的产品，上百种为美服务的岗位。这扇美丽产业的大门，今天第一次为她打开。她只是匆匆一瞥，就爱上了。

在小齐的细心指导下，妙妙终于完成了美丽升级。小齐这才把她带到商场的一层，领进大品牌的专卖店。小齐为妙妙详细介绍着每一个品牌的历史、经典的款式，甚至是不足之处。晓蕊分不清小齐讲这些是为了妙妙今晚能用得上，还是因为他太爱这些美丽的事物了，抑制不住地想要表达出来。

进入每一家店，他们三人都得到贵宾级别的礼遇，几个店员会同时围在他们身边，为他们奉上茶点，取出新到的限量产品。晓蕊看得出，店员们都认得小齐。他每次不是陪同明星前来，就是为明星而来。店员因此知道，小齐的客户必然是他们的大客户。

已经脱胎换骨的妙妙现在俨然是一个大明星，让众店员更加不敢怠慢。晓蕊突然感到自己和妙妙的距离远了，她从未羡慕过妙妙的美丽，也没关注过自己到底是否美丽。但今天，她觉得妙妙好美，她甚至有些嫉妒。她第一次感受到因样貌而产生的自卑。曾经就爱紧跟在妙妙身边的她，现在却不想走在她身旁。他们三人的组合，就连她自己也会认为，是明星、造型师和助理的关系。她就是那个最卑微的助理。妙妙不是她的朋友，不是她口中的姐姐，她也不是妙妙的妹妹。妙妙是主子，她是丫鬟。这才是她们之间真实的关系。今天她看破了这层真相。妙妙从来没有重视过她，妙妙未来是要做大明星的，而她只是一个无足轻重的小女孩。为什么她每次要跟着妙妙的时候，妙妙从不阻拦，因为妙妙根本不在意她。

虽然看破这一切，但并没有令她沮丧。因为她在今天的收获更大。就在今天，她收获了一个天大的秘密，原来一个普通人可以在转瞬之间成为人上人！她曾认为这两者之间有着一条无法跨越的鸿沟。但今天之后，她找到了能够跨过这条鸿沟的力量。她已亲眼见识到——美丽的力量！

小齐把妙妙带到了夏奈尔的门口，拉住了妙妙的手。

“我已经为你节省了不少钱。但是你现在必须要买一个包包。不可以是二手，因为那里只有旧款。你今晚要背的——是一只最新款！挂上你的电话后，我马上让店里给你预留了。它是今年时装周的走秀款，他作为嘉宾被邀请到巴黎观看过。你会是他回国后见到的第一个背它的女孩。他的女友，一定是那个最早背上最新款夏奈尔的女孩！你背上它，他即使还不认识你，心里已经在渴望你了！”

“我买！”妙妙用坚定的眼神告诉小齐，他绝对没有看错人。

事后回想，那天晚上，许晨旭是有可能不出现的。临时有事，突然变卦，身体不舒服，消息不准确，有一百种的可能，她遇不到他。再加上一百种的可能，他没有被她吸引。但是，她为了那万分之一的可能，拼上了全部。

之后发生的事情比想象中还要顺利，他不仅来了，而且还主动走过去和她认识，这是她梦里也不曾设想过的场景。那晚，妙妙又一次提前离场了。和以往不同的是，他是和她同时离开的。两年后，当他们正式官宣时，晓蕊才从新闻上获悉，那一晚他们就在一起了。

到晓蕊决定离开北京的时候，妙妙已经是一线明星，他们宣布了婚期。在那场半个娱乐圈都参加的盛大婚礼上，许晨旭和戚佳妙，互相交换了厮守终身的爱情誓言。晓蕊常常在想，他们之间，是真的爱情吗？她永远不会知道答案。晓蕊其实一点都不了解妙妙。妙妙的职业是演员，该如何判断她什么时候是真实，什么时候是表演，尤其当她是一名优秀的演员时，答案是——不能。

是晓蕊先搬走的。一份新的工作为晓蕊提供了离单位很近的宿舍，她终于找到了自己热爱的事业，决定投身其中。那段时间，妙妙正在和许晨旭热恋，所以很少回家。当然这些都是晓蕊在两年后才知道的。当时的妙妙守口如瓶。晓蕊走的那天，妙妙并未赶回来为她送行。她们此后再也没有联系过。

*　　　　*　　　　*

十月份的伦敦可以是很冷的。莱娜与欧阳丹手牵着手穿过摄政公园。他今天答应带她去他在伦敦最爱的地方。他在上学时去过那里不下五十次。是什么地方，欧阳丹卖了关子。

“没想到你会是带我来英国的那个人。”

“难道还有其他男人答应过带你来？”

“讨厌。我一直很喜欢英国，但又不会英语。也不想跟着土里土气的旅行团一起。”

在异国他乡，两人的身体靠得更近了。他们可以不被国内的压力打扰，自由地享受甜蜜。他们已经在伦敦一周，再过两天就要回国。在这段时间里，欧阳丹带她参观了自己的母校，去看了埃利亚松在泰特美术馆的个展，游览了著名的皇家景点。

莱娜觉得时间过得好快。这些地方对欧阳丹来说都是故地重游，他做起莱娜的专属导游。购物环节当然少不了，安静整洁的邦德街，又老又新的哈罗德，都能让莱娜满载而归。与以往购物时莱娜参考时尚杂志的建议不同，欧阳丹只爱低调的冷色。他为莱娜选的衣服不会超过三个颜色，黑色是最多的。莱娜不爱穿黑色，穿了黑色，谁还会看她。那是适合做背景的颜色。欧阳丹却告诉她：

“我们拥有眼睛的初衷不是为看自己，是为看精彩的世界。穿的花哨是为把所有目光都吸引到自己身上，自己也就慢慢失去了关注世界的能力。黑色让我们不被注意，甚至拒人之外。这样我们就有更多精力探索外界，从而得到更大的快乐。”

“这不像我认识的你。在国内，你总希望自己更有名，被更多人看到。”

“好像真是这样的。我也觉得奇怪，一到英国，我好像又回到以前做学生时的感觉。”

“那是什么感觉？”

“感觉自己什么也不知道，只想不停地学习。”

“但是你在国内好傲慢的。一副高高在上的样子。”

“你更喜欢哪个我？”

“现在这个。”

“为什么？”

“因为我在国内认识的人里面，有钱的会傲慢，有权的会傲慢，有名的会傲慢。你如果也傲慢，那岂不是和他们都一样？我喜欢你独特！”

“我以为我就是独特的。但听你这么说，我好像一点也不。”

“你现在就很好啊。这一周你带我看了不一样的世界，也看到了不一样的你。”

车停在了大英博物馆的对面，莱娜一下车就看到这座气势恢宏的建筑。

“这就是你要带我来的地方？”

“是的，我保证你会和我一样喜欢这里。”

“会比哈罗德还喜欢？”

欧阳丹神秘地笑了笑，拉着她穿过马路。

“这是什么？”“那又是什么？”莱娜兴奋得提着千奇百怪的问题，欧阳丹疲于应对，很多问题他也答不上来。

严肃的，好笑的，恢宏的，细腻的，粗糙的，原始的，坚固的，脆弱的，完整的，残缺的，金灿灿的，灰突突的，莱娜目不暇接地游荡在偌大的展厅内。她被中国馆精美的瓷器所吸引。看着这些美到窒息的艺术品，她突然哭了。

“怎么哭了？”欧阳丹关切地问。

“我不知道，我控制不住，是不是因为它们实在太美了？还是因为它们既美丽又脆弱？我也说不清。但是我感受到一股力量，这力量让我很想哭。”

“你什么都不用说。我懂。我每次来到这里也能感受到这种力量，虽然说不清道不明。”

莱娜这才注意到，欧阳丹如果不是被她的哭泣声打断，他正绕着一只元代的红釉碗转圈，专注地研究着它。自从进到这里，欧阳丹就仿佛又做回了那个，一到周末就拿着小本子，带好干粮，来这里度过一整天的艺术生。在这里，他的浮躁、自大，都不见了踪影。他变成一个只有在学习和创作中，才能获得生命和享受的艺术家。

莱娜不敢出声，默默地跟着他，尽量不去打扰他。这一刻，她很爱他。

为什么他偏偏是属于别人的。莱娜不想接受自己正在和别人分享同一个爱人的现实。杜莹在她之前认识的欧阳丹，这只是一个简单的时间问题，不应该成为摆在她面前的障碍。她对自己的美丽有信心。欧阳丹说过，他的才华让他理应拥有更好的一切。莱娜毫不怀疑她对于现在的欧阳丹而言，就是那个更好的。

如果不是杜莹的父亲突然生病，她要回家探望，如果不是欧阳丹在英国的经纪公司希望他能回英国看几个项目，这次偶然的伦敦之行就不会发生。与欧阳丹交往的这段时间里，莱娜被他潜移默化地影响着。莱娜的改变是谁都看得出的。她现在的穿衣风格以黑白为主，头发的颜色也染回纯黑。吊诡的是，这让她的时尚魅力不降反升，美得更加出众了。周围的朋友都不理解莱娜是如何做到的，她们只有羡慕，不敢跟随。

当姐妹们依旧爱逛商场时，莱娜却爱上了参观各种博物馆和艺术展。虽然在莱娜的朋友们看来，她只不过是先于她们发现了一些新的拍照打卡地点。莱娜逐渐喜欢上了这个新的自己。“我已经很美了。今后我要多看看这个世界。”她把欧阳丹对她说过的话，当作新的人生观践行着。

即便是对于她最爱的夏奈尔，莱娜最近也有了些新的看法。她曾经认为，即便是再普通的一个人，只要背上一只夏奈尔，就会从人群中脱颖而出，成为与众不同的焦点。但是她最近再看到夏奈尔时，看到的却是平庸、趋同和毫无个性。

任何人只要背上一只夏奈尔，这个人自身就消失了！众人的目光只会追随她身上的夏奈尔。不管她本人是年轻或年长，胖或瘦，衣品好或差，都不重要。她变成了那个“背着夏奈尔的女人”——她是谁不再重要。莱娜不想再继续依附于其他外物。她想让自己变得重要起来。

从英国回来一周后，莱娜突然就联系不到欧阳丹了。她发过信息也打过电话，但都找不到他。某天深夜，她收到了他的一条信息：“出了点事，等我联系你。”之后又是漫长的等待。

他们还从来没有过这么长时间不联系。之前的每一天，他们都会互发信息，互诉思念。“到底发生了什么事？他为什么不能告诉我？”莱娜除了瞎猜，也做不了其他。直到欧阳丹再次约她见面。

"你这一周去了哪里？"莱娜看到坐在对面的欧阳丹一脸阴沉，迟迟不开口讲话，心中很是烦闷。

"杜莹的爸爸突发脑出血。她一开始就知道回去是见他最后一面。但她瞒着我，为了让我可以在英国安心工作。我去参加了葬礼。在英国婚礼那天，她爸握着我的手说，'有你在，我可以放心了'。这次回她老家办丧事，我又梦到了她爸，他在梦里还是对我重复着这句话。"

欧阳丹用表面的平静掩饰着内心的恐慌。这一周来，他每一天都在经历这份煎熬。他和莱娜之间正在发生的——和他之前所有的纵情都不一样。在莱娜之前，他为探索米兰·昆德拉口中'每个女人之间那百万分之一的不同'，进行着简单而重复的游戏。莱娜的出现，彻底改变了这个探索游戏的走向。现在他作为一个普通男人，一个结了婚的男人，正在纠结这两份感情孰轻孰重。如果对杜莹是爱，对莱娜也是爱，这两个爱有什么不一样吗？爱能分出高低吗？如果爱情和商品一样，可以用价格标出高低，该多好。选择会变得容易。

他承认自己贪心，可是他有世间难得一见的才华，还不能名正言顺地贪心吗？他刚刚登上那本著名杂志的封面。封面一年只有十二期，只有十二个人能登上，他就是其中之一。这还不能证明他不是一个普通人？怎能用普通人的标准要求他？他既然如此独特，世俗的规则为什么不能为他破例？

莱娜让欧阳丹在她和杜莹之间马上做出选择。

“现在还不能离婚。”

“为什么？”

“她又没做错任何事，我没有理由和她离婚。”

“我做错了什么？为什么我要忍受。我知道她，但她不知道我，她比我幸福。”

“你知道她，你还在爱我，不离开我，这证明你比她更爱我。你不是总说，要比她更爱我吗？”

“更爱你！就必须承受更多吗？”

“我也在承受！你觉得我在你们两个中间，很好受吗？”

“你有一个可以好受的办法。选一个！”

欧阳丹低头不语。

“不逼你了，但不能一直拖下去。你需要做出选择。三哥已经在怀疑我了。”

听到三哥这个名字，欧阳丹瞬间呆住，像丢失了魂魄。

“三哥不是向来都很相信你吗？”

“我这么说是不想给你压力。我知道你怕被他发现。我怕我说了，你会再不敢来见我。我最近一直想各种办法逃避他的追问，我已经快没招了。他比你爱我。如果可能，我愿把我的全部都给他，但我没法做我的心的决定。如果我能让我的心听话，我一定不会让它爱上你。三哥比你对我好百倍。”

欧阳丹如死寂一般，他知道莱娜身上的、家中的、生活里的一切，都是三哥给的。欧阳丹这一年里，是挣到了些钱，但他还养不起莱娜。

“三哥一定是察觉到了什么。她上周居然主动带我去看房，就在长安街边上。你知道我有多喜欢那套房吗？窗外的景色实在太美了，可以清楚地看到皇城。那套房要五千万。他看我喜欢就要付定金，却被我拦住了。那天的房产中介一共受到了两次惊吓。第一次是三哥表示这套房是买给我这个二十出头的小姑娘，第二次就是我说我不要！我不要的原因，就是因为你！我不能爱着别的男人，却继续让他为我付出更多了！”

欧阳丹浑身出着冷汗。不是因为有人要来打劫他或者伤害他，是因为他意识到了自己的渺小和穷酸。在绝对的金钱优势面前，他直不起身，抬不起头。

“我这种艺术家，谁知道能火几年，如果明年我不火了，可能一分钱挣不到。我的工作室是和杜莹一起注册的，当初让她占了七成股份。我如果离婚，和净身出户差不多。而你如果离开了三哥。到时候咱俩怎么过下去？”

“我可以开直播挣钱。只要你选我，我可以不要现在的生活。”

“你疯了！我认识你的时候，你不是这样的！”

“为什么我不选钱就是疯了？只要钱才是疯了吧！”

“你千万不要冲动，我会给你答复的。给我点时间，让我好好想想！”

“我等你！但是不能太久。”

*　　　　*　　　　*

这家男装店的位置就在晓蕊跟随妙妙去过的 S 商场的三层，品牌主打高性价比的设计师风格。虽然开张不久，但依靠黄金的地段，业绩很快做到全市第三。作为店长的高菲，今年承担着巨大的业绩压力。她的目标是在年底时做到第一名，这就需要把销售指标层层分摊，年摊到月再摊到日，团队目标摊到个人。

面对激增的工作量，她不得不新招募了三名店员，这其中就有晓蕊。晓蕊是新人中最年轻的，且没有任何销售经验。但是晓蕊在面试时的心直口快，被高菲一眼相中。这令她想到了自己。高菲在品牌创立之初加入，她一贯“我口说我心”，得罪了不少人，公司里的敌人比朋友多。她凭借工作能力强，一直得到老板的支持。但是熟知职场潜规则的她很清醒，她很难再高升，最终的结局一定是离开。

她今年正好三十岁，以她的个性，再去其他地方，也不会待得舒服。这里至少人熟是宝，大家敬她三分。如果去到新环境，她更难立足。因此这一年她不光要力争实现对公司的承诺，也酝酿着自己的小目标。她要为自己找到今后的出路。既有此打算，她便开始留意身边的可用之人，储备日后之需。

高菲的这些心思，晓蕊当然不会了解。在她的眼里，她的第一份工作的第一个老板，是一个不通人情的工作狂，资本家手下冷血的监工。面对越来越严苛的管理规章，导购们私下里早已是怨声载道。

“当班期间只能去一次洗手间，时间不允许超过十分钟，她是魔鬼吗？”文文的一句话，打响了新一轮吐槽大会的序幕。

可儿马上接龙：“工作期间只准站着，没有客人时也不能坐，真的有这个必要吗？”

“你俩有没有发现，昨天你们吐槽的也是这两件事。”晓蕊想让她俩放松下来，毕竟今天是商场的店庆日，稍后会非常忙。

文文，可儿，晓蕊，就是那三名同期生，她们已经入职半年，成功地结成了姐妹同盟。店里的老人一个比一个狡猾，她们见到这三人只敢毕恭毕敬，绝不能吐露真言——拿不准哪个是店长的亲信。只有她们三人之间相互信任，可以倾诉彼此的秘密。

秘密最多的要数文文。最近两个月里，她已经私下和三个客户出去浪漫过了。他们都是金卡会员。店长已经为业绩杀红眼，万一文文私下和这些大客户吵架甚至闹掰，他们跑去别的店消费，那店长怕不是要杀了文文吧。多一事不如少一事，晓蕊和可儿既然这么想，就一直替文文打掩护。这晚她们仨一起清点完库存，相互挽着手臂走出商场。其实整理库存只需要一个人来做，谁让姐妹仨亲如一家呢，反正三个人可以做得更快些。

可儿提议去马路对面吃宵夜。晓蕊刚欲附和，就看到文文正眼巴巴望着十字路口。晓蕊顺着文文的目光望去，那里正停着一辆打着双闪的橙色跑车。车门缓缓向上抬起，一个男人把身体探向车外，冲她们这边挥着手。

“他说下班来接我，没想到他开这么好的车！”文文喜出望外，甩开同伴，头也不回地一路小跑过去，“明天店里见！”

留在原地的可儿和晓蕊面面相觑。可儿伸出一只颤抖的小手，指着跑车远去的方向。

“那人是……下午才来过店里的……何先生吗？”

晓蕊点点头。

“第，第四个？”可儿的声音也在颤抖。

晓蕊点点头。

文文的事，在店长那里到底有没有可能一直瞒下去呢？答案是不能。但真正该问的问题是，这样的事怎么可能不被店长发现？无论是文文，还是包庇她的可儿和晓蕊，心里一定都清楚这一点。侥幸心理常有，侥幸不常有。

可儿和晓蕊眼睁睁地看着文文被店长叫去单独谈话。过了半小时，文文苦着脸走出来，“可儿，店长叫你进去”。

可儿进去后，晓蕊一直想从文文那里套出话，可是文文一直回避她，一会儿招呼客人，一会儿叠衣服，就是不给她插嘴的机会。晓蕊只能压抑内心的焦虑，胡思乱想着最坏的结果。

可儿出来后，脸色比文文还难看。她意料之内地对晓蕊重复了同一句话，“蕊蕊，店长叫你进去”。

看到她俩一个比一个表情痛苦，晓蕊只得惴惴不安地走进店长的房间。但是接下来的谈话内容却大大出乎意料。

“您会辞退文文吗？”

“不会。”

“那您会把她调到其他店？”

“不会。”

晓蕊这个时候真想打人，“这俩人心眼儿真是坏透了，明知道我有多担心。可儿尤其可恶，知道真相后，还继续戏弄我！你们两个等着，看我出去怎么收拾你们！”

“你们都是女孩子，都是一个人在大城市。这里生存艰难，诱惑却多。文文在我这里，有一份稳定的工作，每月有稳定的收入，我不会随随便便就夺走。很多女孩被经济的压力逼太紧，会走上歧途。”

高菲此时在晓蕊心中多了几分仁慈，少了几分严厉。

高菲继续说道：“我也是在你们的年纪过来的，看到你们三个，就会想起我曾经的那帮小姐妹。我们之后的选择，让我们走向了截然不同的命运。”

晓蕊看得出，店长陷入一种情绪里。她可能回忆起一些不愿记起的往事。晓蕊在想，等她到了店长这个年纪，是不是也会有许多类似的回忆时常缠绕心头。她仿佛瞬间理解了三十岁店长的感触，只是这理解是空心的，缺少了最重要的经历。

“找你们过来，就是想和你们都聊一聊。我和文文聊过后，知道了她的想法。我也给了些建议，希望能帮到她。”

“文文是怎么想的？”

“你们是姐妹，可以直接去问她。还是先聊聊你自己吧……”

文文一直没有把她和店长之间说过什么告诉晓蕊和可儿，直到文文离开的那一晚，她才袒露了很多心里话。过去的一年，不管是店长，还是其他同事，可儿和文文，都目睹了晓蕊的蜕变。晓蕊自从下定决心要进入与美丽有关的行业，并把创造美丽作为人生目标，她首先想到服装业。她好奇那些美丽的时尚是如何被创造出来的，她想走到美丽背后，一探究竟。

现实的条件，使她能找到的最接近梦想的工作，就是时装店的导购。她发誓绝不会止步于此，虽然她不确定那个模糊的终极目标到底是什么，但若要不断接近，就必须学习。她下载了各种时尚杂志，关注了潮流的公众号，追随着社交媒体上的穿搭博主。只要遇到不认识的品牌，她马上就去搜索。慢慢地，零散的时尚知识不断汇聚，影响着她的品位，以及她的外形。她的打扮越来越都市化。上海，东京，纽约，伦敦，都是些她从未到过的时尚之都，但她已能轻松驾驭它们的风格。她早已褪去稚气和乡土气，取而代之以俏丽和自信。

外表的变化确实有提升信心的神奇力量。当阿峰再次见到她时，竟然迟迟不敢相认。直到晓蕊不得不大声喊出他的名字，他这才敢仔细打量起身边这个俏丽摩登的女孩。

“如果是街上偶遇，我绝对认不出你。”阿峰没有撒谎。

“我不像你的小妹妹吗？”

“你就像在这个城市里出生的。”

“那你的小妹妹去哪儿了？”

“她一定还在老家。姑娘，我越看你越觉得像她。如果你不信，我可以给你看她的照片。”

“真看不出，锋哥原来也很会搭讪女孩子嘛！”

一到休息日，晓蕊准会去扫街，她要训练自己的眼睛。她的眼睛里看到的是一个品牌的世界。她捕捉着行人身上穿着的一个个品牌，在所有品牌之中，她最爱夏奈尔。她对夏奈尔的爱和了解深入骨髓，即便把一只烧成灰烬的夏奈尔拿到她面前，她也认得出。一个女人，不管她的长相或打扮再平庸，只要她背上一只夏奈尔，从晓蕊身边走过，就会让晓蕊羡慕不已。晓蕊认为，任何一个普通女人，只需要一只夏奈尔，就立刻从人群中脱颖而出，拥有明星般的光彩。

她想起一年前，那个背上了夏奈尔之后的妙妙。因为一只夏奈尔，妙妙就成为公主，并且得到了王子的青睐。这就是夏奈尔的魔力。夏奈尔就是灰姑娘的水晶鞋。她什么时候才能拥有第一只夏奈尔呢？她现在不是不能攒钱去买。文文就很不理解她，既然那么喜欢，为什么不去买一只，哪怕是二手的也好。她不怪文文的不理解，因为没人有过她的经历。她曾目睹过朝圣的过程，一个人只有在完成脱胎换骨的蜕变之后，才配拥有一只夏奈尔。每一寸肌肤，都必须达到夏奈尔的高度，才有资格真正配得上它。而她现在如果仓促地把夏奈尔背在身上，是对夏奈尔的亵渎。她不要这种勉强的拥有。哪怕需要再等十年，她也愿意。直到她能够配得上夏奈尔的尊贵。

夏奈尔在她心里是神圣的，象征着对美的最高追求。到她和夏奈尔最终结合的那一天，她会变成夏奈尔，夏奈尔就是她。

外表改变了，命运也会随之改变。店里搭讪文文的顾客在减少，因为他们都发现了晓蕊的存在。曾经属于文文的快乐与烦恼，现在每日骚扰着晓蕊。说来奇怪，曾经来找文文约会的男人，都只为求一时之欢愉。这当然不是文文的错。但每一个追求晓蕊的男人，都想和她长长久久。不惜许诺与富贵荣华，只为得到她的垂青。

面对这些追求者，晓蕊一律态度坚决地拒绝了。让她靠男人，她做不到。让她为了钱献出感情，她更加做不到。她只是外表改变了，但骨子里还是那个率性独立的晓蕊。

不过，晓蕊除了不让这些男人得逞他们的终极诉求，对于他们的约会邀请却来者不拒。她要让他们带她去见世面。他们带着她去最好的餐厅。为了显摆他们的学识和修养，主动教她鉴别牛排，品尝红酒，区别酒杯和餐具之间细微的档次差距。

讲得越细致，就越能体现这些男人的品位。晓蕊鼓励他们讲更多，她就能学到更多。每一个追求她的男人，都是最好的老师。他们无比地耐心，不厌其烦地讲解。他们从不嘲笑她记不住，只会不停地说，她记不住才可爱。

晓蕊完全没有注意到，或者说没有在意，就在她周旋于男人之间的时候，她与文文和可儿的关系渐行渐远。首先肯定是她与她们相处的时间变少了。更加重要的是，她们已经不能理解她的世界。她现在说着她们听不懂的各种专有名词。她说高兴了，沉浸在分享的快乐中。但她们听起来，却无法感同身受。

文文就要离开了，她约上可儿和晓蕊在她们最爱去的一家餐厅宵夜——最后一次。晓蕊不得不临时推掉一个约会，男人还以为晓蕊生他的气，一连发了几十条道歉语音。

三姐妹坐在老位置，点了一桌与平时相同的菜肴。她们深情地相望，眼圈润湿。她们之间的感情是真挚的，她们对彼此的祝福是真诚的。这一晚，她们都毫无保留。

"蕊蕊，你为什么不接受他们开出的条件呢？尤其那个梁公子。他的条件真的很诱人。你从此什么工作都不用做了，想买什么就买什么。"文文想要知道，自己盼望却得不到的，为什么晓蕊会轻易就放弃。

"被包养。多难听啊……"

"包养不可耻，夏奈尔女士也是。她用男人的钱开了自己的店。”文文看晓蕊不再吭声，继续说，“我知道我没有你好看。我脸盘子太大。如果我像你脸那么小，一定会笑醒！”她恨自己不争，“你长了一张有钱人会喜欢的脸！”

可儿拍着文文的肩头，想安慰她，让她不要再说下去。文文没有理会，“每当我从三层下到一层，看着那些奢侈品店内正在购物的女孩们，她们都好美，穿得好漂亮，一副无忧无虑的神情。她们为什么能够那么幸福？我多么不想再回到三层。我也想像她们那样度过一生。我家重男轻女，我是爸妈生的第五个女儿，第六个终于生出了弟弟，他们恨不得我们前五个姐妹从未出生过。我妈对我说，如果都是女孩，她留下钱有什么用，给了女儿等于就是给了别人家，只有儿子才是自己家人。她忘了她自己也是一个女人！他们从来没有关心过我，所以我如了他们的愿，早早就离开家。我一点都不后悔，那个没有爱的家，我一天都不想待下去。我特别享受有男人喜欢我。即便他们对我的喜欢是功利的，肤浅的，只要他们愿意为了得到我的身体而撒谎，骗我说他们爱我，我就愿意去相信。在那些时刻，我觉得我是被爱着的。男人们在那种时候，会用他们的灵魂来演戏。我相信那些他们对我说过的情话都是真的。只是时效短，不是不真实。可能你们不觉得那是爱情。既然有保质期一天的蛋糕，为什么不能有保质期一晚的爱情？”她凝视着晓蕊的脸庞，“你总说要追求美的事业。可你有没有好好地想过——你自己就是！”

“但我的美不能当饭吃，还是要有一技之长。”晓蕊坚持自己的观点。

“美怎么不能当饭吃？你不是不能，是不做！”

那之后，文文再也没有说过一句话。文文的离开，使得晓蕊和可儿也不再像从前那样无话不说。

下一个离开的人是店长。她在财年刚结束，就立刻提出辞呈。年度业绩报告要晚一个月才出来，可见销售排名已不再是她关心的重点。她走之前特地把晓蕊约到一层的咖啡厅，把面试时对晓蕊的印象，和一年内对晓蕊的观察，还有她回老家之后的设想，全盘告诉了晓蕊。她邀请晓蕊做她新事业的合伙人，虽然晓蕊很年轻，但是她看得出晓蕊有不怕吃苦和敢拼搏的劲头，而且很有头脑。这些都是创业所需的品质。晓蕊感到受宠若惊，没想到店长会给予她这么高的评价。

“我哪有这么好？您说的仿佛不是我。”

“我的工作就是与人打交道，我相信我对你的判断！”

晓蕊虽然感动店长对她的赏识，但还是委婉地拒绝了她的好意。她感到自己刚开始喜欢上这座城市，刚刚开启对它的探索。她还没有准备好再次迎接一个新的开始。高菲似乎对她的回答一点都不意外。听到她的拒绝后，反而对她满意地点点头，表示对于她的决定，完全能够理解。她们互相拥抱道别，送上对彼此的祝福。高菲回到了家乡，开始筹备自己的事业。此后，她们还会时不时地相互问候。

时间又过去了一个月，这天午后，店内正巧没有客人。晓蕊抓紧时间，指导新来的导购如何使用会员系统。突然的一声尖叫，打破了宁静。顺着声音的方向，一个四五岁大的男孩连蹦带跳地跑了进来。晓蕊怕他撞翻东西，急忙跑过去双手搂住他，并蹲下身。小男孩穿着一条灰色牛津纺短裤，上身是纯白色短袖网球衫，肉乎乎的小胳膊露在外面，很惹人爱。他的脚上是一双干净的黑色小皮鞋，高腰袜上露出两道白杠。出于服装行业的本能，晓蕊在抱他的瞬间就感受到了他身上高档面料细腻的触感。她意识到，小男孩来自一个非常富有的家庭。晓蕊刚要询问他的家长在哪里，远处就传来了一个女人的声音。

“亨利，你再乱跑，妈妈要打你屁股了。”

晓蕊抬头望去，一下子被眼前这个盛气凌人的贵妇吸引。她有种与生俱来的高贵气，就是那种居住在深宅大院之中，不轻易踏入尘世间的贵族小姐的气息。现代社会早已没有贵族，但是晓蕊在她面前却不由得心生敬畏。她以一种居高临下的目光看着晓蕊，一般人用这样的眼神，会令人气愤，但她这么做会让你欣然接受。你怎么能与她平视？她和你本来就是不平等的。晓蕊感受到了甄嬛第一次觐见皇后时的紧张心情，就算这时皇后狠狠地瞪她一眼，她也会说“承蒙皇后关怀”。

这位高贵的夫人是属于一层的，为什么会来到三层，而且走进的还是一家男装店。是被孩子偶然带进来的吗？答案很快就揭晓了。她身后紧跟着进来一位很不起眼的男士。那人是她的老公，她随后为他买了两件外套。晓蕊全程跟随着夫人，即便那位老公试穿好衣服，询问晓蕊的意见，晓蕊也会看着他的太太讲出自己的想法。晓蕊更加期待能够听到他太太的意见。晓蕊心里掂量着，有这样的太太，男人还需要拿什么主意，应该都听夫人的！

那一天的那位夫人，是晓蕊和她唯一一次见面，但她在晓蕊的记忆里却时刻清晰犹新。不管过了多少年，每当晓蕊回忆起，都能清楚想起她的声音、她的容貌，和她身上每一处细节。而她的那位老公，晓蕊在第二次见面时，才第一次注意到他。

刘国华在三天后，又来到了店里，这次他是独自前来。晓蕊完全没认出他，还当他是一位新顾客。直到他身边的导购来找晓蕊，“那边那位先生，点名要你去给他顾问，他说上次就是你为他选到合适的服装”。“我接待过他？”晓蕊一脸疑惑，但也不敢怠慢。还好刘国华主动提到了三天前那次购物，晓蕊才恍然大悟，原来是他！

“您三天前才来过。如果下周过来，我们才有新款到。”

“那我下周还会来。今天先把上次那几件，我试过后没买的，包起来吧。”

晓蕊愣神了，因为她完全不记得他还试过哪几件。这不是晓蕊平日的水准，她理应记得很清楚。但是那天她的注意力全都给了那位美丽的夫人。

“那几件——您要不要再试试看？”

“好啊！我也想试一下！”男人听到晓蕊的提议后非常高兴，马上走向货架，亲自取下了那几件衣服。

刘国华在店里足足待了四十分钟，一直让晓蕊为他搭配和试装，直到有电话打来催他，才依依不舍地离开。

下周，他果然又来了。此后，他每周都来，这样过去了一个半月。这天，他又一口气买了十七件衬衫，每一件都是试过后才买。

“这个颜色我从来没穿过，你觉得我能驾驭吗？”

“这个颜色穿上后显年轻，和您平时的风格不太一样。”

“那太好了，我现在就想要点不一样。你这么说，我更要买！”

晓蕊看着眼前这个乐得像孩子一样的中年男人，干练的身材，一点也不油腻，眼睛不大，笑起来眯成一条缝，很真诚，鼻子宽大，嘴唇薄，高颧骨，健康的深棕色皮肤是常打高尔夫的成果。太时尚的衣服不合适他，他就适合那类中规中矩的风格。晓蕊寻思着，他打算什么时候挑明？之前那些男人都是很快就表明态度，然后向她发起攻势，可他到现在还在矜持。她转念又想，他的太太那么美，我怎么能跟他太太比，应该是我想多了。这个大老板可能就是最近爱上我家店，过阵子就不来了。

“刘总的衬衫到齐了，你通知他吧。”新店长吩咐着晓蕊。

有几件衬衫当时没有刘国华的号码，是从其他店一件一件调货过来的，今天终于凑齐了。晓蕊马上给刘国华发信息，问他是亲自来取走，或者叫快递送去。没想到刘国华要晓蕊利用中午休息时间给他送过去，随后他就发来了地址。晓蕊开着外放，这样大家都能听到刘国华的语音。新店长并没觉得这个要求有什么不合理之处。

“刘总既然这么说，你今天中午就给他送过去吧。”

“可是——他留的是一个酒店的地址。”晓蕊有点迟疑。

“你是不是忘了刘总的名字。”

晓蕊想了一下，“刘国华？”她还记得刚听到这个名字的时候，她就觉得很土气。

“你再看看这家酒店的名字。”

晓蕊这才反应过来，这家叫“鹿航国华国际酒店”的地方应该就是刘总的办公地点。她觉得这个名字用在酒店反而要好听些。晓蕊没有掉以轻心，当她打车到达酒店大堂后，特地询问了前台，刘国华让她去的那一层都有些什么。当听到前台说那一层只有餐厅和健身中心之后，她才放心地乘上电梯。

这家酒店可真够新的，刚刚装修完。大堂里没几个人。晓蕊怪自己在来的路上没有查一下它是否已经开张，有点疏忽了。晓蕊很喜欢这里的装修风格，很现代。使用的都是最原生态的建材，构建出一种艺术空间的氛围。这里的装修品位可比刘国华本人好太多了。不过这应该是设计师的功劳，也不代表刘国华就懂得欣赏。晓蕊心里对比着她之前去过的那些不同档次和年代的酒店，评估着应该给这家酒店打几颗星。想着想着，电梯已经把她送到了二十二层。她出电梯前才留意到，数字在二十二以上就没有了。原来这里是顶层。听前台说这层有健身中心。装在顶层的游泳池，风景一定棒极了！

晓蕊怎么也没想到，当她推开约定房间的大门时，出现在眼前的是只有偶像剧里才能得见的惊人一幕。空旷高大的空间内，只放了一张圆形餐桌，白色桌布上摆满了佳肴。刘国华略带拘谨地站立在一旁。两名身穿白衣的服务生，分别站在餐桌两边，正齐刷刷地转头看向晓蕊。刘国华招呼她走过去。平时的刘国华一定会绅士地到门口迎接，但是今天他却很反常地站着一动不动。他害怕在门口，晓蕊会把衣服直接塞给他，转身就跑掉。刘总是花了心思的，晓蕊完全理解。好吧，晓蕊只好一鼓作气，快步走到刘国华面前，把装衬衫的纸袋递到他手上。刚欲告辞，刘国华抢先开口。

“我把香港圆月餐厅的主厨挖过来了。他上周刚到，今天知道你要来，我让特意他准备了这桌饭菜。圆月在香港是很难订到位置的，你一定要陪我尝尝。”

圆月餐厅晓蕊当然知道，她关注的那些网红账号上，经常看到香港的名媛和明星光顾。她又重新审视了一下桌上的美食。哇，居然有她最爱吃的红烧乳鸽，这道菜可不能等凉了再吃！“刘国华真是不懂美食！为了制造惊喜，破坏了上菜的顺序。应该等我来了之后，再一道一道端上来。”晓蕊内心一边怪罪着刘总，一边垂涎着眼前的美食。她忘记了本应推让一番才更显淑女，脱口而出便是心里话，“那还不赶紧趁热吃！”

刘国华为这突如其来的小确幸诧异了一下，马上回过神，示意晓蕊坐到他身边。晓蕊没有依他的意，转了半圈，坐在了刘国华的正对面。晓蕊突然领悟了刘国华为什么要提前摆好一桌菜。她发现点完喝的东西以后，那两个服务生就消失不见了。硕大的顶层空间，只剩下了他们两个人。刘国华肯定是不希望有人来上菜，打扰到他和晓蕊的独处。

“我觉得我有必要给你说一下我的情况。我不想你对我有误解，或不信任。”刘国华一坐下，就对晓蕊讲述起自己的故事。他这顿饭看来是一口也不打算吃的。晓蕊的嘴里早就塞满了美食。趁热吃——她可不是说说而已。

“我和太太是家族联姻。我父亲虽然很成功，但是他生在农村，我小的时候，也是在田地里长大的。我太太家不一样，他们是海外华侨，她的爸爸为了国内的生意，把她叫回来帮忙。她在上海读过书，普通话讲得很标准。你看这家酒店的名字，国华是我，鹿航就是我太太家的航空公司。我俩的婚姻就像这个酒店一样——是一家合资公司。我太太人很强势，我不怕你笑话，我私下很怕她。她对我的态度，经常让我觉得我不是她的老公，而是她的下人。”

晓蕊心想，她第一次见到他们夫妻二人，也是这么觉得的。

“您太太叫什么名字？”

“陈祉希。”刘国华愣了一下，还是选择告诉了她。

多么美丽的名字，就和她人一样。晓蕊终于可以把心中那个完美的太太和她美丽的名字对上了。

“您为什么要告诉我这些？”晓蕊明知故问。

刘国华此刻手心在冒汗，他反复搓着双手，似乎是在很费力地组织语言，但每到要讲出来时，却欲言又止。刘总似乎对这类事情，并不是很有经验。晓蕊都看在眼里，觉得他还是有点可爱的。但是在内心深处，另一个更聪明的晓蕊的声音又在提醒她，“你怎么知道他不是演的？一个四十岁的男人如果想骗一个二十岁的女孩，她是绝无可能看出破绽的”。更聪明的晓蕊不打算把精力放在寻找谎言的破绽上，她只需要运用常识，“如果刘国华第一次去店里的时候没有和家人一起，他现在还会坦白是已婚和有小孩吗？”

刘国华终于还是说到了实质性问题。刘总毕竟很忙，有些话不适合分两三次才说完。刘国华用手比出一个数字。即便这里没有其他人，即便他用任何方式表达，也不会减低这件事的龌龊程度。但是作为一个体面人，他还是觉得谈钱的话，最好不要从他的嘴里说出来。

“每月？”

“当然了。你如果有其他想法，可以和我说。我每周要见你两次，如果我出差，你陪我一起。我约你的时候，希望你能把其他事都推掉。毕竟我平时很忙。”

“我知道你很忙。你们这类人，都是很忙的。”

晓蕊的耳边响起了文文的声音“赶紧接受！”。她摇摇头，把文文推开。

“我不能接受。”

刘国华显然是没有想到的。他知道她的收入，他开出的价格是她收入的十倍。这还没算上他未来一定会送给她的礼物和节日红包。她每天的工作都要站上十多个小时，还要不厌其烦地重复相同的话术。如果她答应了他，她就只需要躺平。她那么热爱时尚，热爱美，这些爱好都是很花钱的。如果她真的爱它们，就该接受钱！他突然不懂眼前这个女孩了。“是什么在支撑她的意志？”他反复问自己。但他找不到答案。

“我是真心地喜欢你！我是真的！你要相信我！”刘国华做着最后的努力。

之后的每一年，在晓蕊生日这天，刘国华都会送来鲜花和礼物。即便在晓蕊离开北京后，刘国华依然按时发来问候。也许，刘国华确实没有骗她，他对她的喜欢确是真心的。但是，结果并不会改变。她不喜欢他——这是他想不明白的“答案”。

*　　　　*　　　　*

莱娜是在一个饭局上认识的三哥。三哥的本名叫龚国强，上面还有一个哥哥和一个姐姐，他排行老三。慢慢地，大家都称呼他三哥。

据说龚家曾是一个兴旺的大家族，龚国强的爷爷奶奶那一辈因为战乱，一大家人被拆得七零八落，散在世界各地。他的奶奶有八个子女，他的妈妈也是家中的老三。他的爷爷娶了五位奶奶，每一位都育有子嗣，他生在二奶奶家。人口众多的家庭，和开公司也差不多，除了亲情以外，必须有家规来维系。虽然他家成为大家族的后代里唯一留在祖国的一支，他从小和哥哥姐姐还有爸爸妈妈，跟奶奶一起生活（爷爷晚年随三奶奶去了香港），家里就只有六口人，但是妈妈却坚持用一套管理大家庭的规矩来要求孩子们。

妈妈这么做的目的，是想把他们培养成旧时的士绅，还是想把对过往的思念用某种形式保留，不得而知。但是在如此教育方式下长大的龚国强，确实比他同时代的人多了几分儒雅、规矩和谦逊。

莱娜还记得在他们第一次相遇的那场盛大宴会上，龚国强虽然是举办方的老板，但是从头到尾都在招呼客人们吃喝尽兴。客人陆续离开后，他才让厨房为自己准备了几个最简单的菜肴。莱娜一开始就看出来，龚国强之所以最后留在她那一桌，就是为了她。她为了验证自己的猜想，故意拖到很晚才离开，龚国强也就一直不肯走。

当莱娜起身离席时，胖胖的龚国强憨态可掬地找到一个很勉强的理由，非要亲自送她到门口。

“我们剩下的人里，她是最后一位女士，所以我一定要亲自送一下！”

他知道这个借口有多蹩脚吗？莱娜很想笑，但也觉得很有面子。这么大的餐饮集团老板，当着周围所有客人和工作人员的面，用最虔诚的待客之礼，把她一步一步送到门口。莱娜还没走出几步，龚国强又小跑着追上来，问她有没有开车。当得知她是打车来的，马上表示这么晚了不好打车，一定要让司机送莱娜回去。这一系列表现，确实为他赚足了好感。过了一周后，龚国强才通过朋友，要到莱娜的联系方式。他如果在当天就要，所有的好意都会变成刻意。

龚国强对莱娜的追求方式不同于其他追求者，正是这不一样的策略，最终打动了她。其他追求者多数采取的是闪电战，集中优势火力，狂轰滥炸一段时间后，若不能攻城拔寨，便不再恋战。偶尔有少数懂得打持久战的追求者，却不懂得外交。战略用对了，战术跟不上，落得贻误战机。总之，求速胜者，炮弹打完了就撤退。长期主义者，再而衰三而竭，慢慢地销声匿迹。很多人还有多线作战的坏毛病。这不光犯了兵家大忌，更犯了莱娜的禁忌。一波又一波战败者落荒而逃，莱娜却是永远的赢家。她靠炮弹滋养，以战养战，一路走到今天的位置。作为一款不容易通关的游戏，她非但没有吓退玩家，反而得到各路玩家的一致好评。

龚国强的家规使他从小就学会忍耐、等待和延迟享乐。他的妈妈不会对任何一个孩子表现出疼爱。因为他最小，所以是最后一个使用洗手间，最后一个穿上新衣服。在家长制的思想下，哥哥姐姐也是他的上级，随时可以管教他。他是家中地位最低的。所以他从小就学会了体察他人的内心。

龚国强对莱娜投入的关心和爱护，像雨水滋润大地一样，一滴一滴地渗透进她的生活。同样是从物质上的关心开始，他送的礼物涵盖了她生活的方方面面。从平时聊天中，他便能洞悉她缺少什么，想要什么。不出几天，这些东西就会以礼物的方式出现在她面前。他送过的每一件物品，无论是电子产品、衣物、配饰、鞋包，都会刻上、织上，或印上她名字的缩写。他们在一起后，特殊的标记就变为“国强爱莱娜”的缩写。

莱娜有时候惊讶，他为什么会那么了解她，送来的要么是她正在使用的，要么是她早就想买的。龚国强就像是自己的好闺蜜一样熟悉她，不用她开口，那些她最想要的就会送到。他还会计算耗用品的使用时间，每到快用完，新的就会补上。实际上，能买到莱娜心中所想的产品并不神奇，因为她喜欢的一定是最贵的，而他只买最贵的。

龚国强似乎享受的是送礼这个过程本身，只要她开心就好，没有任何附加条件。不知不觉中，莱娜发现，她的生活已经被他购买了。她的梳妆台上摆满了他送的护肤品和化妆品，浴室里搭着他送的浴巾，卧室里是他送的睡衣、床垫、床单和枕头。这样的贸易逆差时间长了，莱娜的心理防线便不再稳固。出于礼尚往来，莱娜会主动约龚国强吃饭，她每次抱着请客回礼的愿望，却次次都带回家更多的礼物。

龚国强从来不让莱娜感到压力，如果莱娜觉得最近礼物收多了，表现出为难，他就真的会收敛一阵子。当莱娜开始疑惑他是不是已经放弃的时候，他的礼物又送来了。

物质的进攻之后是精神上。聊天时只要她不先停下来，他会一直陪伴。她在朋友圈抱怨打不着车，他的专车马上出发。她说要去三亚，他就送来全新的泳衣和度假装备，不会问她去多久，是不是和其他人一起去。春节回家前，他陪她一起选购带回家的礼物。他比她还熟悉她家的那些亲戚，以及每个人不同的喜好。只要她提过的人名、事件，他一次就记住。他的心里装着她，她无须多言。所有的心思和手段背后是他的真心，她看到了。

在精神上全方位的支持之后，他会继续为了她的未来做着无私的考量。他不在乎她的未来里有没有他，只要对她有利，他就投资。他知道她一直对自己的低学历感到自卑——在名媛之间的鄙视链里，这是她的软肋。他为她买了一所大学的学位，并用这个学位加上他校友的身份做推荐，为她申请到一所国内著名的MBA课程。她捧着录取通知书，激动得眼泪夺眶而出。如果不是龚国强的用心和决心，她一辈子都得不到这份意想不到的大礼。

面对龚国强细致入微的追求，选择接受或者不接受，不再是简单的感情问题。生存还是毁灭，这是莱娜实际感受到的压力。

他们真的在一起后，莱娜全身心投入到这段感情中。虽然他们之间相差了二十五岁，走在一起更像是一对父女，但是每当在外面，莱娜都会主动地挽住龚国强的手臂。反倒是龚国强会有些不好意思。

龚国强给莱娜讲述了自己复杂的家庭关系，他爸爸和妈妈的故事，他的发迹史，曾经遇到过的挫折。他的成功没有靠过家里。如果非要感谢谁，他会感谢时代。在充满机会的大时代中，他曾是千千万万敢于冒险的年轻人中的一个。他还调侃自己说，正因为他们家教育出来的小孩都是规规矩矩的，他是最小的那一个，家风继承得最不好，所以才没有守规矩。大学上完，就跑去和人家做生意了。

他也谈到了他失败的婚姻，他和妻子之间有一个儿子，现在国外上大学。他和妻子认识得早，是在家人安排的相亲中结识。当时自己心思都在事业上，既然家里人催得紧，他觉得她还不错，就仓促地结婚了。没想到夫妻之间在很多问题上都有很大分歧。当他想和她提出离婚时，他母亲只说了一句，“只要我还活着，我们家就不允许有人离婚”。他母亲也知道他们夫妻之间在思想上不是一路人，而且她自己也不怎么喜欢这个儿媳，但是在她传统的观念里离婚是件丢人的事情。

他不能理解母亲的想法和坚持，但是他没有反抗，甚至没有试图和母亲认真地谈一谈。他怕母亲，这种怕是从他还非常幼小的时候就根植于他内心。即便她母亲现在住着他买的房子，花的每一分钱都来自他，他还是不敢违逆自己的母亲。母亲就是他的天。自从母亲说完那句话之后，他再也没有提过“离婚”这两个字。

他和妻子已经分居十年，之前的婚姻关系只剩下那一张纸。听到他不能马上离婚，莱娜反而松了口气。因为她还在努力让自己爱上他。

龚国强的出现，给莱娜的生活带来翻天覆地的变化，虽然她曾经也过着比一般人奢侈的生活。龚国强为她购买了北京只有一辆的德国原厂改装越野车，在东三环租了套三百平方米的大房子，她生活里的一切都更换成比之前更高级和更贵的。

龚国强不陪她的时候，如何打发时间，成了一个重大课题。当用钱作为对抗无聊的唯一手段时，就需要有很多很多的钱——碰巧她有。简单地买衣服打扮自己，已经不能满足她。尝试各式各样的美白针和美容针，新奇昂贵的美容仪器，是她最新上瘾的花钱方向。在这方面，她承认自己像一只实验室里的小白鼠。她喜欢更换不同的发型，源于她太爱照镜子了。当你频繁地看着镜子里的自己，即便你再爱自己，也难免会看烦。同一张脸，如果不动刀子，很难有大变化，龚国强喜欢她这张脸，不允许她调整。但发型不一样，不同的颜色不同的造型，有上千种变化。她于是每个月换一个发型，后来改为一周。如果这个发型师想不出新花样了，就换一个发型师。

她越来越漂亮，这也给龚国强带来了压力。他很爱她，就会担心她嫌弃他年纪大。他开始了秘密的健身计划，请了昂贵的私人教练，严格控制起饮食。但他毕竟一直缺乏运动，突然增加的运动量，让他很吃不消。为了爱情，他一咬牙，一发力，直接从训练自行车上摔了下来，躺在地上无法动弹。最后叫来了急救车把他送到医院，诊断为用力过猛导致的腰椎间盘突出。即便采取了保守治疗，他也不得不在床上躺足了一个星期。这下瞒不住了。莱娜去看望他，两个人相视，都忍不住笑了。出院时，他之前一个月减掉的体重原封不动地回归了。

莱娜如果接受一个人，就不会允许自己再有其他人。龚国强对她这么好，让她更加没有背叛他的理由。只有一个小问题，她一直在努力尝试，让自己能够爱上他。她几乎快要成功了。但是，欧阳丹出现了。

*　　　*　　　*

一场突然袭来的全球性灾难，造成了难以估计的经济衰退。受影响最大的首当其冲是零售业，裁员和减薪潮席卷整个行业——晓蕊的公司也未能幸免。

减员后带来工作量激增和薪水锐减，让晓蕊不得不对自己的未来重新规划。她发誓以后不再为了加薪看人脸色。这就需要她拥有一项属于自己的技能，别人无法将其夺走。她谨慎规划着手头的存款。她最想学服装设计，但高昂的学费和长周期是她负担不起的。她很快放弃了其他不切实际的想法，最后选择了一家明星化妆师开设的连锁学校学习化妆。这家的学费虽然最贵，但要学就学最好的，不能在学习上省钱。

在之后半年的学习中，晓蕊投入了极高的热情，她靠着之前积累的时尚经验，对妆容的理解远超其他同学。老师对她喜爱有加。从课程第三个月开始，就私下给她介绍一些婚礼和拍摄的工作，缓解了她的囊中羞涩。

结业后，阿峰为她介绍了一部都市剧的跟组机会。这对于刚毕业的晓蕊很合适。她可以有两个月的稳定收入，还有机会锻炼技术。她每天的工作繁忙，从早到晚为不同年龄段的配角们化妆。这让她收获了不同性别的皮肤经验，还得到了跟其他前辈学习的机会。红姐是这些前辈中和她最聊得来的。红姐来自寒冷的北方。

“我家对面就是俄罗斯。我们那儿冬天冷的程度，是你无法想象的。”

“我家离边境也很近。你从最北边来，我来自最南边。我们能遇到真是太有缘了。”

晓蕊和红姐的性格就像各自家乡的气候一样，晓蕊热辣辣的，对世界充满向往，红姐冷静沉稳，只求靠着工作能够安身立命，不该她关心的事从不过问。不过红姐对这个新认识的小妹妹，却是破例地热心关照，不但经常传授她独门上妆技巧，还会分享人生经验。她很喜爱这个朝气蓬勃的女孩，晓蕊有她所缺失的一种力量，这个女孩好像没有不敢想不敢做的事情。这股劲头，让红姐着迷。“别看她还年轻，以后指不定能整出啥大名堂来。”这是红姐对晓蕊的预言。

化妆师似乎是个很有前途的职业，红姐带着期许对晓蕊说：“你的技术还有待提高，但你的眼光是别人学不来的。这是你最大的优势。从化妆间走出来的演员，不用说我就能看出哪些是你化的。你的手法并非千篇一律。你并未给自己设定任何规则，为每一个人创造了属于他们自己的妆容。你把他们当作真正的人，而不是一件件标准流程下的产品。那些被你化过妆的人都活了过来，他们没有被妆容改变，反而更像他们自己了。

“高水平的化妆师很多，但其中收入最高、名气最大的，无一例外都做对了同一件事——跟对人。他们都是在明星还不出名的时候，就在为他们化妆。明星既没名又没钱的时期，根本请不起有名的化妆师。能请的起的，就是和你我一样的无名之辈。但是有一天，这些小主子飞黄腾达了，他们的专属化妆师们也水涨船高。资源会顷刻间涌向他们。广告拍摄，化妆品合作，直播间嘉宾，甚至能拥有自己的护肤品牌，建立起自己的商业帝国。一切水到渠成。

“我知道你之前做过服装，你很有造型师的天赋。我每天工作时，就在欣赏你为自己做的造型，和明星的机场照差不多。你知道陈茵茵吧，她现在是国际巨星了。她的造型师吴枷辰，就开了自己的品牌服装店。还起了个响亮的英文名字，叫亚历山大·吴。不知道的还以为是某个国外的华裔设计师品牌。其实他哪懂什么设计，但他有比设计更重要的资本——名气！和那些设计好但无名气的设计师品牌比，人们更爱买他的衣服。”

“亚历山大·吴，我知道他。之前在我打工的商场里，就有一家他们的店。开店剪彩那天，陈茵茵亲自来做的剪彩嘉宾。”

晓蕊现在还不知道，这次的谈话，将对她未来的人生起着何等重要的影响。

这组杀青后，晓蕊并没有休息，红姐又把她带去了下一个组，而这次的剧组是在浙江一个大型影视基地。红姐来这里是有私心的。她的男朋友是一名执行导演，目前正在这里的另一部戏上，他们有两个多月没见面了。

红姐的男友是个非常豪爽的小伙子，看着年纪不大，却有着年幼便出来跑江湖的人特有的圆滑与城府。红姐私下透露，他比她还小一岁。他们三人如果收工的时间差不多，就会约在一起吃饭，大家很聊得来。

晓蕊初来乍到，非常兴奋。这里虽不如大城市人多，玩的地方也少，但是有着错综复杂的人员构成。整个影视行业从最底层一直到最顶层，全都聚拢在这座小城中。对于底层来说，他们仿佛已经触碰到自己的梦想，那些平时难得一见的大明星和大导演就坐在隔壁桌，吃着一样的饭菜。对于顶层而言，他们终于暂时离开了纸醉金迷的大都市。这里的清心寡欲可以提醒他们，他们也需要做一些工作，这点和普通人是一样的。

不知是来自老天的特殊眷顾，抑或是晓蕊长得确实不同凡俗，很多机遇似乎只会发生在她身上。在影视城这个人流汇聚的地方，晓蕊的这种先天特质，得到了最大的发挥。一次晚餐时，从包间里走出一个男人，邀请晓蕊进到包间里和他们一起吃。原来是一个男明星在进门时看到了她，很想认识她。但不巧的是，她没有看过他演的戏，不知道那部让他大火特火的戏里面，他饰演一位风度翩翩的痴情王爷。她自然不会像看过的观众一样，自动把他等同于剧中的王爷，甚至此后仍要一直称呼他“爷”。没过多久，晓蕊就从包间里钻了出来，回到红姐和她男友身边。这两口子此时正在有模有样地编织着晓蕊和那个男明星的八卦故事。晓蕊一出现，俩人兴致全无。

还有一次，一个只有三天戏份的女演员因为封控，没能及时赶来。副导演直接跑来找晓蕊帮忙顶上。副导演做出这个决定的速度之快，就仿佛和晓蕊早就串通过，只要有空缺就来找她演。不过晓蕊毕竟没演过戏，为了不拖进度，导演对这个角色做了大量的删减，晓蕊算是比较轻松地完成了荧幕处女秀。

后来被红姐反复提起的，最替晓蕊感到遗憾的机会，来自于这部剧女主角经纪人的一次探班。这名叫爱莎的经纪人，是影视圈有名的大经纪人。她和女主一起成立的经纪公司，正在到处发掘新人。爱莎一眼相中了晓蕊。可是当晓蕊看了那份长达十年的不平等合约后，当即拒绝了签约。红姐就像是自己失去了这个机会一样心痛：

“你失去了一次做明星的机会！明星——比我们的阶层高太多了！”

“明星——是外面的人看到的。如果签了那份合约，我实际上就是她们的赚钱机器，是爱莎的奴隶。”

“运气好的人向来不懂珍惜！长得好的人向来任性！你两样都占了！”

这句话，红姐不光是对晓蕊说的，同时也是联想到自己近期的境遇，有感而发。她本来拥有的就不多。晓蕊的运气和长相，她都没有。她交往了这么多年的男友最近让她心力交瘁。她不知道这份感情还能不能维持下去。晓蕊只知道红姐又和男友闹别扭了，但是不知道原因。在她眼里，红姐和男友的脾气和性格简直太般配了，红姐有任何需求，男友都会尽力满足，平时把她宠得像个宝贝。如果他俩之间都会闹矛盾，晓蕊对自己未来的恋爱，更不敢报期望了。

虽然红姐不认为晓蕊这个年纪能够理解她目前的苦恼，但是她急需一个倾诉对象。她快被这个难题逼疯了。

“你姐夫平时比我忙，而且上一个戏的钱到现在还没结给他。我是想和他结婚的。他也很想娶我。可是他要面子，坚持认为自己还没挣到钱，怎么好意思提结婚。现在这个经济形势，谁能说得准以后？他说的挣到大钱，我从没指望过。我看上他这个人，就愿意和他一起生活。我也可以挣钱，我们不需要过得很富有，也可以幸福！”

红姐语无伦次，犹犹豫豫，不知该如何把真正的问题讲出来。

“之前我们不在一起的时候，他就经常……我每次发现，他都特别虔诚地向我道歉，向我保证不再犯。有那么段时间，他是好一点。但是从去年影视圈的不景气开始，他有几部该开的戏都没开，然后就是上一部戏他没拿到钱。他已经一年没有收入了。他压力一大就会……这次我们住在一起，他居然在我拍夜戏那天……他事后一夜没睡，等我早上回来，就主动和我交代了。按理说他这么坦诚，我应该原谅他。但是这毕竟是他事后的坦诚，事前他为什么就不能控制住自己呢？他说他也不知道，他也很痛苦。我说你是不是得了病，就是需要去看心理医生的那种成瘾的病。如果是病，我可以陪你去治疗。他说不要，看病很花钱，他更愿意和我一起想办法解决。你说我该不该原谅他？我俩还能不能走下去？我现在完全没有信心。”

“姐夫到底怎么了？你都没说清楚。他是不是出轨了？”

“也是，也不是。他是招……”

晓蕊眼睛瞪得大大的，那个字已经滑到了嘴边，被她用手捂住了。她已从红姐的眼神中得到了确认。她确实无法给红姐提供任何建议。她对这个世界上的好多事情还不了解。红姐一开始就不是为了得到她的建议。能让她把这些憋在肚子里太久的话讲出来，就很好了。

“你受了这么大的委屈，肯定会和他分手吧？”

“他对你而言，就是一个普通的负心男人。但是对于我，他是一个有血有肉有温度的人！是和我有过无数共同回忆的爱人。他的担当和责任心比任何我遇到过的人都强。但人都是不完美的。我不但生他的气，也生自己的气，气自己为什么不能理解他，不能帮到他。我知道他也很痛苦，无比地羞愧。”红姐低头不语，片刻后才抬起，“现在只有我能帮助他！”

晓蕊当时还不能理解红姐为什么不选择放手，而红姐接下来做的事情，让她更加地不能理解。几天后，晓蕊下楼去吃早餐，看到红姐和另外两个不认识的女孩正有说有笑。晓蕊走过去打招呼，她们热情地邀请她加入。这两个女孩一看也不是本地人。是其他哪个剧组的同行吗？晓蕊打量着她们。年纪稍大一点的叫小玉，眼角已有了明显的鱼尾纹。年轻的叫兰兰，肉乎乎的，长得很甜。

“她们俩，你也都要叫姐姐。”

红姐介绍完，晓蕊便亲切地和她们打招呼，问她们在这边做什么，接下来就等着听她们的自我介绍。但是两个人都没有马上回答，而是扭头看向红姐。红姐表示晓蕊是好妹妹，她们之间没有秘密。这之后，俩人就完全放松下来，和晓蕊坦白了自己的身份。

原来她们都是从事晓蕊没有说出口的那个职业。是红姐托朋友瞒着姐夫，请小玉过来的。小玉听了红姐的诉求之后，二话没说就答应了，并且坚持不收红姐的钱。但有一个条件，就是要带上新入行的兰兰。兰兰也缺乏经验，如果红姐希望得到小玉的教学，就要带上兰兰一起。红姐欣然答应了这个要求。

一整晚，红姐都在小玉的指导下，学习着取悦男人的技巧。小玉像一位心理医生一样（男性专科），把男性的那些隐藏的难以启齿的心理诉求，毫无保留地告诉给红姐。红姐就像一颗探月卫星，第一次绕到了月球的背面。那里虽然地形复杂，大多数时候照射不到阳光，但是红姐一点也不害怕接近它。不论正面还是背面，毕竟都是同一颗月亮的表面。正因为怕人们会不喜欢，月亮才把背面遮起来。

晓蕊看着眼前的小玉和兰兰，她从前只在新闻中了解过她们的存在。现在她们就坐在她的面前，她们为什么看起来是那么的普普通通。她们有什么是和我不一样的地方吗？晓蕊一直在寻找。她是徒劳的。小玉就像能够听到晓蕊的心声。

"我知道你想问。想问什么就问吧，我都可以回答你。"

晓蕊于是好奇地东问西问，小玉云淡风轻地答着。她在四川老家有个上小学的女儿，做完今年她就打算回家了。她已经攒够了钱，和老家的朋友商量好了一起开家面馆。兰兰是她的室友，本来是在其他地方打工的，最近丢了工作，好长时间也找不到新的。小玉看她挣不到钱的样子非常憔悴，就问她是否考虑来做这个来钱快的行业。兰兰咬咬牙，决定只干一年。兰兰在老家有男朋友，她打算干完一年，就回家和男友结婚。兰兰刚开始接单的时候，也有很多的顾虑。后来发现遇到的人对她都很好，现在胆子也大起来了。当兰兰说到这里时，小玉赶忙叮嘱她，那些防护措施和危险的信号绝对不能忽视。看得出小玉对兰兰是有些担心的。她很想保护好这个新入行的小妹妹，不希望她遇到危险。

小玉和兰兰不同，小玉的起点很高，最早在星级酒店里的水疗部门上班。那时候接触的客人档次都很高，全都是有社会地位的人。出差在外的人最容易感到孤独，有些客人会开出更多的钱，购买她下班后的时间。他们全都是住店客人，安全系数高。她印象最深的一个客人，是一位德高望重的医生。医生每次出差都会住这家酒店，都会找她来陪。有一次她工作完正要离开，医生突然叫住她，问她晚上可不可以不走。她同意了。那一晚，医生睡得很沉。起床后，医生从公文包里掏出一包厚厚的信封递给她，她觉得这应该是其他人刚给到医生，医生根本没有打开看，直接就交给她了。那次是她做这行挣得最多的一晚，所以她一直记得。

这波严峻的经济状况也让酒店业遭受了很大的打击，她不得不离开稳定的工作后，四处辗转。她去过一些私人的会所，但是那里的工作太辛苦了。还是自己单干吧，更自由。现在接触的人要比以前复杂很多，风险系数随之加大，她考虑到自己年龄也大了，色也衰了，因此萌生了退意。

她们和晓蕊聊了很多，就像普通朋友之间的对话。她说的她们都懂，她们说的她也能懂。晓蕊不具备足够的社会阅历和知识，但她也想找出一个答案。她大胆地给这个社会中最不愿意提起的行业，找到了一个存在的理由：这是一个经济问题，不是道德问题。这就是她暂时得出的答案。

她知道她和小玉兰兰不会再见，她们也没有人主动提出要留下对方的联系方式。短暂的交谈之后，就是分别。小玉意味深长地看着晓蕊，“你真年轻。可是你不会一直年轻。你的美丽也是一样”。她们离开了，消失在人群中。

红姐为了爱情，决定再努力尝试一次挽救。不管这个方法是不是管用，这是她认为有必要去做的，她就不会后悔。然而返回住处后，晓蕊却陷入了深深的不安中。她耳边一直回响着小玉临走前说的那句话。这句话好像是直接说给她的灵魂听的。

她站在镜子前，用一种近乎陌生的眼光看着镜中的自己。

这是她吗？她比三年前刚离开家时怎么好像老了十岁。是工作太辛苦吗？她确实心里只有工作。她想通过自己的勤奋创造出奇迹吗？她现在还是年轻的，美丽的，是之后的每一天中最年轻和最美丽的。这难道不就是一个奇迹吗？

她想起了红姐对她说过，美丽和幸运，她两者兼具。但这不是事实。事实是，她的幸运全都来自于她的美丽。如果她没有美丽，也就没有了幸运。事实是，她只有美丽，其他都是因美丽而生。

她以前只知道抬头向上看，忽略了这个世界还有下。她今天凝视了深渊，原来下面是万丈深渊。她突然有种失重的感觉，失去了一直以来拥有的安全感的假象。她想到了她向往的大城市，她向往那里，是因为她觉得那里全都是美好。今天她却发现，这是个错误的判断。城市的大门此刻已不再像曾经那样，伸开双臂欢迎她，而是露出其真实的面目，张开了它的血盆大口。它是一只挑食无比的吞噬兽，只吃进去最优质的食物，排泄出垃圾和废料。

人只有在向下看过后，才会拥有真正的向上的动力。强大的动力必然源于恐惧。她不想再继续像现在这样下去。为了磨炼所谓的一技之长，她会最终失去她最宝贵的美丽！这不值得。红姐说得没有错，她在化妆和造型上有难得一见的天赋，她拥有可以幻化人生的技术。为什么要将这些技术用到其他人身上，为什么要去苦苦寻找一个主人，靠她的施舍和恩荫生存，把赌注压在她成为未来的大明星之上？为什么不用在自己身上，命运将从此掌握在自己手中！这就是晓蕊一直在寻找的力量，原来这个力量就藏在她自己的身上。她没有时间犹豫不决。在这个人生的转折点上，她必须做出选择。

影视城的拍摄结束后，红姐就准备动身去厦门，那里的一个项目下个月开机。制片人打电话给她时，她为晓蕊也争取到了这份工作。

“我们提前一周过去，在厦门好好玩一下，再开工！”红姐憧憬着难得的假期。

“我要回北京了。”

晓蕊在红姐的惊讶和失望中告别。大城市才是为她准备的舞台。固定不变的职业将锁死她的圈子，她需要更广阔的世界。

一年后，朋友圈传来了红姐结婚的喜讯。她和男友终于修成正果。晓蕊收到了婚礼的请柬，她替红姐高兴。难道红姐的办法最终拯救了两人的危机？晓蕊不得而知。她和苏牧那时正在香港，没能去参加他们的婚礼。打开请柬，上面是一对新人的名字：金虹和赵鹏飞。

晓蕊再次回到北京后，便刻意减少了工作，拒绝了所有去外地的机会。她开始投资自己，充分睡眠，护肤美容，瑜伽健身。收入的减少给了她压力，但是她深信自身的价值可以赚取收入。

她开通了多个社交平台的账号，在网上学习了拍照的技巧，下载了视频剪辑的软件。她现在是自己的老板，每天给自己规定工作内容。她用影像记录下生活中的点点滴滴，去健身房，去逛街，去超市，去取快递，都要带上创作的热情。不同的场景只为丰富背景，让观众不觉单调，主角始终是镜头前的她。

她忘记在哪里看到过一句话："如果创造，就是活了两次。"这不就是在说她吗！简直太有共鸣了。"如果有社交账号，就是活了两次。"网络上的自己永远比现实中的更完美，修整照片的软件修整的是整个人生。在网络世界里，你是完美无瑕，看不到缺陷的。背景中出现了一只垃圾桶，没关系，裁掉！脸上长出一个粉刺，没关系，擦掉！从千疮百孔，到完美无瑕，只需动一动手指。

经营社交媒体虽然短期内给晓蕊带来了一批粉丝和信心，但是如果要产生很大的价值，就需要积累到几十万甚至上百万的粉丝，需要相当长的时间。晓蕊花钱的速度太快，为了维系生活，她必须有短期的收入。

有个最快的方法，她开始不拒绝追求者的礼物。她让他们购买能够保值的奢侈品，然后马上卖掉换钱。她出入各种派对，结识的男人也越来越有实力。这些有钱男人并不钱多人傻，她虽然坚决不要他们的现金，只纳礼物，那也只是在拖延时间。他们对她的付出如果一味得不到回报，她就是在行骗。有一个方法可以避免，她需要尽快交一个男朋友。这样那些追求者就会把对她的付出当作一次失败的投资，把他们的失败归结为她最终没有选择他们。

她和每一个在她这个年纪的女孩一样，向往着爱情。更何况她认为自己拥有美丽，应该得到最好的爱情。她想谈一场恋爱，找到她的白马王子。他们结婚，举办一场世纪婚礼。但她很快发现，一直找不到男朋友的最大障碍，来自她自己。她向往的是真情实感，如果只看重钱，会容易得多。可她偏偏做不到。她既然应该拥有最好的，最好的里面怎能不包含真爱?

痴痴就有着和她截然不同的恋爱观："我会爱上爱我的人！即便开始时一点感觉都没有。只要他不停地追求我，对我好，我就会慢慢地爱上他。我享受的是男人为我痴迷无法自拔。当男人痴痴地盯着我，不管我在做什么，他都不让我离开他宠爱的视线，那眼神就会将我融化。我迷恋男人对我的迷恋。我对自己说，一个人怎么可以这么爱我！于是我就爱上了他。"当晓蕊和苏牧说起痴痴的恋爱观，他说，这个想法很安瑟伦，因为安瑟伦说过，"不是理解了才信仰，而是信仰了才理解"。

晓蕊不懂哲学，也不理解痴痴的做法。如果有一个晓蕊不喜欢的人用花痴的眼神看着她，她的第一反应是赶紧逃走。

苏牧在晓蕊的追求者中不算是最有钱的，甚至可以说根本没有钱。他的爸爸给了他一个艺术中心管理，并按照高管的标准，一年只给他开百万的年薪。这点钱也就将将够养活他自己。如果他们谈恋爱，两个人就要一起拮据。

当然，作为合宜地产董事长的独子，苏牧是支潜力股。晓蕊觉得，就因为他的爸爸从未给他放开花钱的权限，他比其他富家子显得正常许多。他不能给她买太贵重的礼物，因此每一件礼物都更加珍贵。他们恋爱了。

“我爸给我取这个名字，是想让我能有苏武牧羊的精神，遇到任何困难都不放弃。”

“我太对不住你爸的良苦用心了。”晓蕊强忍着笑，“我怕以后有人问我的男朋友是谁，人家会认为我养了一只小狗。”晓蕊笑出了眼泪，把网上搜到的苏格兰牧羊犬照片举到苏牧面前，“看看这是你的同类，不过好像比你帅多了！”

苏牧在伦敦一所叫政治经济的大学里读哲学。晓蕊对英国和伦敦有着特殊的好感，因为她最爱的服装设计师都是英国人。她总要苏牧不厌其烦地给她讲在英国的故事，还要他承诺她今后一定要带她去一次英国。

“你为什么不读经济？你爸不是一直希望你能帮他吗？”

“经济是一场人为的游戏，我爸一辈子都沉迷其中。我想去一切人类游戏的背后看看。”

“你如愿看到了吗？”

“看到了。”

"看到什么了？"

"看到了资本、债务、信用、市场、供需。不过，解释清楚这些是很花时间的。我说一个简单点的吧。"

"好啊。"晓蕊双手托起下巴，洗耳恭听。

"我们就走到'美丽的背后'去看看吧。你认为我喜欢你，是因为你的美丽，是不是？"

"难道不是吗？"

"因为你很美，所以吸引了我和其他男人，是不是？"

"这不是事实吗？"

"事实是，你的美丽是不可靠的。你和喜欢你的人共同认可的美丽，共同的审美偏好，都是被时代和资本影响和塑造的。你现在的外表、打扮、妆容、品位、审美，就是你为了迎合这种塑造的一个结果。不光你的美丽靠不住，就连你一向认为美丽带给你的好运，同样是一种假象。美丽——并不会被世界优待。好运只是众多可能中的一个。人们在幻想中强行建立因果，只为感到舒适。世界的本质是毫无逻辑的。是不是没听懂？"

苏牧觉得自己有必要停下来。他只做过学生，还没做过老师——把一个学术问题讲清楚，是需要经过训练的。

"我再换一个角度试试，这次从你的追求者的角度看一下，他们贪图你的美丽的本质是怎么一回事。他们身处在一个被美丽事物包围的世界里，对美丽早已麻木。他们之所以会追求你，只不过是执迷于自身的欲念，比如新鲜感和刺激感。他们迷恋的不是你，而是对你的想象。促使他们追逐你的，是他们自身征服的欲念。”

晓蕊听不懂，继而很沮丧，甚至觉得苏牧的知识多到会让人觉得他虚伪。

“说了这么多，你难道不喜欢我的美丽？”

“喜欢！我的思想也是被塑造过的。我眼中的你——肯定是美丽的。”

“我怎么觉得你解释了半天，都是在说——你并不那么确定啊？”

“确定度与知识成反比。”苏牧知道又说了句难理解的话，马上找补，“我最喜欢你的地方——是比你的美丽更加确定的！”

“赶紧说是什么？”晓蕊开心起来，她要听她爱的人如何夸她。

“你的小脑瓜从没有停止过思考。我指的不是一般的思考，而是追寻本质的思考。你可能自己都没发现。我最喜欢你这一点！”

“我就喜欢听你夸我，你要经常夸夸我，好不好？”晓蕊娇柔地抱住苏牧，脸蛋贴在他的心口。她感觉很幸福。

任何感情都不会一帆风顺，晓蕊和苏牧度过了热恋的一年后，终于迎来了考验。合宜地产的董事长苏志强要派他的儿子去接管香港的分公司，成为那里的负责人。这不是一次简单的调动，因为涉及家族资金的流转，他是唯一合适的人选。当初回国，苏牧就已经和苏志强吵过一架，苏牧想留在欧洲做艺术品收藏相关的工作，但苏志强坚持他必须回到家人身边。最后的妥协是，苏志强专门为苏牧成立了一家艺术公司。

经过一段时间的经营，苏牧已经和国内的艺术圈建立了良好的关系，与欧洲的美术馆、画廊和艺术家谈了多个长期合作项目。正在他干劲十足的时候，父亲的调令又来了。苏志强对儿子说，你在香港也可以顺便管理北京的公司。但是苏牧不是一个权力欲强和喜欢发号施令的人。他喜欢与那些艺术家亲身打交道，他爱他们的生活状态和脑中的奇思妙想。和他的父亲不同，他爱的不是生意，而是生活。

这一次，苏牧做好了反抗到底的决心。但是他万万没有想到，从小到大一直对他严厉的父亲，居然放下了威严，以近乎哀求的方式恳求他：

“每个人都不能选择自己的家庭。我知道你想要追求个人的自由，但是你既然生在这个家，得与失便由不得你。你得到了大多数人得不到的。你拥有的一切，都是这个家给你的。如今，这个家需要你能站出来，尽一份责任。过去都是爸爸一个人在扛。你是我唯一的儿子。爸爸从小到大都依你的意，这是第一次……”

苏牧适时地阻止了苏志强继续说下去。苏志强这辈子没有求过自己的儿子，苏牧不希望爸爸把这样的话说出口。苏牧看着苏志强满头的银发，这个老人已经不是儿时那个可以轻松就把他举过头顶的男人。他知道父亲会逐渐将更多他不曾了解的生意情况、家族秘密，交托给他。他不是没有考虑过坚决不接受这些安排。但就如苏志强所说，他深知自己从小就接受最好的教育，去英国读最好的大学，以及他想做就能做到的每一件事。他欠他的爸爸，欠这个家。没有人能够只索取，不付出。如果有人能够，一定是有其他人在替他付出。

当晓蕊听到这个突然的变故，就知道这预示着他们感情的危机。苏牧和她讲过，苏志强希望苏牧的结婚对象是门当户对的。苏志强很喜欢苏牧在英国的一个同学，那个女孩子是上海人。有次假期她来北京找苏牧玩，苏志强一见到她，就喜欢上她处理人情世故时的成熟，喜欢她在长辈和客人面前有分寸又得体的谈吐。苏牧也知道她的这些优点，确实是无可挑剔。可是苏牧天生爱自由，不爱规矩。他觉得社交礼节都是在装腔作势，人情世故的能力根本不是真正的本事。

他并没有把父亲的期许当回事。但是这个故事，相当于是告知了晓蕊，她无论是出身，还是个性，都不会得到苏家的认可。她和苏牧的交往，是在回避了婚姻这个问题下进行的。

香港，一个陌生的城市。晓蕊不会粤语，不会英语，如果她去那边，是不可能找到工作的。她只能完全依附于苏牧。如果最后他不娶她，她就失去了一切。她犹豫着要不要赌。小 K

给出了作为一个好姐妹最诚恳的建议：“那还不简单，你赶紧抓紧时间。还记得那个濛濛吗？她比我们的年纪小。你和她不太熟，肯定看不出她都生过小孩吧？她十九岁时就给蓝玉山庄的公子生了个儿子。和你的情况一样，他们是不可能结婚的。但现在婆家送了她一套别墅，配了保姆和司机，孩子平时也不用自己带，还有一辈子花不完的赡养费。她现在成天啥也不干，在外面和小帅哥厮混。婆家也不管她，人家只要孙子。苏牧是多么重感情一个男孩，你们俩又有感情。你要是再怀了苏家的骨肉，搞不好他和他爸一闹，你还能嫁进去。你的命肯定比濛濛要好。”

正因为苏牧重感情，苏牧对自己是真感情，晓蕊才做不出不和他商量就私自做决定的事情。晓蕊同意小 K 给她做的分析。她如果这么做，很有可能达到目的，如果这个目的是钱。但是她这么做，会永远失去苏牧。即便他们结婚了，即便苏牧以后还爱她，这样的爱和现在不会一样。因为她欺骗过他，她是有瑕疵的。她现在和苏牧在一起，不会认为苏牧比她有钱，她就低一等。她在苏牧面前的自信，来自于她对他的诚实。一旦诚实被破坏，她就将失去面对苏牧时的自信。她似乎开始理解苏牧说的，虽然不是苏牧希望的那种程度的理解，但是她也在慢慢地理解——美丽是靠不住的。

她把苏牧送到机场，苏牧邀请她来香港找他玩。一个月后，她办理好了通行证，如约来到香港。他们在香港度过了一周快乐的时光，就像刚开始热恋的情侣，感情甚至比之前还要好。苏牧刚来到香港不久，对香港也仅有那么一点点了解，但他却表现得像是一个在这里生活了一辈子的当地人，无论走到哪里都为晓蕊介绍和讲解。他要把和晓蕊分开这段时间里的所见所闻，全部分享给她。仿佛在没有晓蕊的日子里，他的快乐是不完整的。晓蕊从来没见苏牧说过这么多的话。他曾经是一个沉默寡言的男孩子，现在却有着说不完的话，仿佛要把一辈子的话都说完。

他们一句有关分手的话也没说过，甚至在离别的时候，还说着以后常联系之类的送别语。直到晓蕊站在了安检口的队伍里，回头看向久久不愿离去的苏牧，她再也控制不住内心的悲伤，从队伍中跑出，扑到苏牧怀里。她不敢抬头看苏牧，只是紧紧地抱住他，拼命把脸贴近他怀里。他也抱紧她。他们谁也没说话。

她离开了他的怀抱，头也不回地走向安检口。抱着他的时候，她感受到他的泪水滴落在她的发丝上，浸湿了她的皮肤。她不想看到他流泪的脸庞，如果看到，她会没有勇气转身离开。但她知道，他为她哭了。这就足够了，她对自己说，足够了。

晓蕊的姐妹都说她失去了一次阶层跨越的好机会。那些平时嫉妒她的幸运和美貌的人，现在找到了些心理的平衡。因为她们发现，自己也不是哪里都比不上晓蕊。她们肯定比晓蕊更善于把握机会。她们唏嘘地点评着这个可怜的女人，“她的机会再多，但是把握不住。到头来还不是一场空！”

晓蕊两个星期没有走出家门，当她再次出现在聚会上时，人们发现她变了。以前她会穿着艳压群芳的华服，跳到舞池的中央，享受别人对她的称赞。现在她更愿意静静地看着其他人，听大家聊天，看着他们快活。

她一个人在家的时候，快要被孤独感吞噬。她需要有人陪，谁都可以，只要不是一个人待着就好。她看着眼前一波又一波的年轻人，没病有闲，以自觉优美的方式扭动着身体，高高举起双手，摇晃着脑袋，眼神中洋溢着莫名的快乐。这快乐不来源于任何思考。正相反，这快乐源于什么也不去思考。晓蕊想起曾经听过的一首歌，那首歌只有四句歌词：

空空的脑袋那么漂亮，
茁壮的身体那么健康，
短暂的生命那么匆忙，
所以抓紧时间热血沸扬。

*　　　*　　　*

欧阳丹感受到两片湿润的、炽烫的芳唇在他的身体上吮吸。他并不急着睁开眼，而是安静地躺着，莱娜正用他最喜欢的方式将他唤醒。他感到血液正快速地在体内流淌，每一根神经都已苏醒。他的心中燃起了熊熊烈火，情不自禁地紧紧抱住莱娜，让她温暖的身体紧贴他的身体。

缠绵过后，欧阳丹还沉浸在醉人的快乐中。莱娜轻柔地走到窗边，将窗帘一拉到底，二百七十度的曲面窗外，迷人的景致被一下拉近到眼前，仿若置身其中。莱娜坐回到床边，她的全身沐浴着温暖的晨光，身体柔和的曲线，被光线勾勒出美妙的剪影。欧阳丹看着眼前叠加的美景，意识到自己正置身于天堂。

莱娜将一个木质的折叠桌支起，摆放上一盘丰盛的英式早餐。欧阳丹闻到炒蛋的香味，顿感肚里空空。他拿起餐具，迫不及待地享用起美食。莱娜就喜欢看他狼吞虎咽地吃自己亲手烹饪的食物，她有种饲养员的快乐。只是她发现，好像忘记点什么。

“我忘记给你准备喝的了。咖啡？橙汁？”

“茶，谢谢。”

“瞧给你讲究的，真把我这里当餐厅了。”

莱娜套上一件淡粉色的睡裙，走出卧房。等她沏好茶端回来时，欧阳丹正用吐司刮着餐盘。莱娜扑哧笑了出来，差点把茶水撒到床上。

欧阳丹一把将莱娜拉入怀里，一个劲儿亲吻她。一个美丽的女人，温柔地满足着他的各种欲望。他内心感受到一种完整感。他一生的追求，不就是为了可以拥有这样的一个早晨。如今他已经抵达了追求的终点。在这一刻之前是虚，之后是空，只有此时此刻是充实的，完整的。

莱娜依偎着他，直到他的激情降温。她端起餐盘。他下意识地伸手去摸放在床头的手机。

“你的手机—— 我帮你拿去客厅充电了。卧室的插座坏了。”

“那你从厨房回来的时候，帮我带进来吧。”

莱娜从厨房返回时，手里并没有拿着他的手机。她缓缓地坐在他的对面，看着他。

“今天可以给我答复吗？”

欧阳丹当然知道她在问什么，他只是没想到她逼得这么紧。

“我本来不想逼你，说过给你时间想清楚。但是我这边发生了些变故，有必要和你说一下。”

“和三哥有关？”

“三哥一直都知道我和你的事。”

“这怎么可能？你不是一直瞒着他吗？”

“这不重要了。他实际上很早就知道了，只是不愿意拆穿我。他认为我和你之间只是玩玩，很快就会分手。他知道我各方面都很依赖他，他对自己有信心。但是他看到我这段时间以来的变化，知道都是受你的影响。我如果动了真情，他就坐不住了。他让我和你分手，回到他身边，他会当这件事从未发生过。说这话的时候，他还是自信的。他觉得我一定会心怀愧疚，马上表示不再见你，甚至求他宽恕。他从来没有觉得你是个威胁。”

欧阳丹此时内心像打翻了五味瓶，说不出是个什么滋味。他在龚国强眼中，就是一个乳臭未干的孩子。

“他看到我毫无反应，这是他第一个意外。紧接着，他问了无法回头的问题。他让我马上做选择，二选一，他还是你。我没法做这个选择，因为你还没有答复我，我自私地想再拖下去，所以用沉默代替回答。但是这对于三哥的打击，已经是不可挽回了。他意识到我真的在拿你和他作比较。他一句话也没说，就走了。他不会回来了。我不知道他心里是不是非常恨我，我不会怪他。我很想和他说对不起，但我应该也没有这个机会了。我的钱不可能一直负担这里的房租，我很快会搬走。”

莱娜平静地讲述着她和三哥故事的结尾，语气中没有任何波澜。欧阳丹感到一种前所未有的压力，使他呼吸变得困难。

“现在，我要问你同样的问题。二选一，你决定了吗？”

同样的问题，问的人和回答的人不同。龚国强能够看清现实，并选择活在现实里。莱娜是情绪的动物，分不清现实与情绪。欧阳丹还没长大，只想继续做梦，不想面对现实。

“我还需要时间。”

莱娜的情绪一下被点燃，她心中积攒的委屈和愤怒全都喷涌出来。

“你是聋了吗？你有没有听到？我已经没有时间了！”

“你冷静一下，我如果知道你会和三哥闹成这样，我就……”

“你想说什么？我不许你说！你是不是从来就没想过和她离婚，和我在一起？是不是！”

“我之前确实没想过。我和你在一起的时候，我对你是百分百的，心里只有你。”

莱娜知道，她眼前的欧阳丹既胆小又自私，这些她早就知道。她周围有不胆小、不自私的男人吗？至少欧阳丹有她所欣赏的特质，有她可以仰视的才华。她还记得第一次在美术馆看到欧阳丹的毕业作品，那个由凹凸不平的镜面构成的房间里，人的躯体和样貌被投射在四周不同规格的镜子内，呈现出扭曲的、局部的、怪异的、风格迥异的镜像，就像是一个人内心无法统一的人格，被某种魔法从身体里全部拉扯了出来，封印在不同的魔镜中。在这种强烈的震撼背后，是一个艺术家对世界深刻的洞悉，和超于常人的创造力。这些艺术创造是欧阳丹的分身，是他魅力的一部分，他拥有把个人魅力延伸到身体之外的能力。如果不是他们中间有杜莹的存在，如果是他们先遇到，欧阳丹身上的那些人性都有的缺陷，莱娜一定会选择包容。但是现在的情形之下，莱娜只能等待一个奇迹的出现。

“看来如果我不替你做——你早该做的事情，你是永远不会面对现实的。”

“你打算做什么？”

“你没醒的时候，我已经把我们的亲密合影，还有你和我的对话，都发给杜莹了。现在她也知道了我的存在，我和她平等了！你想不想知道，我发给她了哪些照片？”

欧阳丹顿时觉得自己的头颅像被由里而外炸开。此时就算是洪水、海啸、地震，或是小行星撞向地球，这些灾难全都加在一起，也不及他正在经历着的恐惧巨大。欧阳丹现在只有一个念头，找到手机！

他也不知道找来手机后要做什么，不知道有没有勇气打开看。这些都不在他的考虑中。他急于重新夺回对这个危险物的控制权。他冲向客厅，跑向每一个插座的位置。发现根本找不到。他发疯了，乱翻着屋里的一切，沙发垫，地毯，橱柜，甚至是烤箱。

“你找不到的，我把它藏起来了。”莱娜双手交叉抱在胸前，冷眼看着欧阳丹发狂。

欧阳丹方然醒悟，他是在一个错误的方向上寻找。他现在知道该去哪里找了。他几步冲到莱娜面前，双手紧紧抓住莱娜的胳膊，大声嘶吼：“把手机给我！你没有权利这么做！”

莱娜的胳膊被欧阳丹抓得剧痛。他不管不顾地用力摇晃着她，她纤弱的身体怎么经得起他的摇晃。她用尽全力想挣脱，却被重重地甩出，猛地撞向地面，头险些磕到坚硬的酒柜。

莱娜摔倒在地，头埋着半晌没有出声。大滴大滴的泪珠跌落到地面，发出“啪嗒啪嗒”的声响。欧阳丹这才恢复点理智。错在他，她是受害者，她们都是受害者。他俯下身，想扶起莱娜，看看她有没有受伤。他不停地说着对不起。但是无论他说什么，莱娜都仿佛听不到。她越哭越伤心，越来越凄惨。她的双眼已经红肿，但完全停不下来。欧阳丹像一个犯错的孩子，垂头丧气，跪在一旁不知所措。

莱娜没有再看欧阳丹一眼，她已经心碎：

“你的手机一直都在卧室，在床头的抽屉里。我什么也没发她。你的生活还是完整的。”

欧阳丹丢下莱娜，迅速跑进卧室，拉开抽屉。手机正安静地躺在那里。他焦急地打开手机，漫长的开机过程让他心跳加快。果然如莱娜所说，什么也没有发生过。他重新想起了莱娜，急忙赶回客厅。莱娜正缓慢地起身，扶着茶几朝沙发走去。欧阳丹赶紧上前一步，一只手扶住莱娜，另一只手把地上的沙发靠垫捡起，放回原位。他搀扶莱娜在沙发上躺下，自己则坐到了沙发的另一头。他不敢靠她太近。

莱娜抬起头，看着疲惫不堪的欧阳丹，他已失去了往日的骄傲，垂头丧气，一言不发。

“你怎么这么自私？”莱娜有气无力地说道。

“你还不是一样。”

“对你不是。”

欧阳丹最终用行动证实，他只是芸芸众生，并不如他自认的那般独特。

莱娜已不再期盼奇迹。

*　　*　　*

这天，吴桢要约晓蕊共进晚餐。晓蕊对吴桢的印象很好，不仅因为他是她来北京第一天就遇到的一位大哥哥，还因为吴桢和气温暖的仪表。她把吴桢看得和阿峰一样重要。两人都像是她在陌生城市里的家人，她在他们的面前感到很安全。

晓蕊和吴桢虽然只见过一次，但在微信里一直有联系，经常关心一下彼此的生活。最近他们的联系多起来，主要一个体现是，吴桢在晓蕊的朋友圈里点赞多了。他还会经常留言，问她在哪里，喝的是什么。她很需要这种像家人一样的关心。她也在吴桢的朋友圈里看到他三年前有了女儿。他抱着女儿拍的照片，一看就是一个宠女儿狂魔。

晚餐前，晓蕊特地跑到乐高专卖店，算着他女儿的年龄，购买了一大袋玩具作为礼物。

这家在望京的意大利餐厅，每一道菜都超级好吃。吴桢提前定了靠窗的座位，他和晓蕊各自点了不同的头盘、主菜和甜品。这样他们就可以分享彼此的食物。晓蕊的话匣子打开了，和吴桢聊着自己这些年的遭遇和感情经历。

吴桢自从晓蕊一走进餐厅，就被她挑乱了心弦。他晃神地看着眼前这个女孩，她真的是他曾经见过的那个又黑又瘦的乡下妹吗？他从她最近的朋友圈就已经感受到了她非同小可的变化。现在的晓蕊简直是一个名副其实的京城名媛。

如此气质高贵的名媛，怎么可能和一个像他这样普通的上班族坐在一起吃饭？就因为他此刻是坐在了晓蕊对面的位置，吴桢觉得自己的身价一下涨了十倍。虽然晓蕊对他的敬重如当初一样。但越是这样，吴桢越感到不自然。他失去了曾经面对晓蕊时的掌控感。

他从来没有见过这么美丽的一张脸，润润的长发微微的弯卷，两缕发丝刚刚好从额头垂下，那一双弯弯的眉毛下面，是一双水灵灵的眼睛，好像随时在微笑，随时在撒娇。还有她优雅的举止，如玉石一般光滑细腻的肌肤。她是来自人间吗？吴桢在工作中遇到的女人，有谁会把全部的精力都用在呵护自己的身体，雕琢自己的外貌上？只有名媛有着全部的时间和所需的金钱，才能把自己打造成一件精美的艺术品。这不是普通的人间女子可以做到的。

吴桢恨自己为什么没有更早发现晓蕊的美。如果更早地下手，那时候的晓蕊会比公司里的实习生还容易哄骗。如果她晚两年再遇到他，就会知道他实际上有多普通。而现在，她对他还如当初一样地信任，他在她心中有着根深蒂固的好形象，他第一次见面时留给她的光环还在。吴桢越想就越自信，内心激动而欣喜。

“哥哥，你在笑什么？”

“我在笑吗？我怎么没注意。可能是这里的冰激凌太好吃了，让我想起了小时候第一次吃冰激凌时的兴奋心情。”

“我刚说到哪里了？想起来了，那我继续说。我遇到过很多很恶心的男人，有些人明明结了婚，还跟我调情。看着他们的嘴脸，我就觉得恶心。”晓蕊崇拜地看向吴桢，“吴桢哥哥，你是我的偶像。你和峰哥让我相信，这个世界上还是有好男人的。看到朋友圈里你一家人幸福的样子，真令人羡慕。”

“我哪有这么好。”

“你是最棒的，我第一眼看到哥哥，就觉得你很出色。”

“如果，我是说如果啊，当然不可能发生。如果我们认识的时候，我是单身，我追求你，你会同意做我女朋友吗？”

晓蕊并没有多想。

“我想我会，我都说过了，我觉得哥哥很优秀，很棒。哥哥如果那时说喜欢我，我肯定会很高兴。我会觉得自己也很棒！”

“那你曾经喜欢过我吗？”

“嗯……我没这么想过。你刚问到我，我才敢想一下。因为哥哥你都结婚了啊。我们认识的时候你就已经结婚了，而且现在还有了女儿。你现在被两个女人爱着，多么幸福！”

这是吴桢一直在等待的。他一开始拿不准晓蕊是不是对自己有好感，不敢突破。他现在断定，可以长驱直入了。他现在头脑是热的，完全被兽性和欲望接管。他听不出晓蕊话里的逻辑，只听到他想听到的，他开始幻想着今晚。

吴桢利用去洗手间的时间定好了酒店，又用疲惫的神态和老婆女儿打了视频电话。他和老婆说晚上要留下和同事们一起加班，今晚就睡在公司了。老婆叮嘱他，睡觉时千万记住披上一件外套，别让自己着凉。他敷衍着她，匆忙地挂断了电话。

再回到晓蕊身边时，他精神焕发，动作轻快，就像是一个年轻的小伙子。

“服务员，这红酒是什么牌子？很好喝。能不能便宜点，我再买一瓶带走。晓蕊，我们有多久没见了，今天和你聊天真高兴。一会儿我们再找个地方聊会儿，好不好？”

“好啊。”

“把这瓶红酒带走喝，聊个通宵。”

“我们刚喝完一整瓶，一会儿找个地方喝点茶也可以。”

“那不行，必须是酒。走，我们出发。”

晓蕊本来就是个夜猫子，当然不在意再去找个地方聊天，而且又是和她如此信任的大哥哥。即便当她走进了酒店的房间，对吴桢所说的，这里是公司留给加班员工休息用的——是办公室的一部分的说辞，依旧深信不疑。她如果选择相信一个人，就会百分百地信任。今晚她再次想起了苏牧说过的话——

美丽不只带来好运，也会带来危险。

晓蕊一个人从灯火通明的酒店大堂走出来，走入漆黑的夜晚。她整理着已经移位的内衣，但双手都软绵绵的，使不上力。刚刚她用光了全身的力气，现在浑身酸痛。她干脆把内衣扯了下来，塞进包里。她不恨吴桢，她甚至理解他的失态。当她用坚决的抵抗表达自己的立场后，他便恢复了神志，之后是拼命地道歉。她想到了在家等着他的太太和女儿。她觉得他很可怜。但是，当她想起刚刚在她娇嫩的肌肤上粗暴揉搓的那双手时，还是会感到一阵恶心。一个更严重的后果是，她觉得在自己的身上，似乎少了一部分什么，也许是从前的自己。她快要找不到那个从前的自己了。她还是晓蕊吗，或者，她已经是另一个人了，有着另一个名字。

很快这件事就冲淡在她的记忆中。吴桢和那些她记忆里经常会混淆，记不清脸的男人们，躺在了一起，变成了一具无脸的尸体。这段时间她常会想起苏牧，苏牧喜欢她爱思考，可是思考不能当饭吃。她现在要吃饭，她不允许自己继续回忆苏牧，她要重新回到现实中。现实中只有考量，没有思考。她现在的圈子有着稳定的鼎足结构。钱、权、色，每一条腿都不可或缺，相互间取长补短，发展共荣。她很熟悉圈中的规则，也有足够的智慧在其中生存。

她已经拥有了夏奈尔，而且不止一只。经过了苏牧之后，她对年轻男人就不再感兴趣。这些二代不是真有钱，有钱也不会花钱。权，他们就更没有了。为什么不直接和一代接触？钱和权，他们才是真正的拥有者。他们更慷慨，更懂得疼人。他们身体在走下坡路，所以也更长情。她不想随便，她要找一个能让她瞧得上的，并且真心爱她的人。她现在要认真考虑一下痴痴的恋爱观了。不理解不要紧，先信了，再慢慢理解。不知是不是她的诚心被神灵看到，这样的机会很快就出现了。

娃娃是个真正的美食家，只要是娃娃约晓蕊，一定是去吃饭。城中只要有新开的餐厅，娃娃就会约晓蕊去品尝。她不仅是一部活的美食地图，也是美食圈的第一社交名媛。五星级酒店的大厨和知名餐厅的老板，她都很熟。

今天新开张的这家京菜馆，因为店址在一座同样是新开业的商场内，双方一拍即合，决定共同出资，把开张庆典规模搞大一点，热闹点，以招揽人气。老板们于是开足火力，请了各路名流嘉宾，还花钱请来明星剪彩。餐厅老板更是灵感乍现，以菜品为主题，安排了模特走秀。这天的盛况确实做到了难得一见，不同圈子的名流名媛纷纷到场。毕竟不管你是哪个圈，都需要吃饭。

晓蕊比邀请函上的时间晚到了半小时，正好赶上门口在进行剪彩仪式。外面围满了看热闹的人。晓蕊踮着脚尖往里张望，突然听到有人喊她的名字。她回头一看，居然是在化妆班学习时的同学甜甜。

“甜甜，你怎么来了？”

“何止是我来了，你再看看？”

甜甜用手指向身旁，并排站着的几个人也很眼熟。

“艾米，丽丽，安可，还有芋头，你们都在啊！”

“里面还有没出来的，你一定想不到是谁。”

“你们在这里做什么？”

“刚才的走秀，模特都是我们化的。听说剪彩来明星了，我们就跑出来看看。”

“真是太意外了。见到你们——我好高兴！”

“如果不是前面已经站着一个明星，我们还以为你就是今天来的明星！差点没敢认。你现在变化可真大。”

看到老同学，晓蕊有种说不出的发自心底的开心，甚至忘记自己是为何而来，只顾着聊天了。剪彩环节结束后，晓蕊就跟着甜甜众人，沿着墙边的过道，进入了一个包间。外面的大堂内，各位老板还在进行着激昂的发言。嘉宾们都在推杯换盏，海阔天空。

进包间前，晓蕊四处张望了一番，试图在热闹的人群中找到娃娃，人实在是太多了，根本看不到她。娃娃此时一定正忙着交际。晓蕊跟着甜甜进了这间工作人员的包间，里面有刚刚走过秀的模特、服装师、化妆师，还有两个空出的位置，是留给还在大堂工作的摄影师的。

“这老板真大方，据说是个老北京，之前是旗人，很讲究排场，好面子。我们参加那么多活动，还没有老板专门为工作人员开一桌的。你再看看这些菜，和外面嘉宾吃的一样。真够仗义。”

甜甜边说边招呼晓蕊坐在她身边。晓蕊又看到了几个很久未见的同学，她们一起回忆着之前的点点滴滴。大家尤其关心晓蕊这几年的经历。她们只是远远地看着晓蕊的变化，都好奇她这一路上是遇到了多少位贵人，才能够在几年时间就有了如此大的蜕变。

过了一会儿，两名摄影师从外面进来了。晓蕊知道宴会高潮部分已经结束。她想到娃娃一定正游走在各桌之间。如果晓蕊也在，娃娃肯定会介绍新朋友给她认识，进一步拓宽她的社交圈。今天没能认识新的权贵，她并不遗憾。因为她和这些老同学在一起时，收获了许久未有过的轻松和快乐。

就在这时，包间门被猛的一下推开，一个胖胖的中年男人端着酒杯，大步流星地走了进来。他的身后跟着两个服务员，稳稳地捧着装满红酒的醒酒器。这就是那位甜甜夸过的餐厅老板，晓蕊在剪彩的时候见过他。他此时已经满脸通红，不知道喝过了多少轮了。他没有忘记感谢在包间里的工作人员，这确实不是一般的老板会做的事情。他已付过酬劳，这些人也不是他的客人，更不会对他之后的生意有什么好处。

大家纷纷起身，举起酒杯，表示对老板的感谢，盛赞今天是他们这辈子吃过的最好吃的北京菜，“好吃的都不像是北京菜了”。当然大家只在心里这么想，嘴上说的是，“今天才吃到正宗的北京菜。之前那些不好吃的——肯定都不正宗！”

这位老板一听有人夸他的菜好吃，顿时高兴起来，介绍起自己开发这些菜的过程。这些故事想必他已经讲过上千遍。若非来自于纯粹的热爱，是不会有人把每一遍都讲得像第一遍一样激情澎湃的。

接下来按照流程，老板就该离开了。大家有的说慢走，有的说再留一会儿吧，但不管哪种说法，都缺乏诚意，无非是礼节的一部分。就在这时，这位憨态可掬的男人仿佛一下子酒醒了——他看到了晓蕊。晓蕊也注意到了他那不寻常的注视。紧接着，这位老板说出了那句匪夷所思的托词：

“我刚刚一口没吃，就坐在这里和你们吃点吧。”他一屁股坐下，不走了。

他招呼服务员去后厨加几个菜，他要边吃边聊。他还真的是没有一点架子，周围人在惊讶之后，都陪着他侃侃而谈起来。晓蕊知道，他是为了她而留下来的。他在这顿饭结束前，一定会来认识她……

*　　　*　　　*

欧阳丹离开房间前，一直在默默地收拾被他翻乱的房间。整理完客厅，他又走到厨房，把早餐用过的餐盘和餐具洗好。

莱娜半卧在沙发靠垫上，看着他做着这些。她依然很爱他，他是个可爱的男人。欧阳丹把衣服穿好，走到门口穿鞋。他最后一次看向她，他们意味深长地彼此对视。他们都了解对方会说什么，能说什么，会做什么，能做什么。所以，他们什么都没有再说。

欧阳丹离开后，莱娜环顾着空荡荡的房间。其实房间一点也不空，里面布满了名贵的奢侈品。可是莱娜的心是空的，再满的房间也是一座空房。她又站到了镜子前，她只能和镜中的自己对话："他有才华，难道不该得到更好吗？她有美丽，难道不该拥有更多吗？""才华和美丽已是眷顾，为什么还要更多呢？"

莱娜是经历了漫长的路途才抵达这里。她一直让自己保持着上升，当她不断地上升时，她的朋友们就会恭维她，环绕她。如果她停下来，或者向下滑，她们就会唾弃她，排挤她。她不能接受自己向下，所以她一直都非常拼。

她过着奢侈的生活，但是她并没有在享受奢侈，而是被奢侈绑架。她越来越依赖奢侈，奢侈却从未依附于她。既然奢侈是用钱买来的，那么钱在哪里，奢侈就在哪里。奢侈和钱才是天生一对！她只是中间的第三者。每天都在担心会被一脚踢开。

莱娜这个名字，都是她借来的。她曾经认为从前的名字太土气，配不上她，所以她把最爱的超模的名字借来。

她突然想到了一个人，一个好久不联系的老朋友，一个曾经关心照顾过她的大姐姐。她拨通了她的电话。

“怎么想起给我打电话了？”电话那头传来了熟悉又亲切的声音。

“您还需要我吗？”

“我一直在等这一天。你随时来，我随时欢迎。我正在申请天猫店，等批下来后，运营成本就会增加。你正好来帮我！”

“我现在已经有了些粉丝。我可以穿咱家的单品，我还可以直播。”

“那太好了！你还记得我曾经承诺你的股份吗，那个比例不变，还是你的。”

“可是您独自做了这么久，我都没有参与。”

“我说过，我不会看错人！这个世界最难找到的，就是对的人。”

莱娜看着桌上的时尚杂志，封面上闪烁着超模莱娜那张完美的面孔。“莱娜”只需要有一个，是时候把这个名字还给她，还给这座城市。是时候，做回自己。她从抽屉里找出了身份证，上面印着那个既熟悉又有些陌生的名字。